西巷荒

黄凤桥 著

上海文艺出版社
Shanghai Literature & Art Publishing House

图书在版编目（ＣＩＰ）数据

西老荒 / 黄凤桥著 . -- 上海：上海文艺出版社，2023

ISBN 978-7-5321-8640-2

Ⅰ. ①西… Ⅱ. ①黄… Ⅲ. ①长篇小说－中国－当代 Ⅳ. ① I247.5

中国国家版本馆 CIP 数据核字 (2023) 第 113628 号

发 行 人：毕　胜
策 划 人：杨　婷
责任编辑：李　平　程方洁　汤思怡
封面设计：悟阅文化
图文制作：悟阅文化

书　　　名：西老荒
作　　　者：黄凤桥
出　　　版：上海世纪出版集团　上海文艺出版社
地　　　址：上海市闵行区号景路 159 弄 A 座 2 楼
发　　　行：上海文艺出版社发行中心发行
　　　　　　上海市闵行区号景路 159 弄 A 座 2 楼 206 室　201101　www.ewen.co
印　　　刷：成都市兴雅致印务有限责任公司
开　　　本：880×1230　1/32
印　　　张：8.5
字　　　数：200 千
印　　　次：2023 年 7 月第 1 版　2023 年 7 月第 1 次印刷
I S B N：978-7-5321-8640-2
定　　　价：75.00 元

告读者：如发现本书有质量问题请与印刷厂质量科联系　T：028-83181689

序

江苏省宿迁市宿豫区大兴镇党委书记　张大伟

宿迁地处淮安、徐州、连云港三市中间地带，自古饱尝水患，素有"洪水走廊"之称。上游鲁南沂蒙山区地高面广，洪水暴发，势大量猛，造成下游的宿迁水势横溃，泛滥成灾，百姓流离失所，苦不堪言，历史上曾5次出现"大灾人相食，村荒断炊烟"的惨景。据史书记载，自宋代起，黄河像走娘家一样，经常"来家"，从河南省滑县，一路南下直奔徐州，又马不停蹄漫卷宿迁，大运河以东猴子荡、袁王荡、来龙、侍岭等大面积扇形地势深受其害，所到之处，一片沼泽。每到冬天，洪水退却，这些地方又处处冒盐碱，大片土地荒废，甚至寸草不生。

自20世纪50年代起，党和人民政府为解决骆马湖洪水出路问题，先后开展导沂整沭，建骆马湖大堤以及嶂山切岭等工程，把骆马湖改建成常年蓄水库，之后又开建宿迁闸、六塘河闸、嶂山闸，开挖二干渠和一、二分干渠。宿迁县委在贫瘠的土地上高举如椽之笔，绘就宿迁发展的壮丽"蓝图"，响亮地提出"玻璃城，水稻县，黄河果树葡萄山"的宏伟构想，揭开了宿迁"旱改水"的艰辛而又辉煌的篇章。在县委的带领下，宿迁利用骆马湖水，推广种植水稻获得成功；百里黄河故道建成了大片果园；自力更生建成了宿迁玻璃厂，接着筹建江苏玻璃厂……

提起宿迁"旱改水"，我想到书中李挺松的原型——我的老乡、老前辈李柏同志，他在宿迁干了 17 个年头，真正把宿迁当作"第二故乡"，年轻时曾留下遗愿：死后葬在宿迁。1987 年 5 月，李柏同志与世长辞，安葬在宿迁晓店的峰山，与宿迁大地融为一体。60 岁以上的宿迁人，大多记得他响彻宿迁大地的名字；70 岁以上的人，大都了解他对宿迁的卓越贡献；80 岁以上的人都记得他和蔼可亲的容颜。在历经十多年的"旱改水"过程中，县委主要领导李登先、郭玉珍、林峰等同志功不可没，他们矢志不移，接续发力，不懈奋斗，使运河以东来龙灌区 52.7 万亩的盐碱地、岗淤土、砂礓滩，逐步变成了高产稳产的"米粮仓"，到了二十世纪七十年代，又建成皂河灌区、船行灌区，改良近 40 万亩耕地。宿迁五年连跨五大步，一步更上一层楼。1971 年全县粮食总产突破 20 万吨，第一次向国家卖余粮，1975 年，共向国家交售粮食 25 万吨。1976 年，宿迁水稻面积扩大到 85.84 万亩，昔日的"洪水走廊"变成了名副其实的"淮北江南""鱼米之乡"，一举跨入全国农业先进县、水利先进县行列。

在激情燃烧的岁月，宿迁敢想敢干、敢为人先的精神值得歌颂，宿迁凝心聚力、一往无前的精神值得弘扬。书中的一些情节我从孩提时期就听说过，走上工作岗位后，更对宿迁干群口口相传的故事耳熟能详。以往，我看过宿迁的一些历史，包括二十世纪六七十年代发生的重大历史事件，然而以文学表现手法介绍宿迁风土人情、人物故事的长篇小说作品为数不多。可喜的是，我有幸读到了黄凤桥奉献的《西老荒》这部小说，真实、有味、耐看，颇有报告文学的味道，人名、地名、事件等大都真实存在，给我一种非常亲切、非常鲜活的感觉。

我在丁嘴工作期间认识了黄凤桥，看了他第一部长篇小说《那道弯弯的河》，书中描写了二十世纪九十年代海晏县大庆镇农业结构调整，对农村、农业和农民的了解可谓了然于胸，算得上浓墨重彩的水墨画，书中人物栩栩如生且个性分明，让人看到了改革开放以后，农民衣食住行发生的巨大变化，展现了农村的真善美，也鞭笞了人世间的假丑恶。

第二部小说《春望》，堪称黄凤桥的呕心沥血之作，他采访了本地一些老党员、老干部，掌握了本土历史的诸多资料，创作了红色题材的小说，在中国共产党成立一百周年之际出版。我拿到这本书的时候，一看是古典式的章回体，顿时激起我的阅读兴趣。这是一部描写宿迁地下党斗争宏大故事的小说，整部小说情节跌宕起伏，人物个性鲜明，语言活泼有力，乡音乡情浓郁。著名资深媒体评论家陶建群给予了高度评价。目前这部小说已经改编成电影剧本，可喜可贺！为了更好地传承红色故事，大兴镇专门建立了以黄凤桥为主的"说书先生工作室"。

相较于前两部小说，《西老荒》写实性更强，小说一袭流畅、幽默、轻松的笔调，行文似行云流水，一气呵成。小说囊括了宿迁从二十世纪五十年代初到七十年代的农业发展历程，特别对利用好骆马湖"水库"，宿迁全面实行"旱改水"的艰辛过程不惜大书特书。

将这一段历史记述下来，让它流传后世，令人感到非常欣慰。书中描写的县委书记郭金贵下田栽稻、捞苲草，公社书记李大旗早上拐粪箕拾粪，大队书记彭桂亮冒雨买苕种，生产队长徐大个"私分救命粮"等情节，在"四级干部"身上反映出来的看似平常的小事，却那么真实可信，充分展示宿迁老一代干部心系人民、与人民同甘共苦的精神，折射出宿迁干部以身作则、处处为民着想的时代光辉，读来令人心潮澎湃，倍受鼓舞。

难能可贵的是，小说还通过主人公之一的徐大个，亲述抗美援朝经历，把我们带进硝烟弥漫的上甘岭战场；通过舞台表演等方式，让我们"体验"到了战争年代的亲情、友情和爱情。我认识"徐大个"的原型，这位具有传奇色彩的老人今年已经90多岁，是一位默默无闻、心地善良、为人低调的老复员军人，一辈子对从军杀敌的经历守口如瓶，却把军功章和入团申请书视若生命，一直珍藏在床头柜从不示人。黄凤桥同志三次登门，才从老人口中了解到他在上海参军后在福建沿海打击国民党特务，以及上甘岭战役中痛打美国鬼子的诸多经历。书中还介绍了上山下乡知识青年的成长历程，给人以身临其境、逼真写实的感觉。

习近平总书记说过，文艺是时代前进的号角，最能代表一个时代的风貌，最能引领一个时代的风气。黄凤桥同志耗时费力，长年行走在家乡的黄土地上，行走在农家小院，结交了许许多多的基层干群，采访了大量素材，践行了"人民需要文艺，文艺需要人民，文艺要热爱人民"的创作导向。

最近几年，黄凤桥迎来了文学创作的爆发期，短短五年笔耕不辍，写出了各具特色的三部长篇小说，付出的艰辛和困苦可想而知。令人欣慰的是，他通过自己锲而不舍的努力，去年被吸收为江苏省作家协会会员。真诚期待他讲好宿迁故事，创作更多更好更接地气的本土文学作品，相信《西老荒》这部书，一定会融入宿迁人的血脉里，在宿迁大地引起广泛共鸣。

目录
CONTENTS

引　子

　　苏北大平原人有五音，土有五色。扬州、镇江受苏锡常辐射，张口吐出吴侬软语，蛮音十足；徐州离山东近在咫尺，满嘴飙出侉话，舌头和水土一样硬铮；淮安、连云港靠近大海，说话尖声细气，典型的海豚音，官称"海锅冇子"。地处徐淮连盐中间便是西楚霸王项羽的故乡宿迁，京杭大运河宛如一条银色飘带，缠在宿迁城的腰际，这几年男女老少共同发力，一鼓作气摘下全国卫生城市、全国文明城市、国家园林城市的桂冠，五湖四海人看得眼馋，翘起脚尖恨不得手持"万花筒"将宿迁看个够。强大的"虹吸效应"下，人们背锣携鼓，一窝蜂涌到楚霸王故乡，整个城区处处燕舞莺歌，洋溢着民族大融合的南腔北调。

　　你道客人因何钟情于此？因素自然多多。有来旅游的，霸王故里看"神州第一槐"、品尝骆马湖透亮丝丝的银鱼、洪泽湖湿地看黑色荷花、杨树博物馆看天下第一白杨、泗水王陵一睹"黄肠题凑"的皇家棺椁……哪个景点都让你废寝忘食，乐不思蜀。有来求职的，京东商城、当当网、途牛网等大佬级电商落户于此，引来无数淘金的红男绿女。最热闹也最吸引人的，莫过于来三台山求取功名。每年六七月份，中高考学子们群雄逐鹿，于硝烟弥漫之中，偷取片刻时辰，拜谒"三仙"，一时"衲田"周边花团锦簇，姹紫嫣红。这多亏了蒲松龄老先生那部名垂青史的《聊斋志异》让宿迁声名显赫。试看这段描述便可窥斑见豹：一书生赶考金陵，途经宿迁，巧遇介秋衡、常丰林、麻西池三秀才。麻说，古人崇尚以文会友，适逢大考临近，倒不如咱们自拟题目，然后抓阄作文，相互赏析。书生和介、常都击掌称妙！二更时分，作文完毕，四人相互传阅，书生对三秀才文采惊叹不已，他草草抄藏于怀里。这时，主人上酒，书生醉意蒙眬，昏昏睡去。次日醒来发现身处于山谷中，眼见四周并无酒肆院舍，身旁现一深洞，地方百姓告知为"三仙洞"，洞内有大螃蟹、蛇和蛤蟆三种仙物，常出来游荡。待书生走进考场，心中暗喜，原来考卷上三个题目皆为三仙所作，书生一举高中解元。此后，文人遂将"三仙洞"喻为"蟾宫"。乡民在周边遍植桂树，凡应试者路过宿迁，多到三台山许愿，希冀"蟾宫折桂"，高中皇榜。

再说宿迁的土壤。青红白黑黄，五色俱全，全国仅宿迁和徐州地区拥有。五色土果真跟地球上的人种有得一比。去过北京中山公园的人，都知道那里有个社稷坛，最上层铺垫着五色土壤。东方为青色，代表东面的大海；南方为红色，表示南方的红土地；西方为白色，象征着西部白色的沙子；北方为黑色，那一定指的是黑土地了，而中央为黄色，寓意为广袤的黄土高原，传说中的黄帝居于中间核心地位。倘若今天你来宿迁，五色土依然遍地可寻。运河以东沙土地晴天一踩冒尘烟，雨天打不湿少妇绣花鞋；马陵山一带的红土养花人最为钟爱，一斤土一元钱还不是侃空的；市区井儿头那儿的青土泛着蓝光就更稀奇了，为烧制陶瓷专用土，怪不得那儿盘了一座座专门进贡皇家碟盆碗盏的"茶壶窑"。东北岗来龙、侍岭、保安和关庙一带的老黑土，黑得让你怀疑人生，逢到天旱坚硬如铁，赤脚走路硌得你脚底板子长老茧，遇雨泥泞满地，狗皮膏药似的黏着你的鞋子，走一步，甩三甩，干着急，行不得也哥哥！

宿迁好山好土，连人族圣母女娲也青睐宿迁之宝地。喜欢听故事的人想必都知道，上古共工与颛顼为争帝位，双方一场恶战，闹得飞沙走石，天崩地裂，可把收拾残局的女娲给累坏了，老神仙降下云头，一眼相中宿迁域内的五色石、五色土，昼夜熔彩石，补苍天，只见她伸出如椽巨手，往天际左边一抹，右边一拓，硬是把苍天补得油光水滑，靓丽多姿，比当今的一流泥水匠套白灰麻溜多了。

聪颖智慧的宿迁人模仿女娲补天的样子，发明了3条腿支撑的圆形铁鏊子，外形酷似穹庐的模样，中间高，四周低。女人们将磨好的面糊端过来，屁股底下塞一团草，往鏊子前一坐，划一根火柴，点燃鏊子底柴火，再小心翼翼用勺子将面糊舀在鏊子上，手执竹刮子，由内向外运作三圈，然后"哗"地揭起，打翻炕它一分钟，一张香喷喷、脆葱葱的煎饼便烙成了。

日寇入侵宿迁那阵子，老百姓烙煎饼送往前线，战士们打开煎饼，从上到下浏览一遍，跟看报纸似的，然后放进大葱或萝卜干卷起来，往嘴里一送，便开始咬牙切齿，吃得两腮鼓胀如骆马湖生气的蛙子，他们戏谑地称之为"摇头饼"。指战员说，宿迁的"摇头饼"活像日本国旗，狠劲吃下去一张，就等于吞灭了一面旗子，小日本离灭亡的日子又近了一步。

宿迁人无不承认，烙煎饼的祖师便是女娲。直至今天宿城东北部，还有一座海拔65.5米的小山，被称之为"鏊子山"。当年薛仁贵征东率军驻扎在三台山北的这个小山头上，命铁匠铸造了一个特大的鏊子摊制煎饼。如今鏊子山上的大鏊子便是按当时的形状制作的，堪称全世界最大的一张鏊子，稳坐吉尼斯纪录的头把交椅，至今无人撼动。

话说娲皇圣母将天补好了，地上却留下一个又一个深坑。这儿又得说说宿迁的水。夏季黄梅天，东海老龙王借助霹雷闪电，率领徒儿发孙施展神威，把整个身体转换成抽水机，哗啦啦往里注水，世间便有了仓基湖、骆马湖、洪泽湖、白鹿湖这些光彩照人的湖泊名字。南宋建炎二年（1128），金兵南犯，留守开封的杜充成了缩头乌龟，他命令士兵掘开黄河大堤，本想以水代兵，谁知弄巧成拙，根本阻挡不了鞑子兵，反而导致黄河从此生了杂毛脾气，再也不按套路出牌，常常欲与万里长江兄弟汇合，以一泻千里之势由北往南赶，避开了体量庞大的洪泽湖、骆马湖，偷偷把泥沙甩进小不点仓基湖、白鹿湖，黄土高原的地表盐碱也拖油瓶般跟着河水混了过来。直到1855年，经过长达727年岁月更替，黄河才再度改道从山东入海。然而，曾在宿迁的版图上留下一席之地的仓基湖、白鹿湖，早已沙淤成田，湖泊荡然无存。一夜之间打鱼人变成了庄稼汉，水乡漫溢着老盐土，百姓从此在贫瘠的土地上过着齁劳气喘的日子。

我们的故事就从二十世纪中期改造西老荒盐碱地，建设骆马湖"水库"，全面实行"旱改水"开始。

第一章

西老荒泛起一片片亮飒飒的银光，大地上苦霜一般的老盐碱随处可见。李家安坐在小爬凳上，左手攥着老烟袋，右手握着小锄头，轻轻地沿着地表刮着盐碱土，三两步便聚成了一小堆。天近晌午，他将盐碱铲进桶里，准备用小推车运回家。远处的妻子手握镰刀头，正低头寻觅着能下饭的野菜。这时，李老庄大榆树上的钟声突然响了，高级社社长田欣喜卖力地喊道："各家各户带上小本子，抓紧到老地点去领'二两五'（每人一天的救济粮），过时不候。"

李家安放下活儿，撒腿往家跑，在妻子陪嫁的小柜子里翻出牛皮纸做成的粮食供应小折子，将正在磨盘边读书的儿子喊到面前："旗儿，快把粮折本拿去林宫渡口领粮，路上不要贪玩，不得弄丢了，一家还靠它领粮度活命哩。"说完，将粮折本揣进李大旗的兜里。

李大旗拎着小布袋，随着领粮的人群，往15里外的大运河畔进发。到了地点，他从人缝中挤到船头。负责分粮的干部姓倪，正在喊着领粮人的名字。这人外号"倪大胆"，主管社会治安，心情好的时候见人总是笑眯眯的，一旦严肃起来，让人小腿打锣，不敢直视。倪大胆说话声音比较大，却有点嘶哑，没有20年以上烟龄，练不出他那副饱经沧桑的"烟嗓子"。

李大旗竖起耳朵，生怕嘈杂的人声淹没了父亲的名字。

"李家安——"

"来了。"倪大胆终于点到李大旗的父亲的大名。倪大胆听到一个小孩回答，眼睛不由从眼镜框上面多看一眼。

倪大胆扫射一下人群问道："这孩子哪个社的？"

"李老庄的。"田欣喜挤到前面回答。

"这七八岁的孩子能领啥粮食？田社长你要对他的安全负责！"倪大胆显然对李大旗的矮小孱弱不信任。

田欣喜走上前，摸了下李大旗的头，开了个玩笑道："倪科长，这孩子肚里缺油水，其实都十四五岁了，有心眼呢，你莫要把人家多吃的几年饭'贪污'掉了。"

李大旗红着脸走上前，撑开了口袋，分粮人将称好的粮食倒入其中。

李大旗抱着领来的救命杂粮，生怕被人夺走。他故意背着人群，从粮食中拣出两片山芋干，放进嘴里咀嚼，甜丝丝、苦唧唧的味道，让他很满足。他穿过黑泥沟，绕过邵公河，抄近路走进汪家老陵。陵地杂草丛生，乌鸦在头顶叽喳叫唤，人脚獾从这个坟头，肆无忌惮地跑向另一个坟头，这个脑袋长得像狗、脚板长得像人一样的家伙，一点也不怕人。相反，倒是李大旗汗毛直竖，起了一身鸡皮疙瘩。李大旗想起妈妈说过的话，所有的畜生都怕人，只要不去招惹它，尽可能回避它，就不会对你有伤害。李大旗随手捩了根树枝，猫着腰一边走，一边往脚面前枯草丛扫去。嘴里不由自主唱着歌曲为自己壮胆，声音从坟茔间飘向了远方。

汪家老陵的尽头，长有一片松树林，绕过松树林，家中低矮的草房依稀可见。李大旗腿底一软，跪在西老荒广袤的盐碱地上。寒风不紧不慢地吹着，李大旗舔着皲裂起皮的嘴唇，心里默默祈祷：老天爷若能让西老荒长出庄稼，把俺肚子喂饱，俺天天给你磕十八个响头。

这个愿望放在当年算是睡地摸天的宏大理想，当然也绝非李大旗一人思考过，仓湖湾人谁不憧憬着有朝一日每顿饭都吃到"二两五"，肚皮撑得西瓜一样滴溜溜圆？！

长期的营养不良，李大旗比同龄人的个头矮了一截，一笑起来两条法令纹在他的嘴角和鼻孔处画出深深的括号。他上学排队始终站在第一，八级大风能给卷跑了，被人戏称为"老母鸡"，言下之意相当于一只老母鸡重量。他的肚子整天瘪瘪瘪的，他从未认为自己着着实实吃饱过，更不要说吃进多少油水。过年过节，他走遍前后三庄，饱吸个别肉头户厨房飘出的萝卜片加老酱烩出的鱼、肉香味。偶尔看到一条流浪狗，这儿闻闻，那儿嗅嗅。不一会儿，这条小花狗不知从谁家叼来一块骨头，李大旗心里妒忌，猛一跺脚，小花狗吓得丢下骨头，撒腿就跑，跑了十几步还回头望望，似乎要与李大旗比耐心。李大旗突然蹲下，花狗以为李大旗摸土坷垃要打它，嘴里发出"嘤嘤"的声音跑走了。李大旗看看四周无人，迅速捡起老骨头，放在鼻尖频频深呼吸，恨不得能从里面嗅出一点骨髓。他隐约记得，读初中的叔叔在作文里写过"大灾人相食，村荒断炊烟"的句子。李大旗不解其意，叔叔解释说，《县志》里记述的，家乡历史上有过五次人吃人的惨景。李大旗幼小的心里从此留下了可怖的烙印。此后，李大旗曾经做过无数次同样的梦，总是梦见饥肠辘辘的自己走在旷野之中，头稍稍一仰，顿时眼冒金星，两腿打晃。

李家安夫妻俩含辛茹苦，拉扯五个孩子，前面四个都是女娃，最后一个李大旗才是带把子的。李大旗自幼体质较弱，爱偷吃烟炭灰，爷爷不知从哪位高人那里得到一个偏方，老人家从街上买了两根麻花，还没进家门就把麻花拴了根小绳子，放在地上拖着走，边走边喊孙子的名字。李大旗看到爷爷拖了两根麻花，一把抢在手里，吃得满嘴泥土。说来蹊跷，李大旗自从吃了带土的麻花，便对烟炭灰厌恶至极，体质也渐渐好了，个中原因连医生也说不明白。李大旗稍稍懂事，父母经常在他耳边灌进善意的唠叨：旗儿，好好读书，将来不饿肚皮。李大旗牢牢记在心里，上学从不缺席，作业一丝不苟，学习委员当了一年又一年。寒暑假时间比较长，家中那盘小磨和母亲和面的面板轮番成为他的写字桌。读高中的学校离家来回5公里，他每次回家吃饭，为了赶时间，母亲总是眼巴巴望着门前那条狭长的蚰蜒路，看到儿子弱小的身影，便转身进了锅屋，一连盛了4碗照人影的稀饭，放在锅台上冷着。李大旗到家呼哒呼哒喝下去，屁股没焐热又急二赶三往学校奔，稀饭在肚里上下荡漾，左奔右突，如刚启动的绿皮火车，发出"咣当咣当"的声音。跑得太快了，还偶尔会从嗓门里漾出一股酸水。从一年级到高中，李家安没有为儿子过多地操过心，家里黑乎乎的连房灶北墙贴满了"三好学生"的奖状。

汗水与收获总是成正比的，李大旗成为解放后仓湖湾第一个问鼎象牙塔的天之骄子，跟独角兽一样稀奇。

凡事种因必有果。为了吃饱肚子的念想，李大旗果断报考了农校，后来听说还有粮校，肠子都悔青了。毕业后，假如分配到粮食局，不等于睡在粮囤里了嘛，有道是荒年饿不死厨子嘞。李大旗最终分配到老家仓湖湾抓农业，好歹也算与填饱肚子的愿望挂上了钩。

　　李大旗清楚地记得，上班第一天，财粮助理分给他的宿舍，上盖子透风发亮，麻雀在芦柴笆里叽喳闹腾，不时掉下一团团草芥和羽毛。墙面上的黑砖，锈蚀得像一块凹了肚子的磨刀石。老百姓家清一色茅草盖顶，黄土打墙，多半人家房顶两头盖有缸瓦碎片，抑或用棍棒压住。谁敢说杜工部那首《茅屋为秋风所破歌》写的不是这里？百姓生活"一天不授，一天不食"，户户难有隔宿之粮。地委书记下乡，塘灰土埋脚脖，刮起来一杠烟，一天跑了 12 个村庄，感觉十分疲乏。晚上住公社招待所，秘书嘱托孙大厨使出看家本领，弄一桌像模像样的菜，犒劳下乡体恤民情的大领导。孙大厨难为得要哭，巧妇难为无米之炊哩，当得有个蚂蚱大腿也能算作一点肉，堂堂公社干部的食堂，居然连块肉皮也找不到，这顿饭怎么弄？

　　孙大厨不愧为老厨子，他在素菜上想出了"花招"。挖窟掏洞端上桌全是清一色"和尚菜"，倒也十分养眼。粉皮、豆芽、豆腐、千张等老弟兄四个"聚会"，清清爽爽，配点青蒜、红椒，也能激发人们食欲。唯一一个算作荤菜的鸡蛋炒尖椒，亮黄黄，嫩娇娇，看着都下饭。老书记吃一口黄豆芽，眼睛一亮：天呀，这道菜既香又脆，怎么炒出来的？催促赶紧再上一盘。孙大厨激动得嘴唇哆嗦，他屏住呼吸将豆芽一把把抓进漏勺筛了又筛，然后轻轻捏住根须，将芽瓣放进滚开的油锅炸起来，再将根须爆炒一遍，拿捏住豆瓣香香的、根系脆脆的火候。这一餐，让孙大厨名声大噪，彻底诠释了"是金子总会发光"的道理。饭后，地委书记出来跟他握手，夸赞孙大厨手艺了得。孙大厨激动得泪眼婆娑，三天舍不得洗手，走路恨不得将两手摊开给人看。不消说，孙大厨就此成为历届乡镇领导的"御用"名厨，坐镇招待所厨师长宝座 20 年，白大褂一穿，白帽子一戴，培养了一批又一批二把刀、三把刀，传承谱系代代延续。

说实话，五六十年代的百姓能顿顿喝上酸倒牙的粉浆稀饭，都算得上生活中等偏上家庭了。

年关将近，公社干部到百姓家访贫问苦，看到困难户衣衫褴褛、面黄肌瘦的样子，人人心里比粉浆还酸。

李大旗作为驻队干部，推荐张泽浩第一站就近看看。随行的还有农业科长王安生。也许有人会说李大旗想把粉搽在脸上，座下大队再穷，瘦死的骆驼比马大。到偏远村庄，直溜溜望过去，到处茅屋草舍，没什么亮点。如果这样揣摩李大旗的心思，真是大错特错了，李大旗就是想让新来的张书记看看，群众家坛子里到底还有多少米？

出公社大门向北，4 里路下来，拐到了周老庄生产队地盘。宋大嫂正抱着孩子坐在锅门纳着"卍"字鞋底，嘴里含糊不清地哼着《十二月想郎》的小调。看到三个陌生男子上门，慌忙将大幅头棉袄包了包孩子，随口问来人找谁。李大旗说："嫂子，公社张书记看你来了。"宋大嫂先一脸茫然，她不明白书记来她家干什么。随即，又像要哭的样子，是不是自己男人被逮住了？正疑惑着，张书记笑着问道："早饭吃了啥？"这边说着，王安生抢先一步揭开笆斗，看到里面还有一小碗粮食，锅台上的油系子不知多少天没沾到油星子，干巴巴的连蚂蚁也懒得往上爬。揭了锅盖，照人影的山芋卯子磨成的稀饭早已断了热气。宋大嫂红着脸，显得局促不安。张书记接着问："你家几个孩子啊？"宋大嫂说两个，大的男孩叫解放，小的女孩叫晓丽。张书记发现她的怀里只有一个，问另一个孩子呢？宋大嫂挪开双腿，朝着锅门口努努嘴，灶膛青灰里蜷缩着睡觉的孩子，张书记眼泪刺啦一下流出来："俺的个小乖乖，这怎么行。看看，孩子屁股都冻紫了，快快快，王科长你快过来，俺给你5尺布票，抓紧上街扯块布，到裁缝铺里帮两个孩子做件新棉袄。"宋大嫂推辞道："娃娃屁股三把火，冻惯了，不碍事呢。"

李大旗伸手从口袋里摸出两块钱，塞到宋大嫂手上："嫂子，这点钱你先拿着，明集上街买点谷子、高粱米。"宋大嫂说："大兄弟，你的钱俺不能要，你是公家人，要用钱的地方多，俺将就一下能过得去。"

"大姐，这点钱买点粮食，给孩子滋养滋养，你就不要客气了。"宋大嫂再三推辞不掉，只好收下。两块钱在一分钱两根针、一个鸡蛋八分钱的年代也不算小数目。

宋大嫂从张书记的对话中，听出书记的口音跟自己相似，长相跟远房大表舅张大炮像一个模具拓出来的，便试探着打听书记老家在哪。张泽浩一一作答。宋大嫂眼睛一亮，忙给张泽浩递板凳。

"俺远房表舅人称张大炮，跟你长得蛮像，早年打游击牺牲了。"张泽浩听到宋大嫂喊出伯父的名字，确认眼前这位妇女原来和自己是亲戚关系。张泽浩询问宋大嫂怎么到了这里，宋大嫂说："唉，女人的命是菜籽命，撒到哪儿就哪儿，落到肥处随风长，落到瘦处苦一生。俺娘家日子也苦得很，后来遭到逼婚，才逃到仓湖湾，嫁到了周老庄。"

仓湖湾人的日子太难了。张书记要到西边看看，宋大嫂赶紧打了"拦板"："你们都别去了，那边连着五六家要么外流东北，要么讨饭去了。以往公家救济的'二两五'，一个月摊下来，不够塞牙缝的。"张书记问："你家当家的呢？"这时，宋大嫂的目光呆滞了，眼里流出泪来。

"俺家苦命的'闷葫芦'，脾气直，说话冲倒南山，跟孙队长撕破脸，让队长穿了'小鞋'，离家出走了，至今没敢回来，现在不知是死是活，到处打听不到。"

张书记离开周老庄，乡村的凋敝景象使他不由得连连叹气。

王科长走到供销社，扯完布送到裁剪师小罗锅手上，再三嘱咐今晚三更六点也要做好。小罗锅岂敢怠慢，立即裁剪忙活。

傍晚，李大旗陪着王科长将棉衣送到宋大嫂家。回到公社不久，王科长突然大叫："大旗大旗，你快来，俺的眼珠子丢了。"

李大旗吓了一跳：王科长的左眼凹成瘪窝，放得进溜溜子（玻璃球）。王科长急得苍蝇一样直搓手："别卖呆了，抓紧跟我一起去找。"李大旗说："你的'11'号车好用吗？"王科长往凳子上一坐，连说腿有老伤，走不动了："你快把万以高科长那辆羊角把自行车借来，跟我一起去找。"李大旗问："这么多家怎么找，你回忆回忆大概在哪个庄上丢的。"王科长回答道："在最后那几家可能性大一些。"李大旗拖着王科长，车子吱扭吱扭顺着小道左拐右突，将走访的农户几乎找了个遍，最后才在宋大嫂家的提篓里发现目标。李大旗有点气急败坏，抱怨王科长记性太差，没有一点准绳子。王科长抓抓头："当时只顾走路说话，掉到哪家真说不准呢。"

王科长打过辽沈战役，眼睛被敌机炸伤，前线缺医少药，他牙一咬，摘下了左眼球。医生帮装了只义眼，不仔细看根本发现不了。

回来的路上，徐大个拦住李大旗，让他给公社领导捎个话，想辞掉生产队队长职务。李大旗拎起自行车龙头，前轱辘直打转儿，他急吼吼要走，徐大个嘱咐一定把话带到。李大旗嘴里敷衍着，徐大个这才笑着闪开了道。他刚骑上自行车，身后一群藏猫儿的娃娃就喊了起来："两个轱辘三道杠，当央蹲个大坏蛋。看到路人不下车，伸手就去按铃铛……"王科长开口就骂："这帮小龟孙，有人养没人管了。"

大新正月，仓湖湾公社年后的第一场会议，从早上7点一直开到中午12点半，制定了12条"一年早知道"，囊括农林牧副渔各业发展指标，相当于这些年百姓年年高度关注的中央一号文件。张泽浩敲着桌子说："解放都好几年了，眼下又遇到了自然灾害，百姓怎样才能挺得过去，很值得我们思考。今年我们必须'敢'字当头，苦干实干，开局就得抢跑，抬腿就要冲刺，脱裤当蛋也要打翻身仗。同志们哪，你们到周老庄看看，那个村子还能看吗？有个叫'闷葫芦'的人，家里穷得睡灰，两间连房灶，葵花秆作檩条，鸡蛋粗的木棍作梁底，屋里漆黑一片，一张破床三条腿，还有一条用土坯代替。就因为跟队长闹了误会，幸亏小腿跑得快，不然逮住了就得挂牌游街。在队里待不下去，跑出去三四年没回来，留下老婆孩子艰难度日，他家吃着番瓜叶、棉籽壳、山芋卵子磨出的稀饭，我们的干部手摸胸口，良心是不是长到肋叉骨里去了。不明不白把人逼跑了，这样的队长还能干吗？"

打鼓听声，敲锣听音。书记点了孙队长的名，这个队长谁还敢再用。大队几个骨干人物坐到一块儿研究，给了孙队长一个体面的下台方式——主动辞职。

第二章

　　仓湖湾公社干部有个特点，开会大多不要稿子，倒不是文化水准了得。恰恰相反，他们不识多少字，连写一份汇报材料都憋得淌汗。一个政府大院找不到舞文弄墨的人，派来的干部在旧社会吃尽了不识字的苦，开会发言总是颠三倒四烫剩饭，有的口若悬河，却说不到点子上，有的性子急，工作起来动辄捋胳膊爆粗口。正式场合总得讲究些台面，不然老闹出笑话。张泽浩欲将仓湖湾学校教书的刘老师改成刘秘书，百姓说张书记会选人，眼睛好毒怪。

　　这刘秘书老实巴交，与人处事左右逢源，五岁读私塾，字眼深。教授他的先生堪称典型的"黑墨嘴"，仓湖湾人无不敬佩。上学第一天，先生在课堂上出了个上联——"天空小雨纷纷下"，让学生对下联。别的同学绞尽脑汁写不出来，刘老师往邵公河边一走，瞟瞟天上的云彩小鸟，瞧瞧地上的花草虫鱼，迎面一股清风吹来，灵感顿时爆棚："河边大风阵阵吹"。他飞奔到先生家，先生捋着胡须，眉毛笑成了月牙儿。刘老师才华横溢，顺利考入一家师范学校，扎实的文化功底，催生了激昂澎湃的文字，频频发表在《淮海报》《新华日报上》。一次，张泽浩找到文教局一把手，谈起县内语文老师文字功底孰高孰低。局长说："仓湖湾的刘老师好一个大才子啊，文笔光腚睡觉没盖的。以前刘老师在华亮中学教书，校长文化不高，却总爱挤兑刘老师，对刘老师的教学，横挑鼻子竖挑眼。刘老师看他没事喜欢躲在屋里，便将他奚落一番——'一生一世像蜗牛，遇到吃食才出头，三间茅屋当宝殿，自吹自擂自封侯。'校长坐不住了，要他在教师会上公开检讨。刘老师心中本就不平，'你让我出丑，我让你难堪'。刘老师往台上一站，拿出一张纸大声读了起来，一开口就把人全震住了。台上台下除了听懂'检讨书'三个字，对主要内容可谓一头雾水。出口成章的刘老师说的是四六骈文，典型的八股文，几乎没人听懂。他那个检讨我看过，感觉改掉一个字都是太岁头上动土。如果说刘老师的文笔在仓湖湾不算第一，他的身后远远地看不到老二。"张泽浩本就不肯轻易埋没人才，便学着刘备"三顾茅庐"，终于将刘老师从课堂请到公社，让他在更大的舞台上施展才华。

张泽浩识才爱才，赋予了刘秘书很大权力，到供销社买东西，刘老师说话当钱使，批个条子弄一斤红糖、二尺布、三打火柴、四两洋油等，他的笔头一挥就成了。一个月前，张泽浩要他物色一个门卫，六个基本条件缺一不可：一要离家近，二要没有家眷，三要能吃苦，四要不贪私，五要敢斗争，六要作风好。刘秘书拿到"圣旨"不敢怠慢，带着500度老花镜，用草棒子拨拉找，也没遇到合适人选。这几天干部忙着下队，仓湖湾公社大院一下子空落落的，虽没有值钱东西，但集体财物总得要人看管，况且民兵武器库里还有几十支枪，两大箱手榴弹哩。

　　头瓜选过选二瓜，瘸子里面选将军。街西吴老头进入刘秘书"视野"。吴老头住在街头，从家门口迈腿到公社，哼个《社会主义好》的曲子就到了。吴老头干过8年队长，始终保持军人作风，抬脚出门，中山装的风纪扣就没松开过，一条草绿色军裤整整穿了10年。冬天扒河打赤脚，踩着冻渣干，头上汗水直滴，散发出热腾腾的雾气。他最大的优点，也是诸多见了女人走不动路的好色男人难以企及的，干了这么多年队长，居然没有一丝打鼓爬墙头的花边绯闻。妇女们干活歇息喜欢聊男人的呱，爱开玩笑的康为美神秘兮兮地说："吴老头作风好，不爱撩骚，百毒不侵，没听说哪个妇女被他占过便宜。"女同胞轻抿嘴唇讪笑着问："敢情凭你对男人们的高度容纳性，也没能瞅准机会把他拿下？"康为美认真地说："吴老头要能看得上俺，俺也捞到伸手不拿四两的轻快活儿干干，今天在场面上筛筛营养土，明天到地里拾拾烂棉花，砸砸泥坷垃，不淌汗苦点便宜工分呗。"

　　刘秘书认为吴老头其他条件具备，唯一一条不对嘴，他有个瞎鼻子老婆。张泽浩问多大年纪，刘秘书说53了。张泽浩手一挥说："过把了，火气败了，不易折腾，让他来吧。"张泽浩主要担心门卫年龄轻，易花心，半夜三更心火上来跑回家，容易出纰漏。刘秘书解释道，听说吴老头的婆娘心脏不好，紫嘴唇，说话做事须静心，万不可过度亢奋，两口子不知驴年马月便取消了最高级别的娱乐活动。按照社员孙小鬼的话说，想当年队长的婆娘身材多好，现在夏天脱单，穿着薄衣能望见几根肋骨，平塌塌的胸口跟翻过来的老鳖没啥两样。张书记笑着点头认可，这不，吴老头铺盖一卷搬到了公社。

　　知恩图报，吴老头感谢刘秘书慧眼识人，他守护公社的劲头，绝不亚于部队守护弹药库的士兵。遇到可疑之人，刨根问底，管治安的倪大胆的话也没他多。妇联主任大乌嘴每次夸吴老头敬业精神，大拇指一竖，嘴角总流口水。

周老庄的麻杆子溜到公社门口，张望了一阵，也不见有人进出。他试探着走进去，在门卫后面小巷子里发现一只夜壶，便飞起一脚踢开，不料这只淡绿色夜壶瓷实得很，连滚带爬翻了几个身居然毫发无损。倒是麻杆子的脚趾头如同卵子挤门缝疼得钻心，以为踢了块铁板，眼泪都快掉下来了。他想，真应了黄鼠狼专咬病鸭子的话了。一个月前，麻杆子到老教授家推磨，推完后觉得磨肚里还有点面粉藏在里面，他把上脐磨挪开，伸头吹里面的面粉，将自己弄了个"三花脸"，他发现还有点没有磨碎的山芋干吹不出来，便用一把剪子往里剔，这边干完，又干另一边，谁知撬动磨盘时用力过猛，磨盘滑了下来，直接砸到脚面，这回旧伤未愈，又连着挨了一刀。麻杆子不得不弯下身子抱住脚丫狠搓了几下，然后弓着腰来到大院里。

"站住，你眼珠没有米子，这地方你也敢随便闯闯？要是遇到万以高科长，信不信一枪把你崩了。"吴老头从厕所里出来，怒喝一声，麻杆子被定在原地。

"哎呦呦，俺可不是杀人放火的坏分子，干吗要俺吃枪子，俺过去穷得上下无根丝，共产党毛主席让穷人翻了身。你敢把俺怎么着？"

"你个贼头贱脑的，把舌头伸直说，你出身贫苦，难道俺是周扒皮、刘文彩？混账王八羔子，今天不把话说清楚，你别想走出大门。"

麻杆子软了下来，凑近吴老头的耳根："老师傅，别误会啊，俺从前的事情不是早就改了嘛，今天来找倪大胆倪科长的，有要事当面禀告。"

　　吴老头这才想起来，面前这个人名声太坏，是仓湖湾遭到公开批判的"13个小坏蛋"之一，婚后对老婆百依百顺，对父亲却十分忤逆。每顿饭只给吃一碗，还到处显摆他的父亲吃定量户口，相当于18级干部。老父亲饿得眼冒金星，只好到邻村讨饭，这下可犯了大忌。麻杆子认为父亲有意败坏他的名声，便在大年三十将父亲关了起来，老父给儿子跪下，也没有换来逆子的恻隐之心。麻杆子的恶劣行径，终被社员发觉并向上汇报，麻杆子因虐待父亲被剃了个火叉头。麻杆子不思悔改，他见到吴老头看热闹，可怜巴巴地哀求借草帽遮遮丑。吴老头看他年纪20上下，加之天气炎热，又敞头赤脚，晒得流油，担心众目睽睽之下被人记住，影响以后前途，便毫不犹豫摘下头上的草帽卡在麻杆子头上。

　　"倪科长正在开班子'洗澡会'，有什么要紧事告诉俺，俺传给他，估摸这会一时半时结束不了。你要是愿意等，就到门口歇着。要是闲得慌，就到街上转转，过会儿再来。"

　　麻杆子心想，如此要紧之事，你吴老头才多点分量。既然领导干部在开会，俺何不出去等一等？这个地方毕竟不是久留之地，万一让队里人撞见了，"秘密"就泄露了。

　　太阳偏西，麻杆子凑到倪科长面前，将周老庄生产队私分粮食添油加醋汇报一遍。倪科长原先和颜悦色的笑容突然遇到强对流天气，一时阴云密布，鼻子都气歪了。

　　"这事万不可告诉别人，等会儿我就去处理。混蛋了，简直无法无天。你赶紧回家，装作无事人一样，不要口无遮拦到处乱讲，小心被人算计。"

　　倪科长打发了麻杆子，麻杆子脸上出火。他右脚迈出门槛，脑子里还在思忖倪科长和他说的话，觉得自己非但没有讨到多少赞许的话，反而倪科长口里蹦出"混蛋了"三个字的瞬间，眼睛分明在死盯着自己。

麻杆子嘟囔着嘴，悻悻地离开公社，吴老头的眼睛虎视眈眈地看着他，生怕他捎走大院里的一根草芥。

这麻杆子真不是人。托亲拜友干了副队长连板凳都没焐热，就迫不及待想干生产队长。孙队长靠边稍息，麻杆子加紧活动，谁知到了大队卡了壳。麻杆子猫含猪尿泡空欢喜，恼闷愁肠睡三天，却让徐大个讨巧捡了个"漏"。

徐大个睁眼闭眼让群众分点粮食度命，也是迫不得已。他料到这件事肯定会捅出个窟窿。果然不出所料，麻杆子出了坏水，暗地打起自己的"小九九"：这徐大个早不回晚不回，偏偏这个节骨眼上复员还乡，直接升为队长，自己啥时才有出头之日？不行，得瞅准机会抓抓徐大个的"小辫子"，把挡住自己路子的徐大个赶下台。

如今徐大个私分粮食犯了大忌，此乃天赐良机。于是，麻杆子暗地告状来了。徐大个早料到会有事发生，只是没猜到麻杆子会暗中使坏。为应付不测，徐大个来个"双保险"。公社这头让李大旗带话主动要求辞职；县里那头，找老营长打招呼，垫句话，则可大事化小，小事化无，不了了之，从队长位子上主动请辞，大面子上能盖得过去。

老营长在县城工作，离仓湖湾30公里。徐大个在大运河岸边坐上了船，船到当央，检票员摊开蒲扇般的大手开始伸手收过河费。徐大个摸出5分钱递给了对方。面对波澜不惊的河水，徐大个心想，再来四五个月，夏天一到，俺小褂一脱，"刺溜"一下蹿下水，扎几个猛子，双手一扒拉，碗把饭的工夫便扑过去了，你摆渡的休想赚到俺一个钢镚儿。

老营长着一身褪了色的旧军装，看到徐大个直接到了办公室，差点没认出来。

"老首长啊，今天俺给你请罪来了。"徐大个开门见山。

老营长脑瓜皱成了核桃："啥手掌脚掌的，复员了咱们都一样。况且你还救过咱的命哩，跟咱还那么生分，少来这一套。说吧，这两年到地方了，怎么样？"

"唉，还能怎么样，前日队里出了件抛锚事，俺被逼到二梁上了，到现在心里还很不舒服。"

"咋啦？害病啦？"

"哎，这病医生没本事治，你能耐大，这不找你来了。"

二人你一言我一语。徐大个说："仓湖湾穷啊，为这事，俺才犯错误的。"

"啥错误？哈哈哈，莫不是睡了人家的女人？"

"老营长俺跟你说啊，可别诬赖好人，俺的为人你不是不知道。俺上不愧天，下不欺地，对得起祖宗，对得起他人。"

"那到底出了啥问题，除了叛国投敌，杀人放火，生活腐化，别的事情，在咱的一亩三分地上，都可以给你摆平，别人不了解你，咱可是扒了皮认得你的骨头。"

老营长非常纳闷，眼前的徐大个遇到的事情肯定非常棘手。他知道徐大个虽然一个大字不识，但脑瓜灵活得让你无法想象，老营长不由得想起初次结识徐大个的情景。

老营长父母过世早，十五岁流浪到了上海，本来想在码头上出苦力，因左腿害疮瘸了，一直没好，便在一个炸油条的人家当伙计，每天给人家拉风箱，挣点饭食钱。兵荒马乱的年头，在油条店里混口饭吃就很不错了。一天，经常给店里送面粉的老大哥悄悄告诉他："别在这儿干了，我给你这个小侉子找个更好的工作可愿意去?"老营长听说是给人家押车,路上看好货物不要被人抢了,下车再帮卸货,多给几个零用钱,便答应了,临走时还瞒着油条店老板。老营长被这个称之为老大哥的人带到康平医院,里面到处都是人,门口还有岗哨,再问问别人,才知道这儿成了国民党抓壮丁的收容站。老营长哭了,万一上战场被打死了咋办?就在这时,徐大个出现了。徐大个挑着两只桶来康平医院卖馄饨的,看到老营长在哭,便问他怎么到这里的,老营长说自己被卖面人骗了抓了壮丁。徐大个赶紧让他止住哭,想法子出去才是正理。徐大个眉头一皱,计上心来,他让老营长在这等儿,他想法子营救。

太阳快要下山时,徐大个再次走进医院,喊着叫卖馄饨。上了二楼,趁人不注意,伸手捻灭了电灯,收容站顿时大乱,当兵的大骂一通,扬言枪毙拉灯的人。徐大个迅速从怀里扯下一条长围巾,围在老营长脖子上,弯腰从馄饨桶里取出一摞碗塞给老营长抱着,老营长这才明白,自己化装成跟随徐大个卖馄饨的伙计了。两人匆匆往外走,到了岗亭,站岗的瘦子两眼直勾勾望着他俩。徐大个故意上前问道:"老总吃馄饨不?"跟在身后的老营长低着头,怀里的一摞碗哆嗦着,发出"咔咔咔咔"磕碰声。执勤兵没有盘问,不耐烦地要徐大个送 4 碗馄饨来。第二道岗哨布在大门口,6 个兵阎王般托着长枪把守,对着门口拥挤的人群厉声呵斥。徐大个拽了一把老营长,二人假装往回走,当兵的一声断喝:"不准进去。"徐大个赶紧挑着馄饨担子就势返身溜了出去,老营长刚逃离险境,一头跑到附近的英租界门口,站岗的巡捕傲慢地抬起眼睛,一看到有人走近,便拎了根铁棍追来要打,老营长强打精神狂奔,好不容易脱离险境,他才长长地舒了一口气。

徐大个将私分粮食的事情一五一十陈述一遍,老营长犹豫了一下，叹了口气说道："这可是上纲上线的大事，处理起来肯定不会留情的。而话又说回来，共产党打天下总得为群众利益着想啊。假如这一点都做不到，不是愧对人民群众了吗？当年的淮海战役咱们的老百姓付出多么巨大的牺牲，那担架队、小车队硬是把淮海战役推到了胜利的一天。前年水利大会战，老百姓往前方工地运送柴草，地委分配宿迁600万斤火草任务，有15000多人上路，突遭暴雪围困三天三夜，因衣服、被褥、口粮准备不足，途中还有半人深的水沟数处，途中活活冻死饿死了12人，负伤加重致死37人，负伤病卧502人，轻伤850人，一些干部也为此受到了处分，遇难者家庭却没有给政府施加压力，没有提出无理要求。咱们干部，与群众之间就是鱼水关系，从朴素的情感出发，起码要关心群众疾苦，这样的江山才坐得稳，守得住啊。"

"其实，俺倒不是怕处分，好汉做事好汉当。主要担心万一被公安带去了，到铁笼子里走一遭，俺这辈子就撒手了。将来儿女说亲事，外人都会指指戳戳，倒叫俺怎么做人？子女出门如何抬头？"

老营长说："既然木已成舟，反悔也来不及了，咱去舍下老脸通融通融。你先在这儿等会儿，咱去去就来。"

老营长敲开县委书记李挺松办公室的门，把徐大个私分粮食的事跟书记沟通一番。老营长说："徐大个这个人实诚，而且打过仗，他所在的生产队就有两个老百姓在往前方送柴草时被大雪活活冻死。"李挺松年龄不大，看起来也是性情中人，他转过身，揩了下眼睛，声音几乎哽咽着说："我知道了，让他放心，回去好好干。现如今，百姓确实很穷苦，县委也看在眼里，急在心上。可是，宿迁盐碱地太多，春天白茫茫，夏天水汪汪，工业底子薄，农业靠天吃饭，哪个庄上没有三个五个讨饭的？前天我打电话跟地委要求拨粮，地委领导对我讲，整个淮阴地区因灾造成三季减产，50万人外流，还有50万人缺吃患浮肿病。地委专员秦齐均同志给我的数字更是寒心：全地区国库只有1200万斤粮食，300多个粮站平均存粮只有几万斤，粮库真是可以搬到汽车上了。"

一会儿工夫，老营长回到自己办公室，二话不说，伸手一拳，捣到了徐大个的胸口窝："你心揣给怀里收着，谁敢动你一根汗毛，咱让他头朝下走。你不干队长，不要说咱不答应，就冲你做的这件事，老百姓也不会让你下台。刚才咱跟李书记说好了，他让你放心，好好干。"

徐大个脸上的愁云不见了。他"啪"地立正，给老营长敬了个军礼。老营长开心地笑道："咱们有责任把百姓往好日子的路上领。你要是撒手撂挑子，即便周老庄人不骂你烂草无穰，你自己手拍胸口，看看能不能摸到良心？回去吧，乡亲们还指望你哩。"

第三章

　　徐大个复员回家前夕，仓湖湾发生一起重大火灾事故，损失巨大，多年以后人们还心有余悸，叹息不止。

　　俗话说，冬大如年，南方北方都讲究。周老庄生产队三大员中，除了孙队长岁数大，会计、保管员都是愣头青小伙子。冬至上午，三人一合计，从生产队猪圈里赶出一头猪，宰了分给百姓。晚上，三人偷偷到了牛屋，将猪下水放进大锅里或炒或煮，配上花椒八角、葱花油盐，会计拿来两瓶山芋干酒，将笆斗底朝上卡着当桌子，尽情大快朵颐，喝得晕头撅腚，脸红脖粗。

　　猫爷喂完牛，早早进了被窝。不料，夜间牛屋起火，猫爷惊叫着逃了出来。一看火势，了也不得，大火引燃了附近的草垛，草垛连着一捆捆芦柴，一时社场周遭赤彤彤一片。猫爷吓得魂都扔了，他心疼那条单犁独耙的大白牛，整个周老庄人把这条白牛当作坦克车，耕地打场无须甩鞭子吆喝，让人跟着尾巴跑。前年王老庄人到柴米河大堤用大碾盘打砂礓，打完后大碾盘陷在烂泥里运不出来。王老庄两条黄牛孝子般一步一点头，前蹄跪趴了也没有把碾盘拉上岸。大白牛血气方刚，仗义支援，只见它头颅昂起，一声长啸，前腿一弓，后腿一绷，稳稳当当拉到路当中，大白牛见义勇为可歌可泣的英勇事迹一时广为流传，只差没当场给它披红戴花了。老猫爷当晚特意给大白牛"加餐"，用黄豆饼、玉米和青草拌成饲料，让大白牛美美地吃一顿。刚巧农业科长王安生凌晨两点多到了周老庄检查工作，由于起得太早，走累了，便躲到牛屋睡了"回笼觉"，刚好睡在大白牛身边，大白牛头晚进食过多，攒足劲拉了一泡屎，差点落到王安生头上。

仗着大白牛的八面威风，周老庄所有人讲话的语气都硬邦邦的，难怪猫爷把它疼得跟肉汁般，冬天帮他掐虮子逮虱子，夏天帮它捉牛虻打苍蝇。老猫爷返身冲进去将大白牛牵了出来，等他返身再次进入火海中，这回却没有那么幸运，软塌塌倒在门前，一股求生欲让他勉强坐了起来，在滚滚浓烟中，拼尽全身力气爬出门外。

见到12头牛四脚朝天直挺挺躺在地上，村民眼里滴血，一脸惊愕，他们明白，地里本该老牛们干的农活，今后需要他们这些分食牛肉的人们，尾巴汗流出笨头力了。更让人绝望的是，度命粮被烧掉了1万多斤。社场上数十万斤麦草、芦柴也统统化为灰烬，牛屋、仓库只剩下墙头框子，被抢出来的檩条拖进了大汪，夜里大汪封凌，齐刷刷露出水面的木头，第二天还在赤彤彤冒烟。出生不到两百天的一头小牛犊子，一时无影无踪。

周老庄出现牛死人伤事件，上级怪罪下来，这倒如何是好？公安入村侦查，排除了不法分子故意纵火。最终矛盾的焦点对准了老猫爷，老猫爷成为理所当然的怀疑对象。

旧社会时老猫爷在地主家做长工，父母早亡，身世很可怜。年轻时出了过头力，留下了哮喘病，不到50岁便弓腰驼背，生产队考虑他上了年纪，且耳聋眼花，便安排他做饲养员。老猫爷对喂牛的差事自是欢喜，人瘦得皮包骨头，牛却养得膘肥体壮。冬天住牛舍，可以烤火取暖，王瞎子来唱扬琴，都选在牛屋里，老猫爷让王瞎子跟自己通腿，拉呱拉到半夜，倒也了解不少诸如赫鲁晓夫倒台、匈牙利暴动的天下大事，也听到好多诸如武则天养了面首、皇太后跟宰相藕断丝连的宫闱秘史，还有乡野之间发生的有违伦理的丑事。

话说老猫爷被儿子送到医院已经不能说话，面部膨胀如皮球，眼睛肿成了一条线，医生给他挂了瓶盐水，连忙催促赶快转院，乡下医生治不了。儿子回家借钱准备把他送到县医院，刚进家门，儿媳妇就说，一个队都讲饲养员不好，说牛舍锅门的柴火没清利索，才造成这么大的灾难。儿子回到医院求证，趴到老猫爷耳边问话，老猫爷一句也说不出，连摇头的力气也没有。儿子一气之下，把老人拉回家放弃治疗。两天后，躺在大铺上的老猫爷熬干心血，一命归西。没有喇叭唢呐，没有送汤送程，在村民的抱怨和诅咒声中，猫爷冷冷清清地走向另一个世界。

周老庄坟岗里，猫爷变成了一堆土丘。几年后，到田间干活的人经过这里，还会指指点点，认为在熊熊烈火中遇难的猫爷，救不过来属于天意，也等同于畏罪自杀，算凶死鬼。儿子迫于舆论压力，整天夹紧尾巴做人，最后逃到东北去了。

周老庄集体经济几乎倾家荡产，全队三百多户人家1500多人，崩溃的心一下子变成两瓣，群众一窝蜂闹到公社，要求生产队立即分家。公社派倪大胆安抚人心，倪大胆充分发挥强大的嗓门优势，呱嗒着老脸说了一通，社员根本不买账。倪大胆见来硬的不行，于是换上一副笑脸，说了一箩筐顺水推舟的软话，居然平息了百姓的愤怒。百姓的要求合情合理，分就分吧。于是以大汪塘为界，东面周姓人家居多仍为周老庄，西面张姓居多称为张庄。对孙队长追责程序也及时启动，他作为一队之长，责任逃也逃不掉。

孙队长站在公社会堂主席台前侧，面对一会堂的眼睛，他再也抬不起头。想起以前在这儿领奖，要多风光有多风光，公社书记给他颁奖，还跟他握手，台下的掌声赛过壮怀激烈的钱塘江大潮。而这一次上来公开亮相，说白了便是丢人现眼。洋洋洒洒2000字检讨书，被磕磕绊绊读完，脑袋却一片空白，脸上的汗珠哗哗淌，帽檐下一片热气腾腾，贴皮衣服像从水里捞出来一样。

张泽浩算得上文官，脾气不大，属于温和型干部，开会不像其他干部动辄摔桌子打板凳，吹胡子瞪眼的，而是和风细雨，娓娓道来，像是循循善诱、慢条斯理给学生上课的老师。有人说张泽浩菩萨心肠，处理人刀子不快，下手不狠。张泽浩认为，培养一名干部不容易，花费精力实在比母鸡下蛋难多了。可是，这回张泽浩没有被孙队长带着哭腔的检讨打动，气得鼻歪眼斜，脸比平时拉长了二尺，说话声音都变了："周老庄大黄牛是本地土种黄牛和秦川种公牛杂交的第二代，头大嘴阔，眼大有神，前胸深宽，皮毛紫红，力量大，耐力足，单头牛每天能耕3亩，居然损失了12头，论罪行真够着枪毙的。"

孙队长听到"枪毙"二字，身子不由自主哆嗦了一下。与会人员没想到温文尔雅的张泽浩居然会发那么大令人害怕的火。"还有一个小牛犊不知跑往何处，至今下落不明……损失是惨重的，教训是深刻的。"会议最终宣布，根据孙队长个人请求，决定同意辞职，孙队长从队长位置掉下来，跟社员坐到一条板凳上。

周老庄短期内出现权力真空。一个生产队居然有5个人觊觎队长这个位置，这可难倒了大队老书记。眼看距报给公社的最后期限就差3天了，老书记找驻队干部罗拓出主意。罗拓说："区区一个小队长也这么难产，这要是选县里区里干部，不得浪费一两年时间呀。"罗拓不愧为公社下派干部，他眉毛一皱，计上心来，决定亲自到场为新队长"接生"。

想干队长的人听说罗拓当"主考官"，心里一阵暗喜，各人使出浑身解数，有的托人买了两包"大前门"奉上，手头有点散银的便托人割二斤肋条肉，有的买点白酒，罗拓照单全收。吃也吃了，拿也拿了，可一个队长名额究竟给谁是好？罗拓让会计通知以家庭为单位，每户派一个人到生产队社场。然后他用复写纸画了表格，把几个一心想干队长的人的名字填在上面。有的群众不服，声称不应该把名字固定下来，应该让百姓根据自己意愿选，相当于当今敞开大门"海选"。罗拓回答道："那样会乱，容易造成一家门口一个天，尤其是大族人多，派性严重，选不出群众满意的人。"罗拓站到山芋窖上，顿时有了居高临下、指点江山的感觉。他进一步解释说："为稳妥起见，今天选队长要进行两轮。第一轮先预选走走场子，不属于真正意义上的选举，只是跟厨师炒菜一样预热预热，先弄几个菜让近房头忙事的先喝着，品评厨师手艺，尝尝菜肴盐头大小、味道如何。"参会人员都说这事新鲜，那几个已经打通关节的人却不知道罗拓葫芦里卖什么药。究竟选谁他们心里都没数，有的人明显已经走神泄气。会计发给每个人一张纸，发完说："大家想选谁就把名字写在纸上，都不要交头接耳瞎议论，只要选你最满意的人就行。"

第一轮模拟选举很快就完成，第二轮气氛却显得有些紧张，送过礼的人小心脏几乎要跳出喉咙。会场静悄悄的，大伙儿你望我，我望你，然后做贼般把纸条放到掌心，写好后又折起来，会计统一收上来统计。这时罗拓问："这样做平心不？"大伙都说平心。最后公布得票结果，麻杆子 3 票，塌鼻子 7 票，张大傻、钱小二、王大憨每人各 2 票。徐大个得票最多，为 308 票。徐大个脸红红地说："这不算数的，俺没啥文化，又刚刚复员，大伙儿可别开国际玩笑，赶紧推倒重来。"罗拓总结道："民意不可违，根据投票结果，现在我宣布，徐大个任周老庄生产队队长。"那五个预备人选面色难堪，彻底傻眼了，望着罗拓远去的背影，真恨不得对着他的后脑勺吐一口千年老痰。徐大个就在这个关键节点，捡到了社会阶层最小的官。

本来这个差事对徐大个一点吸引力也没有。他考虑自己没文化，性子比驴直，脾气比牛倔，当个队长，跟人关系弄僵，见面都难为情。再说生产队也比较乱，几个好佬（方言，霸道和无赖的人）个个像集体的大趴角牛，顺着毛捋捋犁田很勤奋，戗着毛那可是跟你拗到南墙不回头。

世上三样苦，打铁扒河磨豆腐，出的体力活，枯燥又无味。徐大个上任第一场活儿就很累，他喊社员上工捞淤泥，半天到不齐。而每天出工最勤快、收工最晚的，非孙队长莫属，这让人觉得很奇怪。徐大个没有往这方面思考，心中却暗暗佩服孙队长。不是吗，孙队长脱离"政坛"，背地不但不捣蛋，反而人前人后把自己大赞一番，哪像原先那个塌鼻子队长，这边下台就装病，整天拱屋里不露头，要么吃烂烟，要么躺席子上假睡。偶尔参加劳动，也是懒牛上场，尿屎直澳，心里还盘算着"张勋复辟"的美梦，自认为离了他地球要停止运转似的。孙队长为人做到这个份上已经很有智慧了，但更让周老庄男女老少佩服的，还是孙队长的吃苦精神。他过去干队长时，还会田头站站躲躲懒，现在不言不语的，到了田里干活，茅厕也很少去，累得虾腰都没有半句怨言，思想境界高人三等也不止。再看其他人一副懒洋洋的样子，徐大个就一肚子气：你们既然选俺干，就得跟着俺后面走，稀稀拉拉松松垮垮的，跟打败仗的有什么两样？

人一生气便着急，总想找个出气筒，徐大个三步并作两步进了庄，一路叨咕：躲懒不上工的人是逃兵。

"三黄脸在家没？"徐大个高声喊着进了屋。

"队长，俺家现在连半碗下饭面都没有，俺编了几双毛窝子、几条车垫子，想去街上卖了换几斤下饭面。"

徐大个二话没说，手一挥，"不要耽误时辰，快去快回"。三黄脸感激得泪水顺着腮帮流。

"张二快去出工啊，在家捂什么烂眼子。"徐大个隔着紫穗槐编成的笆门往里喊，没动静，仔细一听，屋里发出轻微的哼哼。

"徐队长啊，俺正要跟你请示呢，家里养的两只鸡打算卖了买点山芋干，中午就要断顿了。"

张二从茅厕出来，一边走一边系着裤腰带。"老婆娘害病了，睡了三天没下床，没点粮食怎么行？俺吃了青糠堆在肠子里，上个茅厕蹲了大半晌，多亏你一声喊，俺一急，屁眼撑破了才解下来。"

两家走过，徐大个来到第三家，这家主人叫徐玉林，按辈分晚徐大个一辈。徐玉林家没门没窗，人不知道哪去了。徐大个心想，部队首长无数次说过，正人必先正己。徐玉林作为本家侄子，该主动出工，给他长点脸面。侄子不上工，别人怎么看？不从他身上开刀，难以服众哩。

徐大个发誓，即便徐玉林跑到老鼠洞里也要把他揪出来。他边走边喊侄子的名字，徐玉林在后汪应了一声。

"你不去上工，躲这儿干什么？"徐大个带气问道，"怕不是逮鱼来了？"

"俺大爷呢，刚才正准备上工的，发现汪里有个羊衣胞，想捞上来炸了吃，好歹能算一道荤菜呢。嘿嘿，今儿个屁眼生儿子，赚了个外快。晚上俺切点尖椒爆炒，俺大爷你也来尝尝。"

俺的个娘哦，八辈子没听说吃羊衣胞，穷得讨饭也咽不下这个腥臊的东西。徐大个见到竹竿上挑起的羊衣胞，心里恶心，想哕却哕不出。这件事深深刺痛徐大个的心。眼下正是青黄不接，老百姓饿着肚子如何干得了重活，哪怕有点稀饭喝也不至于捞羊衣胞啊。

晚上，徐大个再也睡不着了，他琢磨着将生产队的粮食分点给老百姓度命。他知道，这样做，势必冒着受处分的危险，严重的蹲班房也未可知。可是，老百姓饿着肚皮又怎么行？

张大傻、钱小二、王大鼻、麻杆子和周地扒被秘密找到队屋。这几位好佬不好惹，要么说话阴阳怪气，要么脾气上来犯傻，要么偷拿扒窃，徐大个开口道："你们谁家已经揭不开锅了？"

"都是砂礓刮赖猴子——一个色。"麻杆子似乎代表着几个人回答。"好，你们有了稀饭喝，想不想出力干活？"

王大鼻说："队长，你说俏皮话啊，俺要是有稀饭喝，每天不出工就跟你姓！"

"嗯呢，俺吃昧心食跪倒向你磕三个响头，喊三声大（爸爸）。"钱小二说话真傻，引来一屋子爆笑。

"行，不过你们得按下手印保证，分粮食是你们五个人出的主意。明天早上通知各家来分粮食，不要太过声张，免得有人捣俺的蛋，俺背处分无所谓，关键是要你们清楚，俺这为的是大伙儿好。"

这几人不解地互相望望，搞不清队长葫芦里卖什么药。队长从身上掏出一张纸条，让他们识字的就签名，不识字的代签，每个人的名字上都按了指模。第二天早上，社员端着脸盆，拎着口袋到了生产队仓库，人口少的分了两碗，人口多的分了3碗或4碗，小麦、玉米、黄豆、高粱大杂烩。

不出所料，心怀不轨的麻杆子急匆匆往街上"告密"来了。

事情非同小可。倪大胆让人带话给徐大个抓紧到大队办公室。徐大个听说有人找自己，便匆匆赶去，他知道分粮起了风波，却在表面上不露声色。社员们听说公社找徐大个，也跟着到了大队部。

"倪科长一大早就下乡啦？是不是来处理什么治安案件的？"

倪大胆见徐大个主动打招呼，噗嘟嘟来气："徐大个，最近犯错了没？"

"没有啊。最近一直好好地带人做活，哪里也没去。"徐大个望着门外的群众，大声回答道。社员望着倪大胆，举手作证："俺跟队长门旁靠门旁，放屁都能听见响，他这几天天天带俺们下汪捞黑泥，哪个不是一身泥水，一身臭汗。"

"别多嘴。"倪大胆示意徐大个，"哪里也没去不代表在家就不会犯错误，快点说吧。"

"倪科长你说什么俺没听懂，俺哪天犯错误被你攥到手脖了？"徐大个说完，坐到了小凳子上。

"还敢嘴硬，你身为生产队长，平时政治学习也不是一回两回了，共产党的政策你了解多少？"倪大胆"嚯"地站起身，手把桌子拍得咚咚响。

"共产党的政策俺多少知道一些，就是不清楚你要问的是哪个方面的。"

"坦白从宽，抗拒从严！"

"你不要拍桌打板凳摆官架子，俺徐大个长这么多年不是吓唬大的。"

"你犯的不是错，是罪，更严重，懂吗？是罪。俺问你，你队里私分粮食没有？"

"分了，怎么啦？你能治俺什么罪？"

"分了多少？哪些人参与分的，都说出来。"

"不知道，俺没参加，都是社员用水舀子舀的，再说了，粮食也不是俺安排送给一家一户的，你要真正搞清楚，还得问告诉你这事的人，他肯定比俺清楚。俺有什么罪，你往政策上靠，靠到哪条就哪条，即使蹲水牢，俺也不后悔。"

"不要嘴巴硬，你只要说出哪个要分的，你把名字说出来，就能减轻责任，俺还不信羊能爬树了。"

徐大个皱了皱眉头。"昨天扫地时，在地上捡了一张纸条，俺也不知道有没有用，就找俺侄媳妇念给俺听，侄媳妇说是分粮食字条，要俺保管好。"徐大个边说边从口袋里往外掏，"倪科长识字，你看看。"

倪大胆抓过纸条，上面歪歪扭扭写着一行字：队长啊，生产队失火，粮食烧光，家产尽绝，俺们几家透支户，吃饭的多，干活的少，都要饿死了，你快点分点粮食给俺们度春荒。这行字的下面歪歪扭扭写着社员的名字。倪大胆看完，撂下一句话："你没经过公家批，还是有罪的。"

社员们看到倪大胆如此表态，一个个火爆的性子瞬间被点燃。他们你一言我一语，团团围住了倪科长。

徐大个一看势头不对，忙上前灭火："倪科长，你说俺有罪，你看看上级哪条规定让百姓饿肚子的？俺大哥打过淮海战役，又南下渡江，牺牲后嫂子改嫁，抛下两个孩子跟俺过，难不成共产党打江山让百姓吃饱肚子了也有罪？"

倪大胆望了望徐大个，没有再说话。徐大个趁机添了一把火："倪科长，看来别人喊你'望天吼'真的没喊错，你不要对俺使脸调腔，老说有罪有罪的，依俺说，公家有罪，俺就有罪。"倪大胆又拍桌子："公家叫你分的？"

徐大个似乎被激怒了，说话时几乎要纵起来："公家救灾为百姓，不救灾就要饿死人，俺看不得百姓可怜的眼睛，满是期待啊，俺的倪科长！你难道一点怜悯之心也没了？俺庄上年老的拾桑枣吃，年轻的扒树皮吃，俺侄子捞大汪里的羊衣胞吃，换作你，能忍心吗？给群众分点粮食熬过饥荒，这跟赈灾救济有什么两样？社员要是饿死了，万一传到北京，毛主席也不会饶你，俺说的可对？"

倪大胆觉得徐大个既有理又无理。正争吵中，公社工勤员的通知到了，倪大胆看到张泽浩写来的纸条，火爆的脾气马上消肿撒气，半天才若有所思地点点头。原来，老营长打电话给张泽浩，谈到了徐大个私分粮食的事，特别要求保护好徐大个，不能给予哪怕芝麻粒大的处分。倪大胆回想刚才徐大个的话，想想也在理，况且上面又打了招呼，何不就势做个顺水人情呢。

"徐大个好人呐，分粮食俺不怪你，俺也是个明白人，分粮食事小，社员要是饿死了，罪可大了。以后要是出现这种事，最好先打个报告，让上面知道，免担责任。俺也巴望地里年年打粮食，家家户户不断顿。俺刚才言语上有点粗鲁，你消消气，莫要记在心上。"

徐大个见倪大胆明白过来，声调不自主高了起来："人民共和国，人民解放军，人民公社，'人民'两字始终放在前面，俺为人民救命，也跟共产党号召一样的，没有人民支持，江山打不下来。人民推举俺当队长，俺良心不能坏呀。"

倪大胆连连说："这事到此为止，权当没有发生，不要外传。俺刚才发火，是俺的不对，大家伙儿也请谅解。至于徐大个这队长职务嘛，狗皮膏药贴他身上了，干也得干，不干也得干，周老庄再也经不住折腾了。社员们，俺说的可对？"在场的社员几乎斗地主般高举拳头喊起来："对！"

第四章

　　宋大嫂娘儿几个过日子，第一次体会到缺乏大男人的家庭做起事来多么不容易。以往，家里屋漏了，根本无须她操心，闷葫芦涮几捆草，趿着小车把，爬到屋脊修缮一下就完事；孩子病了，闷葫芦抱着一床被，裹住孩子一口气送到医疗点，问题马上就解决了；秋天砍芦柴，闷葫芦舍不得自家的女人下凉水，常常独自带把镰刀把活儿做了……而今，闷葫芦杳无音信，宋大嫂每到夜深人静便睡不着，惦记着自家的男人流落何方？夏天有没有蚊虫叮咬，冬天有没有御寒衣裳，每天的日子是怎么过的？这么一想，宋大嫂便偷偷流泪，翻身打滚睡不着，脑海里全是闷葫芦的影子。

　　闷葫芦初中文化底子，话不多，脾气直。生产队划地、水利工程放样打桩，少不了他算计算计。大队老书记有心培养他，便让孙队长安排他在庄上收尿，掺入牲畜厩肥一起发酵，庄稼接触到这些东西，马上抖擞起精气神，一天变一个样。闷葫芦起初不愿干，倒不是嫌这活儿太脏，他怕被人瞧不起，堂堂五尺男子汉，整天跟尿屎打交道，还不如澡堂子里搓背的名声好听。女人劝道："生产队养猪、喂牛、掏大粪，别看活儿脏，人家都争不到手去做。收尿也是正经事，不偷人，不抢人，不比人矮半截子，赚工分也不低，赶明儿干得好，兴许能提拔当干部呢。再说了，这活儿干到70岁都行，端个铁饭碗一般，寒冷冻天也不用去扒大河了。"闷葫芦笑笑，便答应下来，每天早晨挑着桶上门收尿，隔一两天再到户下茅厕掏大粪。

有了"斤斤计较"的秉性，闷葫芦收尿也能尽情发挥。他从老木匠那里讹了一根缺了角的尺子，往人家尿盆里一靠，无论方的圆的，大的小的，歪头算算容积，结果出来便记在本子上。老百姓哪知直径多大、高度多少的，端起尿盆往闷葫芦的大桶倒去，三斤也罢，五斤也罢，随你怎么算去。周老庄人说，一泡尿几两几钱，瞒不住闷葫芦的眼，闷葫芦笑笑默认。大概收了半年，闷葫芦遇到了一件由队长娘子金香玉引起的风波。

金香玉娘家在关闸，外界称为长寿庄。金香玉家在村上是"肉头户"，听听她的名字便可猜得出来。穿皮鞋要跳，包金牙要笑。金香玉做姑娘时美丽超群，套用现代社会上时髦的那句话：年龄成谜，身材无敌，那个时代典型的白富美，不知多少成熟的后生见了瞬间"沦陷"。老父亲早早为她镶了两颗金牙，笑起来金光灿灿。加之爱美的人更注意保养，脸跟出麸面捏的一样，能把普通姑娘甩出一条街。金香玉的母亲思想老旧，早早就考虑过生死，一过生日，便带金香玉去三棵树土地庙前磕头，无非想青春永驻，长生不老。婚后，金香玉逢人便讲娘家的老故事，庄上人耳朵里都听出了老茧子。

"关闸庄了也不得了，满眼溜达着白胡子拖到胸口窝的老头、脑门皱纹一大把的小脚老太太。"金香玉言之凿凿地说，"关闸人长寿多亏一头母猪精。"这母猪精落脚在睢宁官山，每天跑到百里外的关闸，往一口古井里撒尿，好多人看得到却逮不到。花钱请有名的南方先生小靳子施展法术捉拿，小靳子收足了银子，答应前往一窥究竟。他找来长长的绒线，在井口处缠了一道，又装了个小滑轮，将绒线一圈圈绕在上面，母猪精这天依旧例行"公事"，不料这回撒过尿迈开老腿，却走得不利索了，绒线塞进了后蹄爪里。走一步，井口的绒线便随之松开一步。小靳子顺藤摸瓜，终于在官山发现母猪精落脚点。到了最后一百米左右，母猪精突然变成白胡子老寿星，小靳子心里咯噔醒悟过来：关闸人将世代安享长寿福报。

有了这个长寿基因，关闸的女子总不肯外嫁，自产自销的多。像金香玉这般因何肯低头外嫁，主要是看好孙家后生五官端正，家道殷实，才愿意走出关闸的。

自打结婚生下第一个孩子，金香玉就患上了眩晕病，老头疼，整天装扮跟印度人似的。五黄六月天，也得顶个方巾或裹一块布，这个标配，让她用烂了数条毛巾，捂了多年却不见好转。回想做姑娘那阵子，夏天吃冰溜溜，冬天喝凉水，不头疼，不伤寒，体质杠杠的。现在还没到七老八十，身子整得林妹妹一般。找了好多医生，摸也摸了，捏也捏了，总闹不清所以然。大烟袋说："照眩晕症治，我开个方子，治不好我跟你姓。"病急乱投医，大烟袋不捏不摸，绷住老脸，比私塾先生还正派。金香玉夸他实诚，能把秘不示人的单方告诉她，真是功德无量，金香玉打心眼里给他点赞。大烟袋说："你这个眩晕症需要童子尿做药引。"金香玉一听，连连叫苦。她越发后悔嫁到孙家，要是在娘家，兴许母猪精撒尿的老井水便可除却令她头疼的眩晕病。可世上从来没有卖后悔药的，金香玉只好照着老烟袋的嘱咐，用童子尿煎药。虽感觉怪怪的，可药方子治病怎好忌讳？

俗话说，洼地蛙子多，穷人孩子多。在那个年代，找点童子尿唾手可得。塌鼻子一鼓作气生了9个孩子，吃饭时女人学着当今幼儿园老师的样子，"嘟嘟嘟"吹哨子集合，从大到小一个个报数，不然漏掉都不知道。眼看大儿媳即将临盆，不巧婆娘肚子又鼓了，女人怕人讪笑，不愿再要，让塌鼻子带她引产。塌鼻子说："既然怀孕了，来就来吧，孩子是奔俺家来的，引产便是作孽。生吧，大不了小镗锡锣一齐响，儿子孙子一起养。"

一个生产队童子尿真不稀罕，十家之中起码找得出两三家，可是金香玉古怪，认准了东头老教授家六个儿子。孩子长得水灵，一个个水灵灵的。仓湖湾有名的接生婆小四奶，个头不高，精神抖擞地身背小药箱，走东家到西家，接生了无数人，到哪吃哪，可把小药店医生嫉妒死了。有的一家三代都是她接生的，堪称仓湖湾的林巧稚。哪家孩子快生了，她总是第一时间赶到现场，俨然跟战场上指挥员一样。人常说孩子奔生娘奔死，遇到脚先出来、头后出来的"倒马生"，产妇往往惊悸无比，一手倚床边，一手扶棺边，还真不是瞎说的。为防止出现这样的险情，小四奶总是早早来到产妇身边，提前做好接生准备。老教授家老疙瘩儿子快出生时，说话一刀两快的小四奶对老教授说："寒冷冻天的，得准备个盐水瓶，灌满热水给刚出蛋壳的孩子暖暖身子。"老教授说："不急，俺先去上茅厕，女人的肚子还没疼呢。"小四奶说："羊水都下来了你还说不急？"谁知，老教授上了趟茅厕，歪着脖子把一张《参考消息》看完，孩子早出来了。小四奶看到桌子底下的盐水瓶，一把掏了出来，倒掉了里面的凉水，冲了瓶热水塞到被窝里。老教授拎着裤子进来，闻到满屋酒味，心想：坏了，小四奶把装在盐水瓶里的酒当作水全倒掉了。小四奶哈哈笑道："莫说一瓶酒，就是一坛子酒也没孩子值钱。俺这辈子不用愁老来没依靠了，你老教授这辈弟兄四个是俺接生的，现如今你家这六根壮丁又是俺接生的，从现在起，一家过五年，就是三十年，吃不完的酒席，穿不完的衣裳。"

这几个小家伙出生跟小鸡下蛋似的，顺溜着呢。孩子们一岁一个，一错一磨，农忙时睡在草窝里，老教授收工回家，一手提一个往麦穰堆里扔，真的不好分出哪个大哪个小，夏天一张小柴席上躺了6个光腚猴，老教授笑得岔气。有一年，豆芽庄上来个卖豆腐的，老教授称了2斤，大儿子急着要吃，遭到老教授训斥，骂他"扒锅不熟，烧虾等不得红"。卖豆腐的伸出刀子，把老教授买的豆腐从边角削了点递给孩子。老教授激将道："这孩子吃豆腐贼厉害，只怕你这一筐都吃得下。"卖豆腐的不信，跟老教授打赌，"筐里豆腐少说也有6斤，他要能吃完，俺分文不要"。老教授跟大儿子耳语一番，鼓动大儿子敞开肚皮吃，小家伙一听，真的脱光衣服，摆开狼吞虎咽的架势，眼看吃了一半，孩子跑回家，从屋里抱出一瓶老醋，蘸着豆腐继续吃，一筐嫩娇娇的豆腐，顷刻之间便被吃了个底朝天。卖豆腐人傻眼了，尴尬地笑笑，脸色比哭还难看。老教授讲良心，给了卖豆腐的6斤豆腐钱，又回家把大儿子也喊来。两个孩子站在一起，个头长相几乎一个模子拓出的双胞胎，卖豆腐人恍然大悟。卖豆腐的商议道："把小二子把给俺吧，俺家天天有豆腐吃。"老教授心想，家里确实穷，把小二子送给他家度命也算正事。结果，小二子跟去不到三天就被老教授偷偷带回了家。卖豆腐的不让，老教授淌眼泪说："权当小二子是家里一条狗，养大了看门也是好的。"可笑的事情远不止这些，小家伙们上个露天厕所，赤条条围坐粪坑的四周，就如街头做买卖摆起的杂货摊。公社干部到下面检查，看到如此场景，一个个笑得纽扣都崩掉了。

这金香玉平素不算勤快人，走路慢条斯理，皮肤养得雪白，跟地主家养在深闺楼上的大小姐似的。公开场合，人们看到她的频率极少，只是生产队分粮食、分柴草她才会打把黄色的油纸伞出场。为此，秃子曾写过打油诗损她："队长娘子撑黄伞，一步三跩来社场，脸大腰粗高声语，十八级干部比不上。"

为了自己的身体，金香玉异常勤奋，每天起得比鸡早，对着镜子简单化妆完毕，便端起崭新的瓷盆，虔诚地拍开老教授的小笆门，将最小的三个孩子从睡梦里拖出来。憋了一夜的三杆枪对准尿盆狂泻，刺得瓷盆稀里哗啦，跟金香玉咯咯咯的笑声交汇成奇妙的乐章。

童子尿医治队长娘子的疾病，金香玉当然不能让童子们吃亏，便隔三岔五送东西送钱给老教授家。为弥补自家"损失"，金香玉在家中尿桶里做手脚，偷偷揭开屋檐烂草，放在水里浸泡，掺和在尿桶里，让闷葫芦收走。闷葫芦起初没有在意，日久天长，疑窦猛生：队长家的尿水有诈。满打满算四口人，一夜下来哪来半桶尿，难不成天天吃大盐扒酱豆？再仔细嗅嗅，人家的尿貌似大蒜味扑鼻，队长家的尿水除了颜色神似，压根就没有怪味。闷葫芦露出狐疑的神色，便想在适当时机找金香玉询问。

这天金香玉没有起床，闷葫芦从门外喊着进了门，看到金香玉盖着被子睡在床上，以为金香玉眩晕病又犯了。这么热的天，哪用得着被子？他便问金香玉哪儿不舒服，金香玉强撑着坐起来，想说话又说不出来。她勾着头，招招手，又指指自己的脑门，闷葫芦明白，金香玉让他帮捏捏脑门，闷葫芦只好照做。金香玉声音嘶哑着说："也不知生什么怪病，前天犯了一回，昨天还好好的，今天又跟前天一样症，先冷后热，冷起来牙箍打战，热起来浑身出火。兄弟，你摸摸俺的脑门烫不烫，俺感觉不对劲。"闷葫芦伸手按在金香玉的脑门，触电般地缩了回来。闷葫芦说："真的烫。""兄弟，俺的手可也发烫吧。"金香玉又把左手递到了闷葫芦手上。闷葫芦抓着金香玉的手说："孙队长也是死人，你都这样了，也不带去看。走，俺带你去。"说话间，刚巧孙队长从外面回来，看到闷葫芦跟金香玉靠得那么近，闷葫芦还紧紧拉住金香玉的手。孙队长开口就骂："狗崽子，大白天就敢动手了，今天不把你劈了俺不姓孙。"孙队长说着就奔到墙根抄起了铁锹。闷葫芦边解释边朝外跑，孙队长哪里肯依，拔腿就追。追一会儿，人没了，便跑到大队部告状去了。

孙队长控告闷葫芦非礼自家的女人，老书记很是惊讶，嘴巴张开半天闭合不上。"俺看走眼了，本来准备重点培养的人，骨子里原来长成这套下三滥货色。这还得了，光天化日，居然敢欺负俺的手下，这就跟欺负俺一样。"老书记哨子一吹，一声吆喝，集训的民兵立马站成两排，大家伙儿带上半自动步枪撅腚猛跑，包抄了闷葫芦家。孙队长家门口很快聚集了一堆人，像看"西洋景"般，叽叽喳喳，说个不停。

闷葫芦不是傻子，他看孙队长摸了把铁锹追出门，便一路狂奔，躲进了芦苇荡里。队长骂骂咧咧追了一会儿，不见了闷葫芦踪影，扬言要到大队告状，闷葫芦不敢贸然出来，侧耳细听，断定孙队长已走远，便匆忙逃回家中。闷葫芦跟宋大嫂说："俺刚才被人冤枉了，屈死了。好心没好报，好柴烧烂灶。俺得赶紧跑，弄不好有杀身之祸。事情起因一时半会儿说不清楚，但还得请你相信俺，俺闷葫芦绝没有做对不起你的事。"宋大嫂一头雾水，便催促道："好汉不吃眼前亏，三十六计走为上，赶紧走，到俺娘家那儿避避风头。好男不打庄，他们绝不敢到娘家窝的宋大庄找麻烦。"闷葫芦知道，宋大庄的岳丈家5个儿子，号称"五只虎"，个个块头硕大，往人面前一站，不说话都有一种神圣不可侵犯的威严。宋大庄东首住着"六匹狼"，也曾想与"五只虎"抗衡，谁知"六匹狼"兄弟几个不争气，人心涣散，还经常偷鸡摸狗，大队干部进庄都头疼。秃子得用秃药治，社员推举"五只虎"里的老三做队长，老三曾参加过武工队，身手了得，硬是把"六匹狼"整治得低眉顺眼，消肿撒气，大番小事不敢龇牙缝。

闷葫芦觉得宋大庄去不得，在妻子娘家窝里蹲着，饭好吃，头难抬，多少有种"寄人篱下"的滋味，要是"五只虎"真的过来把队长打了，百分之百要坐牢，这就把他们兄弟几个全给坑了。再说了，家里穷得叮当响，还不如到远处去闯荡闯荡，兴许能赚点钱，三年五载过后，等风平浪静了再回来也不晚。

宋大嫂找出两件衣服，让闷葫芦带了点盘缠，闷葫芦出了门，一步三回头。宋大嫂骂道："没出息的东西，有啥好留恋的，麻溜的，快走吧。"闷葫芦把头一扭，撒腿冲出门口菜地，一脚迈过三条山芋沟，消失在茫茫青纱帐里。

闷葫芦刚走不久，孙队长带来大队人马将闷葫芦家团团围住。宋大嫂听到动静，从容不迫地从屋里出来，面无表情，似乎眼前没有发生任何事情。

宋大嫂开口说道："孙队长，你把这么多人带到俺家门口，究竟发生了什么大不了的事，都跑到这儿示威来了？"

"你闭嘴，驴心有病驴知道！快让闷葫芦出来，老老实实跟着走，算他识相，不然的话，倒霉日子在后面。"孙队长没好气地说。

"你不要驴心马肺咒人，俺家闷葫芦要是有个三长两短，俺非把你家供桌掀翻了不可。俺见过的世面多了去了，劝你别拿俺孤门小姓开涮，俺妇道人家也不是好欺负的。不给人说话，这哑巴还得跺跺脚呢。"

"你以为俺不敢？今天你嘴巴不要带溜子，治你一个妇道人家还怕腥了俺的手。"

"呸！你以为你算什么好人？不是吹牛皮，你敢动俺一根汗毛试试，俺娘家哥兄不把你的小腿打折了才怪呢。"

孙队长衣服一甩就要打宋大嫂，被几个人拉住。"处庄邻，冤家宜解不宜结，两山不碰头，还有两水不碰头的？"

第五章

谷雨时节，太阳患了相思病，似乎北半球有它多年不见的老情人，一路喷火吐焰越过赤道，急火火赶了过来会面，仓湖湾开始进入集中供暖模式。邵公河边的柳树芽苞被春风一吹，渐渐冒出由鹅黄色到嫩绿色的叶子，渠坡上的小草远远看去，绿茸茸一片，像铺上一层地毯。中年人冬天戴在头上的新四军式的蓝色帽子已经脱掉，体质健壮的年轻人早晚天干活也开始脱棉穿单，天气一天天暖和了。

李大旗来到德高大队，想让会计刘山随他一同到西老荒丈量土地，看看究竟荒废了多少，能改造的面积占比如何。大队主任姜杰说："刘山今天去不成了，他一大早就去泗阳了。"李大旗问道："去泗阳做什么？"姜主任回答道："这就说来话长了。刘大侃昨晚在牛屋烧豆秸烤火，十多个老头团团围坐，拉着家长里短，显得很和谐，几个调皮的孩子一起坐在铡过的草料上，也在听好奇的故事。过一会儿，别人都不再说话，轮到刘大侃大显身手了，他天南海北讲着自己在上海加入斧头帮的经历，整天腰里别着斧头，混迹于帮派争斗之中，说自己如何如何从黄浦江回家，一路吃喝拉撒不花自己一分钱，徒儿发孙比照顾亲爹还周到。老皮袄听着听着，觉得刘大侃有点'口无遮拦'，简直一派胡言，心里不服气，于是把脸一转，嘴巴一撇，随口吐了口老痰：'你可拉倒吧，要不是俺救你一把，只怕得脱精腚回家，浑身难寻一根布丝儿。'刘大侃感觉老皮袄揭了他的老底，不由雷霆大发。就这么说着说着，两人抬起杠来，互不相让。刘大侃辩解道：'那不是上海，是在苏州。'老皮袄说：'管它上海、苏州呢，难道你不承认有这事？'刘大侃一急，突然身子往前一趔，被朱老头一把抱住才没有跌到火堆里。会计知道老爹这两年'晕痧'常发，便急匆匆赶到现场，嘱告老皮袄不要跟父亲一般见识。老皮袄说：'都怪你爹，瞧他那德行，想讹人怎的，话不说明白，俺心里也堵得慌。'"

姜主任的话一点不假。刘大侃平时跟人说话老是抬杠，众人皆知。尤其刘山当上会计，他更觉得扬眉吐气，感觉儿子当了好大的官，跟人说话仿佛吃了火药一般，老想压在人上面。老皮袄看不惯，认为刘山当会计，是他自己努力的结果，做老子的可以高兴，但不能过分张狂，三句好话不讲就抬杠，胳肢窝里插个翅膀都要飞起来了，把人得罪了还认为自己十分有理。

刘山是个孝子，今早便托人买了一斤香米，装进小壶窖里，然后埋入地灶锅底焖熟，一口口喂到老爹嘴里。这不，刚刚拉平车出了庄头，到众兴医院帮老爹"刮痧"去了。姜主任说："要不通知同心大队会计跟你一道去。"李大旗说："不用了，又不是两下认地边，我主要看看那里的土壤状况，你临时安排两个人跟我一道就行了。"姜主任便临时指派大排长和秃子跟李大旗去。

秃子从会计家扛着一把"步弓"（一种五尺长、圆规样的木制尺子），李大旗要大排长带把铁锹，大排长皱起眉头说："俺家的铁锹不成型了，挖不了地。"说着从墙角把铁锹拿出来。这把锹真特别，把柄约 1.5 米，锹头却不相匹配，有点像部队行军埋锅造饭的铁铲子。每年上河工，大排长都带上这把被彭桂亮斥之为小玩具的"耳挖铁锹"，他自己倒不觉得难为情。原先这把锹曾经跟一般铁锹并无二致，只是年年干活亏损，被泥土、砂礓"吃了"，成了迷你型的"行军锹"。彭桂亮曾开玩笑说："下次扒河，不管大排长干活出不出劲，都得奖励他一把新锹，不然每次劳动都带上，20 年也舍不得换。"

三个人边走边说话。大排长埋怨这个倒霉的西老荒："年年抛荒抱空窝，六七千亩土地，跟秃子一般，除了四周长庄稼，里面硬是打不出粮食。你要是能想想办法，让这个'二尾子'（两性人）下崽就好了。"

说者无心，听者有意。秃子脸一红，瞟了瞟大排长，大排长一下子明白过来，不自然地收住了嘴。李大旗知道大排长不是故意开涮秃子的，便装作不懂的样子笑而不语，他们顺着柴塘河大堤跑，西老荒里面最凹的地方，步行十分艰难，下过雨的地上到处泥泞，走一步甩三甩，一会儿，鞋帮崴成了鞋底。李大旗走走停停，停停走走，他一会儿拔出一团团茅草看看，一会儿铲开土坷垃闻闻，再用手搓搓，俨然像个手持洛阳铲的考古队员。李大旗望着这片不毛之地，若有所思地说："西老荒土地碱性大，但也有一段半段土质较好，凡是茅草长得旺盛的地方，就应该能够长出庄稼来。仓湖湾人只要肯吃苦，盐碱滩一定可以打出粮食。多年来，贫穷限制了干部群众的思维，想要翻身，首先必须解决群众的温饱问题，而解决温饱的最佳选择就是治理好西老荒。我们有这么多的土地资源，治理起来难道比兰考治沙治碱还难吗？

愚公能移山，一代一代接力干，凭的就是一股锲而不舍的干劲。我们缺的就是这种改地换天的精神，端着金饭碗讨饭吃，只能消磨我们的意志，钝化我们的思想。假如一年治理三五百亩，三四年就非常可观。"

治理西老荒？大排长听了直摇头，"俺是说着玩的，你李主任不要当真。想在这个地方打粮食，只能站着说话，舒舒腰身，吹吹牛皮。"秃子附和着说："年年抱空窝，种啥啥不长，神仙也没办法。"

"我承认你们都是种田行家里手，可是你们没有研究过土壤、植物。其实，盐碱地只要下力气改良，这些土地还是能长粮食的。兰考县到处是连绵起伏的沙丘、沙荒、内涝，焦裕禄同志带领全县人民战风沙、斗水灾、治盐碱，每年干一点，硬是逼走了风沙、盐碱，我们也得跟人家好好学习学习。"李大旗说。

他们绕了西老荒一大圈，太阳都偏西转了，三个人喝了两瓶开水，嚼了山芋干饼，回到庄上接近 4 个小时。

李大旗动手写了一份报告交到张泽浩办公桌上。这份方案不但分析了西老荒的现状，还提出了分期治理的具体办法。张泽浩关起门来，认真研究思考，凌晨 3 点才和衣躺到床上。第二天晚上，张泽浩召集班子成员讨论，列席的有贫协主任孟良辰、财粮助理凌子枫、多种经营科科长罗拓、民政助理石材林。领导班子人人表态，发言热烈。李大旗作为代表的"治理派"最终占了上风。罗拓歪着头囔了一句："不要屎没拉出来，屙出个响屁，光会甩口条不管用，只怕治理不好，劳民伤财不说，落百姓一辈子话把子，到时候哭功都有的……"尽管声音很小，坐在对面的张泽浩还是一字不漏全听进了耳朵里。

张泽浩瞅了一眼罗拓，罗拓不再说话，他意识到自己一不是班子成员，只能旁听，没资格表态发言，二是来仓湖湾时间短，根基实在太浅。他害怕张泽浩那句"嘴上没毛，办事不牢"的口头禅像标签一样贴到自己身上。况且，在这样的场合，无论如何都不该说破气话。这在领导决断的关键时刻犯的是大忌。罗拓低下头，心里为自己的不当言语自责。张泽浩没有追究，也许在张泽浩看来，罗拓的话显然不够分量。最终，张泽浩拍板在周老庄进行再讨论。时间安排在周末，班子成员、各大队干部和周老庄生产队部分群众代表参加。

这是仓湖湾有史以来一次具有里程碑意义的会议，在百姓的眼里，比得上党的十一届三中全会。周老庄东面有条排水沟，两岸长着一片茂密的洋槐树林。旧社会人迹罕至，穷人家孩子不好养活，夭折了便把小脸涂上锅脐灰，或点个胭脂扔到乱岗里。三四十年代，仓湖湾地下党经常聚在里面开会，传递情报。张泽浩说："和平年代，在树林里开会，也算是忆苦思甜，重温历史。老一辈把江山打下来了，得好好珍惜，不要做晕头鸭子，做事不要酸不嘎叽，尤其是年轻干部，须得如小皮球一般，拍起来就跳，不拍也要鼓足劲头。公社想下大力气整治西老荒，请大家踊跃发表个人看法，不要缩手缩脚，说错了也不要紧，尤其是在仓湖湾干的时间较长的干部，可以多多提出建议或意见。"

钱庄大队书记钱振亚咳嗽一声，话就跟着出来了："要俺说啊，西老荒不打粮食的根本原因，就是水系不好，路没有路，堆没有堆，沟没有沟。指望一个公社整治不太现实，需要花费大量人力物力和财力，必须把情况反映给县委，让县委定夺。"

"嗨，你以为县委不知道啊？前些年县里专门派了农业部部长徐昌武来实地考察，徐部长走一路嘀咕一路，'冬天一片老盐碱，夏季到处水汪汪。白天似飞雪，夜里反月光，兔子不拉屎，扫硝熬卤不长粮，最省事的办法，干脆在里面种一片芦柴，每年还能收点柴火，将来拍个电影，抵得上沙家浜的芦苇荡。'"公社副书记李万林回答道。

"人家徐部长说的是笑话，你老李就当真了。6000亩芦柴，看起来的确壮观，盖屋推笆编席子打歪篮照样用得上，只是眼下最最要紧的得解决饿肚皮问题，不把土地利用好怎么行？再说了，种了芦柴，卖不出去，万一遇到坏分子破坏，深秋'刺溜'一把火，连芦花都见不着了。"

李大旗插上一句："解决粮食是头等大事，没有饭吃，给你一座金山银山又有什么用？手中有粮，心中不慌，种芦柴那是懒汉思想，不切实际。西老荒排水有问题，灌水也是问题，需系统治理。"

"灌水问题确实不小，夏季客水多，四面八方都聚到这个'锅底洼'。整个仓湖湾的海拔高度，比骆马湖湖底还低十多米。县委只要下决心，多打几条干渠，多造几座节制闸，把骆马湖建成水库，把湖水送到大运河东，俺敢保证，几十万亩土地实行'旱改水'，让骆马湖水灌溉农田，统统种植水稻，一定会逼走老盐碱，可谓一举两得。不过，这得县委决策。问题是西老荒里面没有开通沟系，要是在里面打上一条条农渠，灌排自如，管理得当，还怕它不长粮食？"人武部部长万以高话从嘴里出来，腰里盒子枪也跟着出来，只听"啪"的一声，桌子上多了一把枪，其他人全愣住了。

坐在身旁的李大旗挤挤眼："老万，干什么呀你，这是开会，不带本子记，却把这玩意儿带来，这又不是带人打靶子，赶紧收起来，万一走火咋办？"

万以高酷似关公，面色黝黑，眉毛浓密，脾气暴得连苍蝇都不敢沾他边。他在战争中立过大功，转业回到地方，分配到仓湖湾担任人武干部已经 10 多个年头。他有个习惯，整天枪不离身，每次开会都带枪，一生气就找枪，平时下乡工作，嗓门特大，好多人都躲着他。和平年代，地方民兵每年都要集训一个多月，然后集中点验，将基干民兵全部集合到学校操场，他嗓子一喊，所有人"一举足则万足齐发，一举枪则万枪同声"，可谓行若奔涛，直如立木，规定动作不亚于国旗护卫队。最刺激的当属打靶子，小蒲河渡槽地处三角地带，南北小河四季流水，林草茂密，为打靶子天然场所。仓湖湾北部社员赶穿城，上大集，这里为必经之地。上午八点，万科长安排民兵在小蒲河渡槽两头持枪设卡，西面的人过不去，东面的人进不来，只好多跑点路赶穿城，腿脚不好的只能蹲在家里。个别早起的人，看到堤坡处子弹起处浓烟滚滚，不得不绕道砂礓河，懒人不愿跑路的，便蹲在树下坐等，直到太阳转到西南了，打靶子的才鸣锣收兵，拔旗放行，赶集的人饿得四肢无力，走路直栽跟头。

"老万，枪是对着敌人的，不要吓坏同志，快收起来吧。"万以高听到张泽浩发话，才将枪塞进了裤腰。

李大旗说："要是这么说，西老荒还真能草荒变粮仓，是块不可多得的宝。我们拥有这片大面积土地，却没有好好利用，这无异于是端着金碗银碗去要饭。县委去年就开挖了柴塘河，已经为仓湖湾旱改水铺下了路基，俺们自己不争气，怨谁怪谁呢？眼下必须尽快推广水稻，把粮食产量搞上去，让群众肚子鼓起来。西老荒就像个没爹没妈没人管的野孩子、苦孩子。可是，反过来思考，不是西老荒亏欠我们，而是我们亏欠了西老荒。我相信，只要给它温暖，对它付出，它就一定会回报我们！"

"李科长说得倒是轻巧，仓湖湾搞水稻，这可是大姑娘坐轿头一遭，万一失败了，错过了一季庄稼，百姓口水能把人淹死喽。俺知道你是科班出身，你可以先搞个点，然后再推广。毕竟俺们识字的不多，懂这方面技术的根本没有。"罗拓慢条斯理地反驳道，"俺在仓湖湾干的时间虽然不长，跑的地方可不少，你刚来，对仓湖湾土壤条件不熟，莫庄联合大队也搞过水稻育秧，水放到盐碱田里，土壤板结得要命，男女老少搬着板凳，手里拿个小橛子，往地上戳个窟窿，把秧苗栽下去，赶紧再把埯子抿上，急不得，躁不得，一天下来栽它个分把二分地，还累得老眼昏花，腰疼腿酸，晚上睡觉摸不到铺沿。加之管理技术跟不上，栽到地里死的死，漂的漂。风一吹，浪一打，不成样。百姓诌了个顺口溜：矮南早、矮南早，栽到地里不见了。依俺看，还是改成小麦、玉米、棉花、大豆等旱作物保险，栽水稻纯粹假扯。"

村民周一噶听完罗拓发言，腾地站起来，未曾开口，脸已经红到脖颈："别提西老荒种麦子了，俺都不好意思开口。去年，俺在里面种了 6 亩，你都猜不到收成几何？俺那不叫收麦，纯粹跑路的，左一棵右一棵，瞎不露眼的，兔子在地里跑都得弯腰，麦秸细得透得进烟袋杆。一个早上收成，俺用布兜就一颗不落装回了家，甩根打粮棍，尾巴汗流捶一番，顶多够摊 6 张煎饼的。话说回来，西老荒若能治理成功，收获一季，足够全社百姓吃一年的。除了打堆挖渠，还有一条，俺觉得也至关紧要。西老荒先天营养不良，人吃不饱饭会得贫血，土地没得肥料，你在西老荒周遭筑高坝、开大河也不管用。庄稼一枝花，全靠肥当家，没有肥料很难多打粮。"

这时，贫协主任孟良辰站起来道："西老荒不缺水，它不是黄土高原，也不是风吹动迁的沙漠，把社员发动起来，事情就好办，脱离群众什么事也干不成。心有疑虑的人要赶快打通关节，思想认识要改变，穷则思变，变则通。西老荒治理好了，不但能解决仓湖湾人吃粮问题，也会为全县粮食生产起到引领作用。像关庙的袁王荡、大新的砂礓滩，还有县西的废黄河滩，这些不毛之地都可以借鉴。"

张泽浩点燃一根烟，问领导班子还有补充的没？只见万以高科长举手，张泽浩示意万科长发言。万科长说："我们这一辈多吃点苦，把西老荒治理好了，下一代就省事了，老百姓的生活从此不再捉襟见肘，大年三十也不再喝稀饭了。战争年代过去了，和平时期就得想办法让百姓过上好日子，这是我们的责任，也是我们的义务。谁敢不同意，俺亲手修理他。"说完，万科长又往腰间摸枪，突然觉得不妥，手又连忙缩回。

张泽浩最后总结道："大家对西老荒开发利用，鼓劲的多，泄气的少，说明大家都在思考，这是达成目标的第一步。正如大旗分析后得出的结论，西老荒适宜种水稻，老盐碱地只能以水治理，把盐碱逼走，种植旱作物得不偿失，历史已经证明了这一点。一亩地收一抱，费了时间，浪费体力，收入跟支出不成正比，这个账大家都会算。俗话说，眼是孬种，手是好汉。社会主义是干出来的，不是看出来的，更不是蹲出来的。食为政首，谷为民命。我们要先干起来，自己救自己，不能等靠上面施舍，林宫渡口排队领'二两五'，大家都有亲身体会，国无三日蓄，家无隔宿粮，过那样的穷日子，算不上光荣的事。广大干群必须心往一处想，劲往一块儿使，也就没有过不了的火焰山。"

第六章

　　有人的地方便有江湖，有江湖的地方少不了八卦。闷葫芦逃跑的事儿虽然过去了很久，却依然是人们茶余饭后的谈资。认识闷葫芦的人，都或多或少表达自己的观点，他们有的惊诧：好好的一个人，怎么会干出这样的齷齪事。有的则为讥笑：老实驴，尽偷麦麸子吃。光腚戳马蜂，有本事惹，也得有肚腩撑。当然也有长得歪瓜裂枣的人，妒忌贬损金香玉的：一年四季不出门，捂白脸勾引人。有的则打抱不平：闷葫芦绝不是见女人走不动路的人。

　　孙队长作为当事人，脑子里不时过电影般纠缠着金香玉和闷葫芦，想到事情的前前后后都是婆娘金香玉引起的，便经常与老婆产生隔阂。这不，两口子又拌嘴了，金香玉寻死觅活，绝食一天，茶米未进。她趁女儿去汪塘边淘酸菜，晃悠悠走到井边伺机跳井，被人拽了回来。女儿吓得嗷嗷大哭，守候身边寸步不离。孙队长这才害怕：金香玉如有不测，她娘家人一定不会给他好果子吃，而且有可能自己的下场会比上次更惨。

　　孙队长下意识地摸了摸脑门，觉得火辣辣的。他想起那次花心，领教过一次冲动过后的皮肉之苦，汤小眼坑了他吃的一次哑巴亏，让他至今还对汤小眼心存芥蒂。那天，汤小眼老婆催促丈夫赶集买玉米，走到夫妻柳附近，他发现一群人在那里猜元宝。汤小眼好奇心发作，挤到最里面看看怎么个玩法。地上蹲着一个白胡子老头，颇有道家风骨。这人既帮人看相，也为人看地理。面前地上放了块红布，红布上摆了三只小花碗。白胡老头看到汤小眼，便催他赶紧躲远点，汤小眼不服，把手将起，要老头给说法，为何那么多人在这儿，偏偏撵他一个人？老头叹了口气说："你本该大富大贵，却在一张嘴上背地阴人，损了很多福德。"汤小眼说："怎么补救？"老头说："如若补救，需花些银两才是。"汤小眼问道："多少钱？"老头让汤小眼靠近些说话。汤小眼把耳朵凑近老头。老头说："既然你诚心想看，俺也不再瞒你。俺开了天眼，能看到一些阴界东西。每天只看三个人，多一个不看；超过中午 12 点不看；优柔寡断的男子不看。"待到老头说完这几句，汤小眼突然眼睛放光，他记得有人说过，安徽有个老头精通阴阳八卦，每晚施展"灯下问鬼"之术，每天看三个人，看多了就不灵了。汤小眼心想，看来自己遇到高人了，今天即使花血本也要讨教一点招数。老头从身上掏出一张黄表纸，让汤小眼揣在怀里。"回家再按照纸上说的去做，保你家庭今后出大富大贵之人，不过现在时辰没到，不宜打开观看。"汤小眼心领神会，掏出 2 元钱递给老头，然后将得到的黄表纸小心翼翼放进胸口窝的口袋里。

　　到了粮行，汤小眼往身上摸钱准备买粮食，这才想起身上的钱早已变成了一张黄表纸。他两手空空回到家里，躲在门后掏出黄表纸，上下左右看了一遍，没看到半个字迹，又放在火上烤，也没有东西显示。汤小眼头上冒汗了，他舀了半瓢水，将黄表纸放在水里，端详了半天，还是老样子。汤小眼发觉受骗了，朝着门外咬牙切齿地骂了一句，默默坐在凳子上发呆：不行，得赶紧去借钱买粮，不然老婆回来没法交代。

汤小眼装作轻松的样子，找到孙队长借了2块钱，答应过些天一定还上。谁知几天过了，汤小眼没钱还账，便使出了坏水。他面露难色说："队长，今儿有个事想麻烦你，你是知道的，俺家那口子一肚子尽养闺女，一连生了五个女孩，俺老早找人算了一卦，说两口子黑鱼命，黑鱼头上七颗星，养到7个闺女才行。从生第二个闺女起，就开始在名字上做文章。二女叫换换，三女叫招弟，四女叫小改，五女叫小转，结果换换没换成，弟弟没招来，转转改改都没用。老婆指着鼻子骂俺无用，说什么愿跟老虎打个盹，不跟猪狗过千年，这不明摆着嫌弃俺嘛。俺寻思，想让队长暗中帮个忙，续续香火，碍于嫂子金香玉看管严厉，一直没法下手，你看啥时候有空，请你到俺家帮个忙，不能让俺家老开花不结果，兴许你能让俺生个儿子来，即便还是生女的，俺也不怪你，孩子名字俺都想好了，不论男女，就叫赛男。"孙队长抬头仔细瞟了眼汤小眼，从对方面黄肌瘦的面相来看，认为汤小眼确实应该担当生不出儿子的责任。

孙队长确实帅气，一米七五的个头，虽然没有当过一天兵，但颇有军人风度，无论走着坐着，腰杆都笔直的，跟黄埔军校出来的军人有得一比。既然汤小眼提出此番美意，孙队长心想哪有猫不吃腥的，再说金香玉经常使脸掉腔，总找借口不让沾边。今天瞎鼻子遇到了臭猪头，二人一拍即合，并约定时辰，以咳嗽为号，专门给孙队长留门。孙队长鬼迷心窍，答应事成2块钱兑账扯平。

早上天还黑漆漆的，孙队长来到汤小眼家，咳嗽一声，里面果真有人也咳嗽一声作回应，孙队长心生喜悦，他狠劲搓了搓手，拿出下水摸鱼的架势，猫着腰轻轻推开了门，直奔门后床上，心里的急躁劲儿犹如找窝下蛋的母鸡。他伸手往被窝一摸，一个女人惊叫起来："抓流氓啊。"这一声喊不打紧，却把想入非非的孙队长吓得掉了魂儿。他慌乱中夺门而逃，哪知汤小眼家小门太矮，头被门框重重地撞了一下，差点摔倒。孙队长哪顾得了疼痛，捂住头撒腿往家跑。女人以为他起早上茅坑，却迟迟不见回来，便嫌他回来晚了，顺口说了句难过话："掉茅厕缸出不来了。"孙队长捂着头往房间去，忍着痛躺到床上，紧张的心"怦怦"直跳，金香玉发现男人脑门上的大包，问他在哪儿跌的。有道是"放屁脸红，做贼心虚"。孙队长支支吾吾，只说"不碍事，不碍事"。金香玉没有再问，顺手捡起掉在地上的擀面杖。孙队长一看不好，以为女人要找他算账，连说"老婆子俺错了，保证下次再也不敢了"。金香玉感到纳闷，男人这回吃错啥药了？还没等到问话，孙队长已经把事情前因后果说了个明白。金香玉气得牙齿咬得咯咯响，只闹得鸡飞狗跳，四邻不安。最后娘家来人在姑爷腮帮上留了一个掌印，姑爷跪下保证绝不重犯才平息。孙队长想起这事总觉得脸上出火，那次雌雄对决败下阵来的阴影一直萦绕脑际。

这回如果冤枉了金香玉，指不定还得吃亏受屈。孙队长想想可能出现的后果，便软了下来，不得不让前后三庄能说会道的男人女人到门上劝说金香玉。

这天，孙队长家门口又聚集一群人，个个表情严肃，不用说，他们两口子又闹矛盾了。

以往，人们上门总是责备孙队长，用好言好语温暖金香玉的心，金香玉不经劝，好话听了便软了耳根。巧了，这回孙队长夫妻斗气，让长年在外的老疙瘩赶上了，他好奇地问明事情因由，禁不住扯住孙队长的胳膊，仰天大笑起来，孙队长不明就里，以为老疙瘩犯了神经，便把老疙瘩推到一边。老疙瘩连说："莫慌莫慌，闷葫芦现在好着哩。"孙队长听罢，愣怔着站在那里。金香玉听出了老疙瘩话里有话，眼里放出光来，她把老疙瘩带到家中，老疙瘩把遇见闷葫芦的事和盘托出。金香玉强撑身子，烙了几块发酵的酸糊饼，煮了几个咸鸭蛋，让老疙瘩美美地享用，给了那个时代最实惠的奖赏。

乡下的秋天，雾霭轻轻地在地面上徘徊飘荡，仿佛迷路的人找不到回家的地方。八点以后，太阳升高了，雾散了，瓦蓝的天空传来鸟类的叫声，格外清脆。

闷葫芦痴痴地看着路两旁的柳树，几只喜鹊欢叫着，在靠近庄东头那棵最高大的柳树上盘旋。树上砌了两个窝，喜鹊们一趟又一趟地衔来虫子养育后代。闷葫芦不禁黯然神伤，想想自己这几年混得如此落拓，在矿里淘沙，又累又苦，热天蚊虫叮咬，冷天寒风刺骨。虽积攒了一些钱物，也无法返乡给老婆孩子些许温暖。他做了好多次的回家梦，一觉醒来免不了连连叹气。他诅咒队长不分青红皂白逼他离家，抱怨金香玉关键时刻没站出来帮他说话。他既渴望家乡人把他找回家还他清白，又怕家乡人告发自己行踪，抓回家遭受队长的折磨。

世界上的事情总是非常凑巧，似乎冥冥之中有一种不可抗拒的神力安排好的。闷葫芦头脑中正思考着家乡，面前便来了一个人。这个人仿佛丐帮长老，衣衫褴褛，头发因长期不洗摽在一块儿，拧成了细绳。

这人绰号老疙瘩，个头不高，长着一张好嘴，自小就唱莲花落，把这一专长当成了养家糊口的手段，他长年外出讨饭，见到什么都能编一段，随口唱出，韵味十足。遇到结婚的、盖房的、做寿的，他张口便把人捧到云彩眼里，遇到丧事的，直接到灵堂行三拜九叩首大礼，显得比孝子还悲伤。老疙瘩云游四海，还落个免费看景程。

闷葫芦本想躲开，老疙瘩已走到身边。老疙瘩显出吃惊的样子说："这不是闷葫芦吗？大白天的可遇着你了。"闷葫芦苦笑道："夜里遇见吓死你。"老疙瘩说："家里风声已经不紧，听说队长也找过你，说是要给你赔礼道歉，不知真假。"闷葫芦脸色立马变得难堪，队长这是要赶尽杀绝，置人于死地啊。闷葫芦说："俺有苦无处诉，事情前因后果，不能听他一面词理，俺说出来你给评判一下对错。"于是，闷葫芦把前因后果细细讲了一遍。

老疙瘩听完，露出一副同情的样子说："如此说来，确实是队长诬陷了你。可是他放风说，要跟你拉拉手，谈谈心。这人心隔肚皮，虎心隔毛皮，也看不到他究竟真心实意，还是虚情假意，要不再等段时间，看风下棹。看以前那阵势，前后三庄传遍了，你就是罪犯，逮到不坐牢也得塌层皮。"

闷葫芦说："队长家的尿里故意掺水，俺留他的面子没有当场揭穿，哪知惹出这样的麻烦。唉，人背时喝凉水塞牙，放屁也砸脚后跟，俺实在是走投无路，连死的心都有过。"老疙瘩善意地劝道："宁在世上挨，不在土里埋，况且你还有老婆孩子在家等你。一个人无论好事坏事只要做了，上苍都一笔一笔给你记在卯簿上，留下抹不掉的痕迹，你也清楚，做善事睡觉踏实，做坏事心神不安，到头来总会跟你算账。你现时走到蹩脚了，倒不如随俺出去要饭也比淘沙强。"闷葫芦说："俺也早考虑过，要饭的营生的确轻松，可这得看人脸色，什么样难听的话头都得受，什么样的辱都得忍。俺最大的毛病就是怕狗，遇到狗多的村庄，汪汪叫唤龇牙朝着你，根本不敢上门。"

老疙瘩笑他胆小，挥手让他继续挖沙出苦力吧。分手时，闷葫芦再三交代，万不可把自己的下落对家乡人讲。老疙瘩说："俺又不是吃屎长的，金香玉什么东西，癞蛤蟆趴脚面，不咬人瘆人，宋大嫂比金香玉好看多了，告你强奸金香玉俺都不服。闷葫芦见老疙瘩说的也是违心话，人家金香玉长相可不赖呢。"

老疙瘩确认孙队长跟闷葫芦之间的确是场误会，才将闷葫芦的落脚地告诉了孙队长。孙队长心里难受，便背着干粮，动身去找闷葫芦，焦急的心情赛过书生赶考途中弄丢了准考证。等到孙队长一路追踪过来，闷葫芦早已不见踪影。孙队长扑了个空，白白花了路费，可是他知道闷葫芦还活在世上，这实在让他心里踏实多了。

话说闷葫芦和老疙瘩分手后，便来到一个集镇，镇上正逢庙会。人来过往，摩肩接踵，他挤进人群看了一会儿玩猴子的把戏，突然一个大胡子男人将他撞了个趔趄。等他站稳脚跟，才看到一个矮个子男人慌慌张张从人缝里钻走了。他下意识地摸摸身上的 80 元钱，却不见了踪影。闷葫芦叹了口气，又四下望了望，脸色变得蜡黄。站在他身边的妇女小声提醒道："小兄弟的钱没了吧？赶紧找李建成问问去，他是集镇开行的行主，你的钱被罗圈腿顺走了。"闷葫芦半信半疑地打听到李建成家。李家门前有棵大柳树，大门没上锁，他轻轻叩了三下门环。屋里走出一个人，这人身材高大，皮肤白皙，年纪六十上下。闷葫芦开口喊了声师傅，这人问找谁，闷葫芦便把丢钱的来龙去脉讲了一遍。这人笑道："听口音，兄弟莫不是仓湖湾那儿的人？"闷葫芦吃惊不小，以为这人认识自己，便点头认可。

来人将闷葫芦让进门内。在交谈过程中闷葫芦得知，这个叫李建成的人4岁跟随祖父母被地主扫地出门，幸亏仓湖湾人救了他们，给他们盘缠到这里安家。李建成早年跟一位师傅练功，身材很结实，五年练过，功夫突飞猛进。一根皮鞭甩出去，说打鼻子不打眼，一个碗碟拿在手，手指一搓，碗碟便豁了边，变成碎渣。他本想报掉上代之仇，后来得知仇家胡木已被别人枪杀，后代胡新顺并非胡木亲生，据说已经改名换姓，便熄灭了报仇之意。他让闷葫芦以后回乡一定帮打听一下谁救了李家，好去给他们报恩。闷葫芦心想，这辈子回不回得去还得打问号，表面上却得敷衍一番，答应了李建成。

李建成将闷葫芦带到门外一个小饭店，点了两个菜，外加一瓶闷倒驴白酒。闷葫芦非常诧异：俺与他素昧平生，他自称是仓湖湾人，谁知道真假。这种人也许经常跑外场，熟知各地方言俚语，俺得小心为妙。这酒不能沾，饭也不能吃。闷葫芦坐在那里，既不说话，更不下箸。李建成开口道："兄弟有心事？怕俺在饭菜里埋了砒霜？唏，不是俺小瞧你，你一个讨饭的，瘪皮虱子，浑身上下能挤出几滴油水？"

闷葫芦见李建成不提自己钱被盗的事，便试探地问："俺猜测师傅能将俺的钱找回的，要是找得回来，俺送你一半，权当俺请你吃顿饭。"李建成说："兄弟想哪儿去了，你那点钱还算钱吗？你记住，如果打探得到，钱自然如数交到你手中。"

"溜子，把罗圈腿找来。"那个叫溜子的小伙子应了一声便出门去了。

"兄弟，你的钱十之八九在罗圈腿手里。我已经派人去找，过会儿就来。"李建成说这话，闷葫芦心里感激，意识到今天遇到高人了。

李建成从怀里掏出一沓钱，从中抽出一张，喊来店小二。店小二屁颠颠跑过来，赶紧擦了擦手上的油水说道："成爷发财，这顿饭2元钱，俺找零。"李建成手一挥，"别找了。"店小二赶紧谢了。

闷葫芦见李建成这么大方，心中已有几分佩服。在李建成催促下，闷葫芦这才端起了酒杯，二人推杯换盏，喝到八分时节，闷葫芦已经浑身出火。酒足话多，闷葫芦将离家外出的根由和盘托出，恳求李建成教他学点武功，不至于以后返乡再受队长的气，李建成满口答应，并告诫闷葫芦："学了点武艺，必须守武德，敬他人，不欺人，不惹事。"闷葫芦捣蒜一样点头答应。

李建成将闷葫芦带到家里叙谈。不一会儿，有人使劲拍门，闷葫芦起身要去开门，被李建成一把按住。来人从窗口望了会儿，李建成才起身将人让了进来。

"没教养的东西，说了你多少遍了，要轻轻敲门，你怎么还不长记性？"

"是是是。"来人对李建成连连赔礼。等李建成坐了下来，陌生人才规规矩矩地站在李建成一侧。闷葫芦这才注意到，这个陌生人长相猥琐，眼睛却十分有神，站在那儿脚尖踮起来也不会超过1.3米。此人正是顺走自己钱财的罗圈腿。

"罗圈腿啊，不是俺气你，你怎么连讨饭人的腰包都下得了手？今天当着这位兄弟的面，俺不再数落你，切记，今后不要再做偷窃扒拿下三滥的事。"李建成话题一转，"把这位兄弟的钱掏出来还给他！"

"喏，这80块钱都在这儿。"来人把钱交给闷葫芦。

此后，闷葫芦辞掉了淘沙的活儿，帮助李建成料理生意，每天早晚跟着李建成练武功，坚持了2个年头。

狼走千里吃肉，狗走千里吃屎。罗圈腿同样拜了师，却喜欢干偷鸡摸狗的勾当，李建成气得跳脚，却也无可奈何。罗圈腿身上不断零花钱，经常在闷葫芦面前炫耀，还说闷葫芦个头大没用。闷葫芦很想找个机会让罗圈腿难堪。

牛角湾有个经营工艺品的大户，夫妻俩从福建租住到此地一月不到，二人穿戴洋气，看起来很有钱。罗圈腿怂恿闷葫芦干上一票，闷葫芦吓得连连摇头，为人一世，行善为本，万不可见财起意，行鸡鸣狗盗之事。你罗圈腿寡蛋子一个，挨过斗，吃过牢食，一副破罐子破摔的样子，俺闷葫芦有家有道，虽受人诬陷，走了背时，但俺相信，人在做，天在看，事情总有水落石出，还俺清白的一天。

罗圈腿见到闷葫芦犹豫，便自言自语地说："大男人胆小如鼠，俺算看透了你，小窟窿爬不出大螃蟹。你别看俺长相瘪三似的，活起来比你潇洒，不是俺吹牛皮，俺出手一次，你一年都吃不完。"说完，罗圈腿催促道："干不干，今晚回个话。真的出事了，俺兜着，你就负责望风。"闷葫芦动了个心眼，答应了罗圈腿，他想借机整整罗圈腿，这个家伙平时说话口气太嚣张了。

卖工艺品的夫妻俩晚上出门看电影，罗圈腿带着闷葫芦付诸行动。他俩没有撬门砸锁，怕被人撞见，便选择从屋后挖洞穴。罗圈腿让闷葫芦进去看看有没有值钱的东西，闷葫芦借口身材大，进去不方便，让罗圈腿进去。罗圈腿爬进屋，看到桌底两个大包，里面装有衣服、鞋帽，伸手摸摸夹层，橡皮筋捆住的一沓一沓钞票塞得紧紧的。罗圈腿正将皮包往洞口拖，忽然听到屋后有动静，他屏住呼吸，听到闷葫芦气喘吁吁的声音。他往洞口一望，闷葫芦已将一块大石头挪到洞口附近。罗圈腿心想：坏了，闷葫芦生了鬼点子。罗圈腿脑子转得快，便将计就计，他在第一只包里放上十几块砖头，拖到洞口，被闷葫芦伸手拖出洞外。罗圈腿趁机将那只装钱的包拉开拉链送到洞口，自己凭借缩骨功钻入包内，从里面将拉链拉上，留一个10厘米长的开口用于呼吸。闷葫芦拖出第二只包后，果然将大石块堵在洞口。闷葫芦以为罗圈腿被堵在屋里，自己一手拖住一只包往庄稼地里走。拖了100多米远，闷葫芦停了下来，走到一边解手去了。罗圈腿轻轻拉开拉链，捏紧鼻子大吼一声："逮贼啦。"这边说着，那边扔出去一块砖头，闷葫芦只听"啪"的一声，不知何物已近身旁。他魂都吓掉了，提起裤子就跑，罗圈腿扑哧笑出声来。

闷葫芦料想坏事了，他不敢去见李建成，也不敢见罗圈腿了，便再次浪迹他乡。他想躲到遥远的新疆、西藏，又担心孤身一人过雪山草地，走大漠荒野，唐僧西天取经还带几个徒弟，自己往那里闯荡，万一中途生病或遇到山狼虎豹，那小命就玩完了。最后决定往东北去，那里人烟比西北要多一些，语言也好懂一些，过去老一辈的人闯关东的多，像唐僧西天取经、张骞出使西域的，一直西行求生的人还真少有。

第七章

　　夜已经很深了，天上的星星似乎没有一丝困意，还在眨着眼睛窥探着人间的灯火。东大街对过的县委办公楼依然亮着一盏灯光，县委书记李挺松浓眉紧锁，他一根接一根抽烟，办公室里弥漫着浓烈的烟味，这个 21 岁就到宿迁工作的年轻小伙子，从青救会会长干到县委书记，调离时整整 18 个年头。当初地委、省委将这片水乡泽国交付给他，让他既激动也不安，他仿佛看到百姓渴望吃饱肚子的焦急目光，岗淤土袁王荡、盐碱土西老荒、沼泽地猴子荡、不毛之地砂礓滩，宿迁大片的土地都让他寝食不安。去年水利部治淮委员会与省水利厅提出对骆马湖改建长年水库、黄墩湖滞洪的设想，一一浮现眼前。骆马湖区属于宿迁县的耕地有 30 余万亩，总人口达 6 万，把骆马湖建成水库，宿迁每年将减少一两千万公斤小麦，移民的吃粮问题也难以解决。而沂沭泗流域发生特大洪水，又让他手捧心，去年夏天，骆马湖水位上涨到 22.90 米，情况的确万分危急。为此，省委决定，加速实施骆马湖宿迁控制线工程。在宿迁城以北 3 公里处中运河上建一座计划排洪 600 立方米／秒的节制闸和一座船闸；节制闸以北 1 公里处总六塘河上建节制闸一座，这个节制闸也属来龙灌区的灌溉渠首；在上述三个大闸之间及两端修筑 2.8 公里拦河大坝；加速实施嶂山切岭及建闸工程……

眼下，他手捧仓湖湾公社党委呈送的报告，心情再也平静不下。

李挺松从秘书手里接过地图，仔细端详，脑门上的皮肉立马一起支援到了眉心，拧成了两道竖线：宿迁头顶骆马湖一盆水，脚踩洪泽湖，腰缠大运河、黄河、泗水、汴水、沂水、淮水，多水穿境，好一个"洪水走廊"。这些年县委领导被"一年三紧张"（抢收紧张、防汛紧张、救灾紧张）搞得焦头烂额，精疲力竭。骆马湖人少田多，县委三分之二精力投放到"抢收抢种、组织搬家"。滞洪区 2.13 万公顷的土地每年只能种一季麦，夏季涨水，湖区成了临时水库，这也苦了一批干部、职工，他们要上门动员部分城镇居民到湖区支援抢收；三麦收完，雨季来临，来自沂蒙山的洪水狂泻湖中，耕地被淹，形成临时水库，危及中运河和六塘河沿线数百万人民生命财产安全，湖区百姓又要背井离乡上演滞洪区"大撤退"；洪水退却过迟，秋季庄稼减产或绝收，造成群众冬春缺粮，不得不依靠政府救济每天人均 0.25 斤杂粮，以至于到了九十年代百姓之间还经常调侃那些工作不上心的人——不好好干，让你回家吃"二两五"。"三紧张"中，每一个"紧张"都让干群提心吊胆，如同三座大山压得宿迁人喘不过气来。而县东约 2 万公顷的盐碱地、3 万公顷的老岗地，同样让县委苦不堪言，假如这么多的水资源在盐碱地、老岗地得到很好的利用，变水患为水利，造福人民，该是多么值得歌功颂德的大事啊！宿迁百姓要翻身，卸掉贫穷包袱，实现"旱改水"是必由之路。天不能改，地一定要换。宿迁虽然穷得像一张白纸，但是这张白纸确是这届县委描绘宏伟蓝图的最美宣纸，我要成为改造宿迁山河的奠基人。宿迁人吃不上大米饭，我宁愿辞职回老家。将来宿迁人吃饱肚子，也不会骂我无能，等我老了爬不动了，就葬在宿迁的大地上，与第二故乡宿迁的人民在一起，与宿迁的黄土地融为一体。

县委副书记李以贤最懂李挺松的心思。他主动挑重担，为县委分忧。李以贤骑着自行车硬是跑遍了运东运西30多个公社，光旱改水的调研报告就写了一百多页。所到之处，老百姓一张张面黄肌瘦的脸，一双双渴求温饱的眼睛，都让他难受万分，他恨不得变成赵公元帅，给各家各户送钱，让百姓过上有吃有喝、有滋有味的好日子。县委常委会上，李以贤抛出一个农业生产方向性问题："为什么遇上荒年宿迁能吃上救济大米？"常委们经过讨论，得出一个共识：有水的地方能长水稻，水稻不怕涝，比旱作物高产稳产。李挺松说："是时候解决'三紧张'了，最近县领导班子已分头下去召开了'神仙会'，探索适合宿迁实际的发展新思路。这回，看过你的报告，感觉既震撼人心又鼓舞斗志，心里一直琢磨着，宿迁这张白纸，要在俺们的手中画出美好的蓝图，必须真干、快干、敢干。我琢磨着，要利用晓店石英砂建成玻璃城，建成运东运西水稻县，废黄河滩面上建成水果葡萄山。你分管农业，旱改水为全县重中之重的工作，要集中精力大干快上。计划后天召开常委会，研究一些事项，你要把调研报告的可行性上会通一下，然后再讨论做出具体决定。你我都姓李，五百年前是一家，在一起工作是缘分。俺寻思了好多天，准备在县体育场召开生产大决战誓师大会，规模扩大到各公社、大队、生产队干部以及上年度的劳动模范，大概6500人，你做个动员报告，主旨是为了完成5.3万公顷旱改水任务，掀起以'河网化'为中心的生产竞赛高潮。过段时间，再领头到外地取经，到江南考察种植水稻经验，全县旱改水就靠你拿龙头了。"

李以贤若有所思地说："宿迁旱改水是农业发展根本出路，这是具有远见卓识的宏伟蓝图，围于这幅蓝图，县委班子要背水一战，只能成功，不允许失败。我发誓，搞不好这项工作，情愿辞职。既然县委决心已下，旱改水的首要任务，必须先做水利工程，变水害为水利。包括新沂河整治、嶂山切岭、骆马湖区渔民搬迁，这些都是非常现实的问题，要下决心一个一个治理，为下一步大面积'旱改水'铺平道路。"

"最理想的办法是先建皂河电灌站，可是兴建一座电灌站，要挖一千多万土方，造上千座桥梁、涵洞，投资几百万，这在宿迁的历史上是空前的，大量的人力物力财力从哪儿来？大家谈谈看法。"在常委会上，李挺松建议把第一仗先放在运河以西地区打响。李以贤说："这个工程需要举全县之力，人力紧张抽调运河以东的社员前来支援，资金不够，就把县里一部分可以机动的财力投到工程建设上，缺乏物资，所有工厂企业就全部动员，清仓查库，修旧利废。"

从县委正式讨论骆马湖常年蓄水，到运东率先实行大面积旱改水方案，这一具有划时代意义的重大历史事件，开启了宿迁人民战天斗地的新篇章。地委、省委都给予极大的关心和支持。水利部副部长钱正英专门到宿迁视察，对宿迁建成骆马湖水库，为下一步旱改水做好准备给予充分肯定。

在放弃骆马湖耕地以后，骆马湖居民大搬迁开始了。好多上了年岁的人恋土难移，依依不舍。他们刚出村头，又折回家中，望着家中的土墙，抚摸门前屋后的小树，流下了心酸的眼泪。直到湖水将村庄淹没，大家才拖家带口，推着木轱辘车上路，独轮车发出"唧吆唧吆"的声音，既单调又沉闷。李挺松亲临安置点，要求来龙、新庄等公社发扬大公无私精神，说服农户收留移民，移民的木轱辘车推到哪里，就在哪里安家，移民的脚步行走到哪里，就在哪里定居。房子较为宽敞的家庭，移民可以直接入住。实在挤不下则搭建山头棚作为临时住房。移民没有土地，以生产队为单位，从原住户土地中扣除一点作为移民的自留地。从1958年到1962年，用了五年时间，移民大搬迁才彻底结束。

县委在全面调查的基础上，进一步制订了改造旧山河的全面规划，得到淮阴地委的支持。

规模空前的来龙灌区建设工程在凛冽的寒风中拉开帷幕。十万民工怀揣干粮，奋战在80公里的二干渠、三干渠和一、二分干渠工地上。民工们手拉板车，往返二百多里抢运块石。

县委考虑到仓湖湾公社平整西老荒也是一项十分艰巨的工程，便一并纳入全县计划，交由仓湖湾公社单独完成，另外还要安排1/4劳力开赴陈瓦房打堆。张泽浩眉毛不皱，他清楚陈瓦房水利工程在仓湖湾上游，也是为仓湖湾服务的，没有半点客观理由可讲。地委一把手专程召集各县区书记到宿迁县召开干部大会，发表了气壮山河的讲话，激励干部群众大干水利建设，为子孙后代造福，为宿迁旱改水做好准备。结果刚开工不久，安排的三个公社干不来，民工跑了一半，有的连带工的也跑了。地委压给宿迁干，宿迁县动员三级干部人人自备铁锹、大筐，全部到马陵山下集结。

庄严肃穆的马陵公园，宿北大战马陵山革命英雄纪念碑下，八百名党员干部举起拳头，庄严宣誓："大干一百天，胜利回宿迁！"

马陵山振臂举红旗，大运河奔腾风雷急，英雄的宿迁人民发出改天换地的时代强音。实现"水稻县"目标，让民工们心潮澎湃，热血沸腾。来龙灌区的第一批民工以生产队为单位，立即整装行动，只剩老人、小孩、残疾人、病人、拉奶孩的妇女和临产的孕妇等留在后方。

水利工地顿时人山人海，红旗猎猎，车轮滚滚。仓湖湾不愧为革命老区，开工动员令发出后，社员们兵分两路。一路由副乡长黄航带队，向陈瓦房挺进，青壮年劳动力全部调往前线水利工地，并实行军事化管理，吃住在工地。一路由徐春坐镇，在西老荒摆开战场，以生产队为单位埋锅造饭，安营扎寨。从生产队长到大队书记，每个人的脸晒得黑不溜秋，跑到赤道几内亚都不用签证。徐大个干劲十足，每天和社员一道，拎着稀饭上工地，大队书记让他回家跟女人联欢，徐大个犟脾气上来，眼睛翻跟铃铛似的："西老荒多产粮比俺生个娃值钱。"最穷的新华大队百姓，男女老少齐上阵，尤其结巴子、大力神、小豆眼三人，一人一辆木轱辘车，土簸箕培的土堆跟坟头似的，每天光膀子穿裤头干活，车袢套头，脚下用力，车把一捧，"咔嚓"断了。社员耿翠莲在冰天雪地里抬泥，头发全湿了，歇息时马上结成冰，走起路来晃荡打脸，但她坚信"爬大堆，不吃亏，一年收粮七八百"。铁姑娘赵来华家一头八十来斤的猪死了，心里过不了这道坎，在工地上啼哭，丈夫也急得六神无主，一家子一年到头就指望这头猪了，赵来华一天到晚端着猪食盆磕头喂了大半年，这开春日子怎么过啊？还有公公生病借的账也没法还了。透支了老账还没有还清又摞新账。徐大个安慰道："你家该上工还得上工，死猪怕什么，俺帮你解决，保证少不了一个子儿。"徐大个请人把死猪烫了，劈成两半，一半分到社员家腌起来过节，一半送到工地。几十口民工围坐一起，他们在工棚里席地而坐，中间铺上一块大草垫，喝老白干酒，吃猪肉烩萝卜粉丝，加进一大勺子老酱尖椒，整盆往上端，吃完又盛。百家架一家，这家难关就度过去了。

公社报道员王成来，手拿笔记本，肩挎照相机，俨然跟战地记者一样，马不停蹄跑工地新闻，从这个塘口到那个塘口，比拿锹还累。工地广播站的"快讯"实时更新，按照当时民工的话说："拳头大的面团，小王能揉一黄盆。"小王挤挤眼，你们懂个锤子，不这样鼓舞人心，能激发出来大伙儿冲天的干劲吗？工程指挥部专门找笔杆子编稿子，质量高的直接送到县广播站，县广播站看到王成来的来稿，经常把一般性的稿件撤下，给水利工程的稿件大开绿灯，主任、站长简单审阅，便如新华社通稿一般播出去了。

这几天李挺松耳朵里塞满西老荒新闻，他决意到现场看看。到了工地，但见人山人海，车轮滚滚，红旗漫卷，锣鼓喧天。刚下车，便遇见一个怀里抱着孩子、身背风箱的妇女。李挺松走上前去，跟这位妇女打招呼。

"大姐，你背着风箱要到哪里去？"

"俺这来帮工来了，俺这个吃奶娃太小，老奶在家没法带，只好让她跟着俺。这忙天忙地的，一马抵一伏啊，庄上大伙儿都上了河工，俺寻思着也不能蹲在家吃闲饭，俺做饭手艺不错，跟队长说了，重活不能干，就来烧饭吧，也算为旱改水尽了一份力，来年端碗吃白米饭，内心也不觉得惭愧。"

李挺松再一看，工地上拉滑轮的、抬泥的、挖土的民工中，妇女比例确实不小。他深有感触，老区人民战天斗地的精神值得发扬光大，人民的力量是无穷的，宿迁旱改水一定能成功，眼前这一幕与当年的淮海战役多么相似！

李挺松的双眼湿润了，回想来宿迁工作这些年，干部群众确实吃了很多苦。晓店公社从山上筛出鹅卵石 1.8 万多吨，又从山下挑来淤泥 40 多万立方米，建成梯田 2000 亩；搞五级电管站，把骆马湖水提上 60 米高的山头；县革委会副主任跟社员一道出工，年岁大了累得吐血；王集公社党委书记年过半百，推着平板车和群众一起往返一百千米运送块石。十年间，全县挖的土方，如果一立方米一立方米排起来可以绕地球一周半。运东来龙灌区整治初具规模，先后调集 23.5 万民工，开挖二、三干渠及一、二分干渠以及二、三分支渠，基本完成灌区的干、支渠工程和部分农毛渠配套工程，实做土方 2974.06 万立方米工日，完成筑渠土方 4703 万立方米，平整土地土方 3939 万立方米。

想到这儿，李挺松三步并作两步走进了工地塘口。李以贤会意，让李大旗抓紧腾出一辆小推车。李挺松接过车袢从脖颈分开套在车把上，两手握紧，推车前行，数名妇女手拉绳索向堤坡下行，大堤顶上竖起的简易"滑轮"随之转动，将土簸箕里的泥土"绞"上大堤。李以贤弓腰撅腚，勒紧绳子如船工拉纤。这个镜头被记者抢拍到，刊登在《人民日报》等多家媒体上。县委宣传部笔杆子们深受领导精神感染，连夜编写歌词，第二天就在工地传唱："声势震山河，意志压寒风。男超武松猛，女赛穆桂英，老汉自称是黄忠，青年活像小罗成。改良工具超鲁班，出谋献计胜孔明，一锹挖到水晶宫，遍地金谷好收成。"

没过多久，水晶宫没挖到，倒是真的挖到了龙子龙孙。仓湖湾公社安排 3000 人上工，这些精兵强将在工地上与别的公社开展"劳动竞赛"，秃子躲到工棚，费心费脑写了发言稿：你们起五更，俺能不睡觉，你能吃生米，俺能磕生稻。谁英雄，谁好汉，水利工地比比看。灯山人王谷用，有名的"王大锹"，锹头特大，柄子特粗，一锹下去，淤泥顺着臂膀托到肩头，一锹让人搓腿，两锹让人抬不动，冬天挖地，他赤脚用劲，脚底板子的皮肉凹陷一厘米，不嫌疼。可巧倪牌坊人沈林峰，刚好和王大锹配对子。沈林峰个头高大，被人称为"老山东"，抬泥不用小条筐，嫌抬起来不过瘾，便找瞎二老爹定做一个牛头筐，既结实又肥大，扁担上肩，沈林峰牙一咬——"起"，抬起来就走。沈林峰一年四季除了冬天穿鞋，其余三季全赤脚，走在砂礓上不嫌硌脚，走麦茬地如履平地。他的五个脚丫子始终拢不到一块儿，被人戏称为"赤脚大仙"。好多人胆怯，不敢跟沈大筐并肩。和他抬泥，三天干不了准趴窝，沈大筐索性白天一人挑了两个筐，夜间坡陡不好爬，就用布兜子挟薄泥。

挖龙沟为水利工程最后的攻坚战，酱缸子累得趴塘子，便寻思打退堂鼓，请假回家养病。歇息两天，却不去上工，居然担起挑子，偷偷到外乡卖老酱。大队书记直接找上门，将他逮了个正着。书记开始第一句话和蔼可亲，非常顺耳："俺大爷，再干五六天，河工就结束了。大家伙儿拼命干，妇道人都上工了，还没有哪个装孬种的。"酱缸子的脸顿时红了。酱缸子还没搭上话，书记的话却转了弯，长了刺。书记拉下脸，伸出右食指，几乎点到酱缸子的鼻子骂道："你麻子点子多，别人也不是死心眼。明天再去卖老酱，俺让你家酱盆底朝上。你知道我的脾气，工作起来不讲辈分长晚，干不好哪怕头一代亡人俺都让他翻身眨巴眼。"酱缸子咕哝道："照你这样说，俺苦死累死还不如劳改犯伙食好，劳改犯七天一遍荤，俺吃的山芋干稀饭照人影。"书记气得冒火，一脚将他的老酱盆踢翻道："公社提出'干部上前线，全民总动员，万人住田头，苦干100天，高举冠军旗，全县争第一'的战斗口号，各大队生产队全被动员起来了。白天满湖人，晚上满湖灯。你倒好，一心顾自家了。俺多少天没找到反面教材，这回你撞了枪眼，俺也就对你不客气了。走，到工地给你上一课，换换脑子消消毒，让你疤眼照镜自找难看。"

酱缸子还不服气，嗓门也大了，"你不要吓人，俺可不是三岁五岁，不是吓唬大的。"书记说："你不要嘴硬，要不是看在比俺辈分大的面子上，信不信俺能把你皮给熰了。"酱缸子知道书记说打就掼的品行，顿时像做错了事的孩子，低头跟随书记到了塘口。书记说："大家伙儿歇息两分钟，俺有话要讲。"说完，把酱缸子推到前面，指着酱缸子的脸大骂一通。

"你酱缸子堂堂七尺男子汉，躲懒滑叽溜。嫌工地伙食孬，你吃鱼吃肉上哪儿做饱死鬼呀。人家要紧要忙挖龙沟，你白披一张男人皮，白天头疼，夜里腚疼，年纪不老，毛病倒不少。你看人家刘新全，刚出校门的中学生，才15岁的嫩娃子，初生牛犊不怕虎，为提振劳动士气，哪天不是他喊口号，领唱歌，小伙子光膀子挖土，推起小鬼车来，真是屁眼冒青烟，干劲冲破天。再说苗良富，队里缺少生产工具，他毫不犹豫用手扒大粪，在粪桶里捏粪蛋，弄得两只手过敏浮肿，不嫌脏不怕臭。县委领导看了都动情，说他是培养的好苗子，有这样的劳动劲头可以提拔重用。再说回乡女知青周玉侠，趁人不注意，每天早晨天不亮就把家中人粪尿送到集体大田地里。看看人家的思想境界多高！你呢？"

刘新全、苗良富听到书记借自己贬损酱缸子，觉得难为情，不由得往人群后面躲。只听书记厉声对酱缸子发威："你再拉倒车，明天真押你到洪泽湖劳改队，把你关到大牢里，尝尝万亩农场天天扒大土的滋味。只怕到那里，想哭，哭不出好声，想跑，腿迈不出去。往西跑十里野地无人烟，往北跑狱警的枪一捵，吃不到'花生米'，也让你吓掉魂。往南到处住家户，见到你这副尻孬脸便像敌人，最东边吓得你尿淌，大河威猛，下去苲草把你卷住尸骨无存。"短短几句话，引来民工窃窃私语。他们都知道书记火暴脾气，点火就着，惹了他，长辈也得喊他祖宗。

理发最怕络腮胡，他们遇到真正最难啃的"骨头"，民工在龙沟里挖到了海龙化石，坚硬无比，榔头砸不动，铁锹划不动。海龙身长跨三个大队地段，西老荒边上这条河直通东海，原先河道很深，后来水少了，也许海龙贪玩，没有随大水回到大海，搁浅死在了这里，历经千年万代，变成了化石。面对巨石，有人建议河床改道，不被采纳。李大旗有个老表在徐州地委人武部工作，一个电话打过去，老表亲自押车将炸药送来，轰隆隆几声响过，龙骨和着泥土飞上了天，民工冒着烟尘，肩挑手提，施工进度快得不可想象。喜欢挖墓考古的南京人屁颠屁颠来取化石，他们围着大堤转了个圈，这儿瞅瞅，那里望望，恨不得长出一副"X光眼"把大堤看个透，他们表情十分严肃，沉重的心情，跟遗体告别没什么两样。的确，对研究人类历史进程的专家学者来说，眼前这条大河真的让他们的心凉透了。

第八章

上了年纪的仓湖湾人，谁不记得当年旱改水所经历的艰难困苦和挫折，老百姓一年当中，冬季和春季都在水利工地度过，年复一年，岁岁如此，成了风雨无阻、雷打不动的"必修课"。在今天的年轻人看来，勒紧裤带兴修水利简直难以想象，前辈们所吃的苦，所受的罪，让天地动容，让山河落泪。李大旗、徐大个、彭桂亮的名字，像天上一颗颗叫得出名字的星星，让老百姓牢牢记在心里。

先从徐大个说吧，仓湖湾百姓都说，徐大个工作有毒劲，说话当钱使，认准的事一定要干好不可。

身教胜于言教，这是徐大个最大的优点。缺点是在公开场合极不情愿抛头露面。西老荒旱改水，公社要求在周老庄打一道斗渠，如果取直，就必须穿过赫赫有名的汪楼庄。张泽浩找汪楼和周老庄摸底，徐大个放言："汪楼能扒坟，周老庄就能扒屋。"

历史上的汪楼很有名气，汉代算是处于皇城根脚下，泗水王国建都凌城，历代王室先人便葬在三庄夫子庙附近。处于夫子庙

正西的周老庄，无形中沾染王室之气，风水之好自不必说。话说
大清年间，山东一汉族少妇长得如花似玉，貌若天仙，丈夫在朝
廷为官，皇后生下太子后缺了奶水，皇上也很着急。这个大臣说
自家也刚生个女儿，夫人奶水充足。皇上大喜，立马下旨招进皇
宫做小皇子奶妈，吃奶的女儿也被带进宫中。小皇子和这个女孩
一同长大，青梅竹马有了感情。可是，大清戒律森严，满汉不得
通婚。奶妈的女儿被嫁到山东老家一个汪氏门庭。为规避小皇子
找寻，举家迁往苏北，在仓湖湾扎下根来。小皇子登基后，昭告
天下，苦寻女孩，最终封该女子为一品夫人，并为汪家盖楼，挂
了千顷牌，还让宫廷画师为女子画像，悬挂楼内，供地方文武官
员朝拜。直到今天，汪氏族人还将母亲喊作娘，这在仓湖湾周围
极其罕见。

　　旧时汪家高楼伴随汪氏族人声名鹊起，汪氏数代为官，苏州
知府、广东巡察使、山东德州知府、云南道台等。后因宫廷之
乱，招致杀身之祸，冬至那天，汪家人头落地。每年清明时节，
汪姓上坟化纸添坟，都不留坟顶。

　　汪家陵寝中最大的一座大陵，占地10亩，按照阴阳先生所
谓的"怀中抱子"说法，大陵葬的第一代在最西首，子孙后代作
古了埋在下首，一共27座墓碑，其中9个儿子，18个孙子。大
小的坟茔也如同小山包逶迤从西北往东南排开，煞是壮观。陵地
有石水牛、石狮子，有花草树木、小河流水。有人传讲，石水牛
还成精了，夜里跑到黄水庄偷水喝，被打掉了一只角，六十年代
前期，石水牛确实少了一只角。汪家老陵也做过一些贡献，大队
在大陵上盘了座小窑，整整5年才将大陵边的土烧了个缺口。后
来因煤炭紧张，砖窑闲置，一场大雨袭来，窑塌了半边，大陵仍
在。公社派人去做工作，汪姓人支持毁掉小坟茔扒斗渠，却反对

扒掉大陵。原来，小坟茔附近都是庄稼地，每年庄稼没收获，就有草狗、人脚獾糟蹋庄稼，扒山芋、啃玉米，吃花生。看青的二老头摸了铁叉去追，结果叉到了人脚獾，自己腿也跌伤了，生产队白白赔了几个月工分。小坟茔一扒，也等于端了野兽的老窝。剩下的老陵暂时躲过了劫难，却在后来"无磷不种苕"口号下，无意中立下了汗马功劳。

　　汪楼的问题解决了，张泽浩心头松了一口气。可周老庄百姓思想还没转过弯，他们不愿意搬迁。徐大个感觉群众思想工作难做，便到公社要条件。公社表态，给出两个方案。一是扒旧房，重新安排地点建新房。二是分流到其他生产队，绝不让百姓住露天地。百姓觉得多少年住在一块儿，老亲世谊的，到别的生产队不合头，害怕受到欺负，便一致同意抱团在一起。徐大个拿到"圣旨"，小腿肚调在前面，跑步回到周老庄，召开了生产队紧急会议，动员搬家。麻杆子的女人大黄脸满庄吓唬人，言之凿凿地说，现在搬家，各家各户连趴的地方都没了。最近一些日子，她天天看到黄鼠狼搬家，大小黄鼠狼个个头戴小礼帽，穿长袍，跟人一模一样的，大仙显灵，谁个敢搬试试。宋大嫂被吓得不轻，跑到大黄脸家当面对质。大黄脸神秘兮兮地说："看到黄鼠狼还是轻的，沭阳那边已经出现毛人水怪，俺娘家的一个生产队的男女老少，夜间没人敢出门，毛人都在夜里出来，走路没有正形，眼里还冒出一闪一闪的白光。社员到了天苍苍黑便挤在牛棚里睡觉，男人拿刀带棍，轮流看守，人都给吓死了。毛人水怪还专门割人下身子，剜奶子、吃小孩。"宋大嫂嘱咐解放、晓丽不要出去玩，更不要下河洗澡，每天太阳刚落就把门抵上。

　　谣言如盛夏搅和露天粪坑的浊气四散蔓延。人们再也没有心思生产，人心惶惶，仿佛末日来临。不多天，整个苏北大面积传播。省公安厅指派一位副厅长率工作组坐镇平息谣言。大黄脸交代，她是从娘家二哥那里听到的。

大黄脸的二哥，慢油气的性子，懒得屁眼掏蛆，在别人撺弄下假装毛人，这家伙常在夜间出没，频频按捏手电筒吓人，借机行盗窃之事，被公安机关拘押。大黄脸造谣生事，在全公社万人大会上公开亮相，当众反省认错，发生在周老庄的谣言终于得以平息。

周老庄的人们长长地舒了一口气，鼓足劲头再次投入到集体搬迁中。半个月后，西老荒附近搭起了一排排人字形茅棚。县委领导到了周老庄，看到拆迁速度那么快，询问社员怎么安置的，张泽浩说："周老庄社员有亲奔亲，没亲奔友，鳏寡孤独者统一安置到临边大队。"县委干部往东边望去，山头棚一个挨一个，误认为是民工已经开拔到这里了，其实都是周老庄社员的临时住房。县领导被朴素的周老庄人感染，一个会议开完，抽调3个公社驰援来了。县委要在工地召开誓师大会，指定徐大个发言，徐大个完全没了当初心花怒放的样子，便借口嗓子发炎，征得领导同意，可以让本大队的人代为发言。徐大个权衡再三，能够出场的倒是有两个。一个是彭桂亮，高中文化，做事干练，任大队辅助会计。一个是秃子，初中文化，可喜欢诌些朗朗上口的打油诗，开会表决心能引来一会堂的掌声。面对如此规模隆重的场合，徐大个不敢掉以轻心，为保险起见，他让彭桂亮代为发言。彭桂亮琢磨着怎样在众目睽睽之下让自己风光，让别人记住自己，便将看过的电影在脑海里过滤一遍，觉得列宁发明的伸手画圈，再往下压的动作有型、有味、有力。

喇叭里传来彭桂亮的超强声音——"广大干部要立在群众之中，干在群众之前，苦在群众之先。周老庄群众不要做孬种，上工不准带耳挖锨头，推歪壳土簸（箕），学蜗牛走路。今天流了汗，干起来，动起来，为了明天的大米干饭肥肉块，小米干饭熬酸菜。"话一出口，动作一做，气势恢宏，震慑了现场所有人。会后领导打听彭桂亮表现，社员说："这个人口才了得，迟早能干大官，起码县委班底子。西老荒那年发大水，从木业社借来一台柴油机车水，他四天四夜没合眼，看住乌龟泵。周老庄人经常讲，当兵的不怕死在火线，彭桂亮不怕苦在水线。"不用说，彭桂亮这回发言，在领导心目中已经占据一席之地。

该轮到秃子不高兴了，他错过一次表现机会，丝毫不比高考落榜的情绪差。

秃子本不秃，因儿时冬天睡青灰，被余火烧了头发而得名。长大后的秃子，过了三十岁，脑门处的头发渐渐稀疏，直逼头顶，成了名副其实的秃子。秃子热心肠，前后三庄有什么大番小事，爱主动上前张罗，以至于全大队不分男女老少都喊他秃哥，起初秃子听了还觉难堪，时间久了学会自我解嘲："你们别喊俺秃子，俺有大名叫陈贵仁，有道是'贵人不顶重发'，这是聪明人的标志。"

全县轰轰烈烈旱改水运动正式大规模启动，种惯了旱作物的老百姓，对待旱改水这个新生事物表现了极大的兴趣，憧憬着扒到嘴里的大米干饭，喘口气都是喷喷香的味道。

县委为缩短旱改水时间，派一批人到外地考察学习种植水稻的经验，前后用三年时间在不同地区做试验。哪知道，一些地方试点失败了，栽下去要么没有及时补水晒死了，要么地里水太多，淹死了。还有的对水稻浸种不得要领，正确方法应该白天放在水里泡，夜晚捞出露水露，还有的中午水温过高烫死了稻芽。盐碱地土地板结，百姓跪在地里栽秧不留脚印，长出来的稻棵稀毛秃子，东一棵，西一棵，满地荒草。"走出去"学习没有成功，县委干脆走捷径，把人"请进来"，从苏南的常熟、宜兴、句容、仪征、兴化等老稻区和淮阴农校聘请 259 名水稻生产技术骨干和插秧能手来宿迁做示范，结果因水利工程不配套等多种措施跟不上，又抱了空窝，粮食总产不增反降，有的干部未能正确分析粮食总产下降的原因，主要在于旱作物减产太大，担心县委 40 万亩水稻步子迈得过大，土地还要减少，总产有可能再降。

不和谐的声音从社会上传开，麻杆子等人乘势"为民请命"，并上呈国务院"万言书"，陈述旱改水"十大罪状"，要求水稻下马，回旱种杂粮。此刻，麻杆子还动了个歪心眼，挨家挨户筹钱赴京告状，到处宣扬县委决策失误，说什么"旱改水、瞎日鬼，馒头不吃喝清水""骆马湖人要回家，小麦煎饼卷小虾"……

麻杆子坐车到了徐州，住到了一家私人小旅社，闷头蹲了一周，便回到庄上。有人问他到北京见了谁，他总是四周瞅瞅，把手半掩着嘴巴，故作神秘地说："国务院出出进进哪个不是大干部，站岗的都是军人，个头超 2 米，铁塔一般威武，你以为像俺公社看守大院的吴老头啊？那个帮俺带话的老部长，一点架子没有，给俺递烟，为俺沏茶，和蔼着哩。还有那北京天安门，升旗的全扛真枪，威风凛凛。俺站在人民英雄纪念碑下，抬头往上望，帽子都掉了，你估计有多高。"麻杆子忽悠起来，口若悬河，谁听谁都伸眉竖眼，信以为真。说到途中花费，麻杆子撒谎连草稿都不用打："哎呀不说了，俺火车没买到坐票，一路站到徐州的，在北京住的小旅社，就是吃的东西比较贵，俺还倒贴不少钱呢。"

县里新来的一把手为空降干部，一时摸不到"葫芦系"，不知到底听哪个的为好。但不论怎么着，稳定放在第一位，不能出乱子。社会上的"水回旱"呼声越来越高，从运东到运西，没有人敢掐准"旱改水"到底胜算几何？李以贤力主反对"退水回旱"，他痛心疾首地说："骆马湖水库常年蓄水，是沂泗下游防洪、济运（大运河）的全局问题，大面积旱改水，单产不理想，关键是栽培技术、肥料和排灌工程跟不上，倘若全面'回旱'，将使宿迁的旱改水前功尽弃，对灌区土地资源大破坏，河、渠、建筑物将报废。来龙灌区85.5公里长的干渠、3条分干渠、10多条支渠，2000多条斗、农渠，还有3000多座建筑物要毁于一旦。"处于"漩涡"中的县委干部，按照地委联合调查组意见，分成两个小组深入调查。一组调查移民安置与生产情况，他们主张"废库还田"，恢复"一水一麦"。另一组调查环湖水利及湖泊洼地垦殖，他们强调骆马湖蓄水后，对上下游所产生的显著效益。这两种大相径庭的结论，让拍板者左右为难，最后拟定"湖中湖"折中方案，即在湖内沿边高程20.5米以上，圈出4个圩区种麦，圩外高程20.5米以下的常年蓄水。有了这样的调子，大运河东的一些公社即使想再试一把也偃旗息鼓。众怒难犯之下，迫于一股强劲的"下马"风，县委不得不下发一道命令，不再提倡旱改水，所有乡镇全部水回旱，刚刚兴起的"旱改水"被拉回原点，力主旱改水的李以贤也无计可施，空留一声悲叹。

麻杆子因这件事出尽了风头，被人起了个外号："小能人"。麻杆子春风得意，走路踩水，没有正形。可是仅仅一年，麻杆子的笑容变成了难看的哭相。彭桂亮稻改获得成功，收成超过了旱作物，本来还想看笑话的麻杆子，瘪屁不吭声了。他的"小能人"雅号换成了成事不足败事有余的"半吊子"（二百五）。

宿迁再次遇到特大洪涝，日最大降雨量201.8毫米，骆马湖水位涨到24米。新沂河沿线的沭阳、灌云、灌南三个县的县委

082

领导，正带领全县人民奋战在新沂河大堤上。他们频频向淮阴地委告急：新沂河大堤快保不住了，黄墩湖赶快滞洪！省防汛指挥部里，空气仿佛都凝滞了，按照设计规定，骆马湖水位超过25米时，黄墩湖必须破堤滞洪！

新任县委书记郭金贵，在抗洪抢险的五天五夜，带领县委全体干部和民工们在泥水里搬运沉重的块石，挖土、拉车、打桩。在大堤外洪水比堤内地面高出两丈多的皂河镇，1200米的挡浪墙发生险情，急需泥土加固，社员们挺身而出："扒俺家的房子！"干部们既感动又不忍。社员王金昌摸起大钉钩，第一个刨开自家的房子。他说："堤倒了，留几间房子有什么用？"一时间，堤内200多间房子的墙土垒起了新的挡浪长堤。

眼下，上级要求扒掉挡浪墙，郭书记怎能不着急？他声音嘶哑，与淮阴地区革委会主任董铁山、副主任方振大吵："黄墩湖不能滞洪，大水漫灌，我的11万父老乡亲往哪儿安？上亿的损失如何补回来？滞洪就是让黄墩人民没活路啊！"

这时，中央水电部领导致电江苏省委，省委书记正在回南京的路上，不得不折回淮阴等候在电话机旁。

水电部领导语气沉重："根据雨情水情，国务院指示黄墩湖滞洪！"

省委书记无话可说，催促省水电局局长、省防汛指挥部副指挥陈克下达滞洪命令。

两道电话，哪一道都是"催命符"，哪一道都泰山压顶，哪一道都违抗不得！

陈克遇到了"烫手的山芋"，黄墩湖滞洪就等他一句滴血的命令。徐州地委负责人缠住陈克，要求黄墩湖抓紧分洪，徐州地区的邳县、睢宁县有几个乡镇在黄墩湖区内，已经大难临头，须立马开闸放水，遭到陈克拒绝。淮阴方面，在黄墩湖与骆马湖相连的大堤下，已经挖好了炸药坑，炸药已经运到宿迁县武装部的仓库里，只等一声令下。陈克真是伍子胥过昭关，一夜愁白头。他的手心已经攥出了冷汗！在他面前，骆马湖就是定时炸弹，随时都将引爆。

"等等——，等等——，再等等吧。"面临两难境地的陈克仰脸向上：苍天啊，难道您要灭绝您的子民？大雨啊，祈求您快快停了吧！

也许陈克的泪水感化了佛菩萨，老天眷顾饱经磨难的宿迁人民，在陈克的"坚持坚持再坚持"下，铺天盖地的大雨终于停了。天放晴了，沂沭泗防汛随之解除了警报，疲惫不堪的陈克禁不住流出喜悦的泪水。

多天不闻的蝉鸣声再次在柳树上响起，多日喧嚣不安的雨蛙声变成了清脆的青蛙声，它们呼朋引伴，一声声"哥哥，哥哥"叫个不停，好似失散的兄弟姐妹再次团聚，互致问候。

这场高过屋脊的洪峰，导致骆马湖区域庄稼损失惨重，有的田块甚至颗粒无收。主张种植旱作物的人被"吧唧吧唧"狠狠地打了脸。运河以西地方的旱作物出尽了"洋相"：栽下去的山芋保留5片叶片，连续两场大雨，叶片烂掉了，最多的还剩3片，没经住考验的，甚至成了老腔猴子。大豆更惨，大多在娘胎里就"小产"了，偶尔冒出土层的，显得命大，似乎要展示自己顽强的生命力，"蹲"在水里倔强地伸出头来，一畦畦高粱"面黄肌瘦"。运西的百姓跟庄稼一样营养不良，人人脸上就像天上散不尽的乌云。

周老庄却是另外一个景象。辅助会计彭桂亮作为技术员，学习技术用到了点子上。他建议在全县水回旱的大趋势下，周老庄搞一块百亩"试验田"。徐大个说："还是顺大流吧，万一搞砸了，集体没收成，上面怪罪下来不好交代。"彭桂亮反问道："万一成功了呢？"徐大个说："你有几成胜算？"彭桂亮坚定地回答："俺拿党籍担保。"话说到这个份上，徐大个不再坚持，把周老庄最隐蔽的一块土地拿出来种植水稻。

生产队组织12名犁田手下湖耕地，二老头役使的大白牛单犁独耙前头领墒，其他耕地手每人役使两条牛，他们先将土地深耕，破垡后的土地犹如大海泛起的波浪，也像蓝天里的一块块排列整齐的瓦云。这些天老天格外关照周老庄，持续一周的晴好天气有利于晒垡。接下来放水泡地，土壤变得透酥。为防止土壤板结，耕地手赶紧卸掉犁铧，换上长耙，打着火把连夜耙地，周老庄夜空里飘荡着的哩哩声，那一支支温暖人心的火把，唤醒了多少人吃上大米的梦想！

水稻栽下去，需要给它更多的养分。为了增加产量，徐大个号召周老庄群众积造肥料，提出"三塘脱壳，粪坑洗澡，向海陆空进军"的口号。把劳力分成三块，一部分到河里捞苲草，一部分在生产队丌挖一个绿肥塘，一部分人到大堤上捋树叶。在家带孩子的老人负责铲磨道土。捞苲草的下水前喝几口白酒，感觉周身出火了再下水，岸边有人负责运送。捋树叶最苦，仓湖湾到处长有圪针树，稍不注意两手冒血。不得已找来破布烂棉花，缠裹住双手，被称为"老虎手"。

为改造庄西首百亩样板田，彭桂亮专门到了大新公社纲要大队学习生产经验。这个大队共有五个生产队，有四个队地处砂礓河畔，土壤没有砂礓多，漏水，漏肥，不保墒。大新公社在纲要大队大战砂礓滩，发动群众捡拾砂礓做渠埂，从别处调土覆盖在砂礓地上，硬是将砂礓滩改造成水稻田。纲要大队的做法给了彭桂亮很大的启示，盐碱地完全可以利用"黄泥盖碱"。有文化跟没有文化就是不一样，彭桂亮学过几天化学，懂得"酸碱中和"的窍门，他组织30多辆小推车从河底捞淤泥，铲磨道土下田，增施家杂肥，将盐碱地四周深挖排水沟，降低地下水位，使之起到排涝洗碱作用。

晚上干活，有人投机取巧，趁人不注意，有意将土畚箕底子朝上卡在小推车上，自己挖自己推，来来回回一趟趟跑，时间浪费了，却没有效益。徐大个发现不对劲，第二天干活便让秃子监工"跑签子"，秃子在车辆必经路途上，不但看每个人的车头大小，还采取计数的方式，给干活的发玉米粒，有一个玉米粒就算运了一车合格的土，当晚收工凭玉米粒结算。投机取巧的人没讨到便宜，又想：既然拿玉米粒结算，何不在上工前准备一点。第二天上工果真有人抓了一把玉米粒揣在身上。哪知魔高一尺道高一丈，秃子变戏法似的，或将玉米改成砂礓、黄豆，或改为苦楝子、兔眼豆，让企图讨巧者摸不着北。这一年，周老庄水稻长势喜人，现场收割测产，亩均500斤。驻队干部不信，摇头否认："要是亩产突破500斤，估计连草加起来差不多，单单粮食够这个数，我能把头割下来做夜壶。"彭桂亮说："这可是较劲的事儿，到时候有你后悔的。"果不其然，周老庄粮食产量破天荒夺得大丰收，驻队干部红着脸，扯开嗓子动员家家户户忙着砌桶瓮囤粮食。徐大个说："今年粮食收得多，大家伙儿也不要到处唱洋腔，有屁也要憋在肚里，一定要低调，不然来年上缴征购粮又要加码了。"徐大个说了实话，一些急着说亲的人家可不这样想，那个吃百家饭的老疙瘩巴不得把粮食囤在大街上让人看。他长年外出乞讨，一下子见到这么多的粮食，逢人说话腔调都变了，明显夹杂了外地味道："咱家吃陈粮，烧陈草，抬过床，横过被，哪家姑娘嫁给咱做儿媳妇，算她糠箩跳米箩，过上睡着也笑醒了的天堂日子。"

的确，周老庄种植水稻的成功实践让外村人羡慕得眼红，常托亲拜友做贼般到周老庄借粮度春荒。守住口风的人不说不讲，给外村人留足面子。喜欢炫耀的人到处广告，某某庄又来借粮了。李大旗将周老庄作为样板写成调查报告，并列举果园场作对比。果园场13队作为宿迁水稻老实验区，这年30亩土地"水回旱"，种植了玉米，单产只有3.5公斤。看到这样的数字，县委领导坐不住了，左一拨右一拨人取经。最后得出结论："'湖中湖'不可取，'退水回旱'不可行。"县委要求，每个公社拿出部分土地种植黄花草或者苕子做绿肥，定能夺得水稻丰收，有了绿肥，何愁盐碱地长不出稻子？来龙灌区要发扬共产主义风格，派出一批农业技术骨干到运西传授技术，让一花独放变为万紫千红。

彭桂亮成了红人。县委组织部部长林峰山驻队周老庄，他夸赞彭桂亮是宿迁的"董加耕"。倪大胆会意，跟公社书记商议，建议把彭桂亮调到公社工作。李大旗点头同意，让彭桂亮到公社做农业技术员。

"小彭，快跟我到公社办公。大旗书记让我来接你，我给你把床铺都整理好了，你以后就是公社的人了。"倪大胆骑着自行车来到大队部，见到彭桂亮催促赶快跟他走。

彭桂亮看倪大胆年龄大了，骑辆旧自行车，后衣架都坏了，也不好意思让他带，便说："倪科长，你先走，我等会儿就到，回家拿点东西。"哪知一场大雨搅局，彭桂亮带着30多人抢场，回家吃完饭正要往公社去，半路遇到大队主任汤三井，听说彭桂亮要调到公社，他赶紧去打了栏板："别去了，公社李书记上县里开会了，别人说了不算，干脆明天再去。"彭桂亮信以为真，加之刚才抢场太疲乏，便折回家中，这一回头，彭桂亮的人生轨迹彻底变了。

汤三井见彭桂亮已经走远，快速拐回头到了公社"抽梯子"去了。

"周老庄联合大队离不开彭桂亮，他走了以后失去了顶梁柱，工作肯定会塌下来，现有的班子里，没人顶得上去。"汤三井气喘吁吁地向李大旗汇报说。

李大旗斩钉截铁地回答："不行，彭桂亮放在公社有更大的用处和发展空间，这棵好苗子留在大队可惜了。"说完，话锋一转，"对了，你们那里的秃子也算个人才，好好培养也能省你不少劲呢。"

"别提秃子，这人嘴上功夫倒是不错，论实干，十个秃子抵不上一个彭桂亮。况且彭桂亮才 23 岁，还得放在大队锻炼锻炼才好，以后翅膀根子硬了，到公社到县里，哪怕到省里，有的是机会呀。"汤三井急了。

李大旗犹豫了一下："那好吧，尊重你的意见，小彭暂时留在大队培养。这几天不要安排他工作，我要派他到沭阳传授水稻生产技术。调到沭阳任职县委书记的李以贤同志前天给我打过电话，指名道姓要我安排彭桂亮带队去他那里支援呢。"

第九章

　　赤日炎炎，气温似乎被某种神力固定住了，白天热得要命，夜里也如蒸笼一般。男人们在家睡不着，便蹿进大汪塘里洗把澡，然后拿了个芭蕉扇，攥个烟斗聚集到社场，不一会儿，便来了几十口纳凉的。他们天南海北说些稀奇事，小孩子被蚊虫咬得受不了，一个劲催促大人使劲地扇，大人扇累了，索性抱几抱麦糠，点燃驱蚊。浓烟弥漫着，熏得蚊虫不敢靠前。藏在柳树枝丫里的知了，白天卖力地唱歌，夜晚也不消停，单调乏味的声音此起彼伏。有些不安分的人，便趁着夜色上演偷鸡摸狗之事，偷瓜的，摸枣的，捉住了打得鼻青脸肿，逮不到的侥幸逃脱。

　　白天，活儿干到中午，社员们聚集的场地转到大柳树下，队长总会抓住时机，让有文化的人读读报，让会唱戏的人来一段样板戏，也有爱开玩笑的人说些不太露骨的荤腥段子。徐大个干队长，只找秃子带领大伙儿政治学习，他认为秃子肚里有货，字认得多，看报纸理解透彻，常常根据自己的想法发挥，不像王老庄放羊的蒋三喜五个手指充六个，认不得就猜，猜不着就撂。他有句口头禅：中国字，认半边，不得错上天。实在认不得就嗯嗯呀呀应付，糊弄过去了事。秃子当仁不让，每天中午招呼社员聚到大柳树底读报纸。有时候大队搞宣传，秃子也充分发挥专长，自告奋勇负责撰稿，不给钱也干，三句半也写，淮海戏也编，越剧《梁祝》的唱词有些文绉绉的，秃子挑灯夜战，自己改写，倒也鼻涕进嘴流得顺畅，什么"走一河，到二河，河河里面有对鹅，公鹅在前头打个浪，母鹅在后头紧跟上""走一庄，到二庄，庄庄小狗闹嚷嚷，不咬前头男子汉，专咬后头女红妆"，让伶牙俐齿的小凤凰唱出来，盖了一个公社的冒，那几天秃子突然间红得耀眼。于是，上面开会秃子知道了也显得特别热情，谁没空开会，他就去代开，而且领会精神比别人快一拍。早几年，罗拓曾经嘀咕说，秃子这个人有潜力，可以培养成一个人才。于是举荐干生产队政治队长。干了几年没提拔迹象，秃子思想有点油了，幸亏李大旗让他有了用武之地，让他当了大队宣传队队长，使他的文艺细胞呈几何级增长。

秃子认识李大旗也算巧合。秃子的舅父与李大旗的父亲过去一起打过游击，一个被筒睡过，一锅勺子抹过，结下深厚的革命情谊。李大旗分配到仓湖湾，秃子第一时间将消息告诉了舅父。老人家发扬"特别能吃苦，特别能战斗"的精神，衣服一甩，裤衩一脱，连扎了几个猛子，越过砂礓河，给秃子说情去了。李大旗的父亲看到老战友如此这般为外甥出力，也表示"秃子是你外甥也等于我的外甥"，把胸脯拍得咚咚响，保证让秃子如愿。门内有人好做事，朝廷有人好做官，秃子没几天真的从生产队混进了大队部，做了个把握舆论工具的宣传队队长。

有一回，李大旗找秃子问话，开门见山就问究竟怎样才能抓好生产，让百姓过上好日子。平时能说会道的秃子一时没有思想准备，不知作何解答，红着脸直搓手，憋了半天，冒出六个字——"不偷懒，撅腚干"。李大旗高兴地给他泡了一杯浓茶，秃子终于打开了话匣子。

李大旗和他足足谈了半个多小时，谈的多是调动种田积极性和宣传上的话题，最后，李大旗问他成家了没有？秃子红着脸将个人情况毫无保留地说给李大旗听，李大旗劝他不急不急，好事多磨呢。

秃子一直认为，凭自己的文化，毕业后起码干个会计、保管员或记工员什么的，谁知回到生产队，干了两年农活，耕耙锄薅，推笆打场，样样瞒不住他，也没有机会干个一官半职，于是打打锄头打镰刀。先是钻简谱，没事就哼哆来咪。有人劝他做木匠，拿起斧头嫌累人，又跟罗锅子做裁缝，布的正反面都分不清。尼克松访华那年，闹了个笑话。一个记者看到街头有人爆米花，便写了篇见闻，说中国发明了"大米放大器"，解决了吃粮问题。秃子也感到稀奇，借钱买了个爆米花机，老百姓家家粮食紧张，大米少得可怜，最后秃子烧香买磕头卖，好不容易把寂寞已久的爆米花机转让了出去。秃子总认为干技术活没有做农活顺溜实在。秃子暗自思忖，难不成自己就是天生的种地命？这回秃子下决心找人帮忙垫话，可到徐大个那里就卡壳。秃子先从老队长身上找原因，老队长认为秃子还嫩了点，需要锻炼锻炼，也是出于对秃子的保护。二十多岁的小年轻，万一在账上做点手脚，有了污点这辈子就完了，说不准还要连累下一代下二代，当兵入党考学提干找对象，哪一条都不是闹着玩的。保管员更不能干，那是老结巴的位子，人家扛过枪，打过仗，你个毛孩蛋子都觊觎这个差事，不是饿得发昏，就是头脑里拈轻怕重思想作祟。秃子找老革命松松根，哪知老革命态度坚决，直接将秃子怼了回去。秃子傻眼了，思考半天，终于找到问题的"症结"。八年前，溜瞭涧造桥，老革命带工。老革命的孙子在工地上拉滑轮，秃子抬大土。眼看要起工了，跟秃子一副担子的麻杆子累得趴了塘子。老革命让孙子跟秃子一副扁担抬泥。秃子似乎找到了报复的机会，抬泥上坡，两人横着上行，秃子个头高，重担猛然倾斜，将老革命的孙子压得龇牙，到了半坡就趴了。老革命心疼孙子这个嫩娃子，闪了腰身，这辈子就直不起来了。在场的人大骂秃子"奸种"，秃子不敢辩解，怕老革命给他推下脐磨，也怕犯众怒，为自己找媳妇埋下隐患。

没有家眷的秃子伤心透了，眼看过了年就三十了，还没寻上媳妇。老货郎看到秃子的妹妹大眼睛，通稍鼻，一说话就笑的样子，不觉眼前一亮，跟秃子的母亲咬咬耳朵，打起三家连环转亲的主意，为了延续香火，秃子的母亲也只好答应了。三家一起在街头圆拐店见面，秃子看到妹妹要嫁的男人，青头紫脸，流里流气，尤其那双眼，犯贼相，一打听，还真会嗨手（偷窃），嫁给这种手脚不老实的人，以后日子怎么过？妹妹偷偷拿出一瓶农药寻短见，秃子哭着打翻了妹妹手中的药瓶，一把将泪眼汪汪的妹妹紧紧搂在怀里，兄妹俩哭成了一团。一会儿，秃子擦干泪水，腾地一下站起来说："哥哥想通了，宁愿打一辈子光棍，也不会让你落到这样的人家。"秃子担心妹妹做傻事，便托人说媒，给妹妹找个"吃皇粮"的人家。出嫁那天，妹妹被哥哥驮着上了夫家的自行车，妹妹意识到，疼爱她的哥哥今后更难了。第二天，秃子以"瞧客"身份到妹妹家，妹夫当场给秃子吃了颗"定心丸"：俺哥，今后你放二百个心，俺吃蚂蚱少不了你大腿，俺吃稀饭不让你喝清水，即便俺哥打光棍，也会将您接到自己的大家庭一起过日子。秃子被说得不好意思，感觉妹婿的话有温暖的一面，也有怪怪的味道。秃子心想，三十年河东，三十年河西，世道变化快着呢，论年龄还没到七老八十的地步，指不定哪天俺陈家祖坟冒青烟，让俺也跟老母猪似的，养了闺女儿子一大群呢。现在还不至于到那份田地，先瞎子扶醉汉过桥，走一步算一步。

谁知这走一步算一步，不知不觉又算走了5年。随着年岁的增长，秃子显得比从前老成多了，看问题的角度也发生了质的变化。二十三四岁之前，秃子关注的目光大多放在姑娘们身上，到了三十岁，青春的遐想自动降格，心里盘算的人全成了寡妇，以至于方圆一二十里内，哪个大队有多少个娘们过日子都算计得一清二楚。但是，秃子有一点是非常讲究的，宁可光棍，也不找过度疤麻破绽的人。

在仓湖湾，男女双方找对象，男女方大多会明察暗访，家庭贫穷一些的，只要门当户对也不计较，最忌讳的，一是成分，需三思而后行，二是遗传病史的家庭，有"大袖笼子（狐臭）"的、"大肚病（肝腹水）"的、"老粗腿（血丝虫）"的，十之八九没有好结果。秃子家出身贫农，这一条可以排除，家族也没有遗传病史存在。他最大的短处，就是头发不争气，显得稀稀疏疏，抱不成团。因这点问题，秃子的亲事迟迟没有开花结果，家人非常焦急。

大队书记行好事借来一辆旧自行车，让秃子先学着，一来学会骑车容易找对象，让女方瞧得起，二来可以给大队通知开会什么的带来方便。

秃子一眼认出老部长的车子：羊角把，缺铃铛，少盖瓦，没脚刹，车链子多天没铰油，牙齿盘磨得亮晶晶的。老部长下队骑这辆车子，不知丢了多少回。到了村头，时常往草垛旁一放，就走着从这庄到那庄指挥生产去了。一次老部长到县委党校学习一个月，车子丢在朱庄，可火了朱庄社员，20多个小伙子起早带晚，人歇车不歇，硬是把车子玩得一溜似水。等到老部长回来，车子前后轱辘的盖瓦早没了，支腿子也不知所踪。老部长半开玩笑半认真地说："你们一个个成啥体统，车子都成没毛的公鸡了，也没人出钱给它添块盖瓦。"

对秃子来说，感觉学骑车跟当今拿驾照没啥两样，丝毫没有写几句打油诗轻松。秃子白天学，晚上学，学了四五天还没有长进，便请两个帮手。枣花看他在打谷场上学了半天，骑上去身子就是坐不直，三步不骑便倒。枣花急得大喊："秃子别大杠，秃子别大杠。"秃子将右脚从横杠底穿过，踏上脚踏板，斜着腰身，双脚半踩半回，保持90度直角倒腾不停，却因个子较高，反被大杠别得龇牙咧嘴，人车分离，倒向一旁。庄里的娃娃一起拍手喊道："秃（兔），秃（兔），盖瓦屋，瓦屋漏，点蚕豆。蚕豆开花，秃（兔）子搬家。"秃子气得咬牙，将自行车支起来，辩解道："兔不是秃。"娃娃们以为秃子要打他们，"呼"地一下全跑了。秃子骂道："小狗崽的，有种站住！"

这种尴尬的局面，秃子最不希望村里的媳妇们看到。自己毕竟刚刚上任，好歹还是个官，要点尊严呢。

光天化日之下学车，虽不是丢人现眼之事，可是被一群娃娃看笑话，总感觉别扭，遇见小媳妇们送上几句不咸不淡的话头，也很怪怪的。秃子眉毛一皱，计上心来。他将车子推到四斗渠里，冬春季节骆马湖不供水，大堤里面学车既没人看见，也规避了冷飕飕的西北风。秃子真算聪明绝顶，为防止频繁倒车，他在后衣架上横着捆绑两根柳棍，随你怎么骑，车子最多歪向一边，便被木棍抵住了，跌个仰八叉的概率几乎为零。

人常说，人饰衣裳马饰鞍。秃子新衣服上身，戴了个草绿色军帽，打扮得人模狗样，平添了二分人才。只是相亲也得有硬件陪伴，老书记听说秃子找的对象要个头有个头，要貌相有貌相，便亲自出面，答应从供销社主任那里借辆新自行车给他，也算是成人之美。

相亲的日子到了。秃子将凤凰自行车推出门，车链条咬着牙盘，一路发出"咯咯咯"清脆的响声，跟此时秃子的心情般配，秃子不像平时脸绷得跟蛋子一般。他见人便弯腰打招呼，颇有"多年不见，一见如故"的亲切感。走到东大沟，遇到老教授。老教授赶着老母猪去华庄打窝，原先这头母猪第一次发情，扭捏着不愿去，还得用平板车拉着去，这次再去丝毫没有羞怯的样子，四条腿交错小跑，将老教授远远甩在身后。

秃子绷着脸，故意开涮道："老教授又去打窝啊。"老教授张口便骂，秃子连忙赔不是。"老教授休怪俺，俺这话没拿开说，你要是有能耐让老母猪下个崽，才不枉老教授崇高的称谓嘞。俺就是连夜背唐诗，也要为你美言几句。"老教授嘴里冒出一个字——"呸"。"俺说老教授，你别呸不呸的。前些时，俺真为你作过打油诗呢，你听着：老教授，真不差。老母猪配种全靠他，贫下中农心欢喜，竖起拇指个个夸。"秃子说完，车铃铛拨得叮当响。老母猪受到惊吓，嘴里嚼着白沫，屁颠颠跑了起来。老教授攥着柳树条跟在后面追得气喘。秃子左脚踏在脚踏，右脚着地颠了十几下，身子刚翻上车又放弃了。老教授喊道："小龟子，有本事使劲骑啊。"秃子回答："等会儿等会儿。"这时，枣花从身后骑车赶了过来，与老教授打了招呼，接着对秃子说："秃哥买新凤凰啦？骑上走吧，俺随你一道。"秃子说："你先走，这新车子油铰得多，认生，老掉链子。"说完，假模假样故意停下来倒带般摇了摇脚踏。老教授眼泪都笑了下来："你个熊样，俺估摸你今天上街来回都得推着走，那么多人赶集你伤了一个都不得了。怪就怪不会骑车嫌路窄，俺倒要看看你是怎么上得了车的。学了这么久，你还是原地踏步，那么长时间耗下去，怎么就不能进步一点呢？"秃子说："俺大爷，俺都大半年没摸过车子了，认生呢。"

秃子推着自行车往前走，到了小高庄地盘，忽然听到有个孩子站在大汪边扯着嗓子喊救人。秃子一下子明白了七八分，他扔下自行车，边跑边脱衣服，只见水面上有个孩子漂上来，又沉下去，两只小手拼命扑打。秃子纵身一跳，一个猛子扎下去，一把抓住孩子的手，把人托出水面。等到溺水孩子的家长把孩子领回家后，秃子才跑到茅厕里将湿裤头脱了揣入提包，又推着自行车急急往街上赶。

刚到街头，看见一个青年被五六个人围着，青年边问话边拿着笔记本在飞快地记着什么。突然，有人喊道："来了来了，就是他。"

青年从人群里出来，拦住了秃子："请问，您就是救小孩的陈贵仁吧。"

秃子如实回答道："是的，怎么啦？"

"耽误您一点时间，"青年说，"我是仓湖湾公社的新闻报道员。刚才我听说您救了个落水孩子……"

"这算不得什么，放在一般人都会出手相救的。那毕竟是一条生命，每个人都有怜悯之心。俺这样做，充其量算做一件善事，不值得采访报道的。"

"救人一命胜造七级浮屠啊，我要把您的事迹写成文稿发给报社和广播电台，弘扬美好的人间亲情友情，让社会给予孩子更多的关爱。同时，也提醒家长注意防止孩子溺水。"

"不用写，这么点点小事，登了报多难为情。"

秃子婉言谢绝了采访，他继续推着车子，匆匆行走在相亲的路上。

秃子误点了，媒婆手指秃子的鼻子骂道："活该光棍，你瞧瞧，多晚了，许庄的姑娘从拐弯店转到花园口等你几个来回，等到黄花菜都凉了，赶紧死回家吧。"不用说，秃子的亲事又黄了。秃子听到媒婆的话有点生气，反驳道："这姑娘再俊也不能要，元朝统一杀蒙古鞑子，许庄一个庄没杀，留下的鞑子传下来的种都是大袖笼子（狐臭）。"老教授挖苦道："吃不到葡萄别说葡萄酸，俺家老母猪相亲都成功了，你个无用的家伙，赶紧拜徐大个为师吧，你看人家命根里女人缘多足，女方跑到战场上相亲不成，直接追到家里共结连理。"

秃子表面上不以为然，其实这几天心里非常失落。他掐指算算，跟他相亲的女子一桌还要跨拐。所有女子无一例外地都暗地打探过秃子家的家产，除了家院有棵榆树值点钱，宅基后面全是小老树，唯一有点品位的，当属祖上遗留的大供桌，上面整齐地码放着秃子看过的书，旁边的芦柴笆障上斜挂着一把二胡、一个镲锣和一根笛子。老母亲谆谆告诫说："孩子，你老大不小了，婚姻的事要当成大事办，人家孩子满地跑，俺家不闻婴啼声，为娘心都急得冒到嗓子眼了。"秃子说："不急不急，命里有的终该有，命里无的不强求。妈，俺去大队开广播了，中午还要排练文艺节目，吃饭就不要等俺了。"母亲长叹一口气，显得无可奈何。

秃子到了大队部，老书记问广播怎么还没开？秃子说："这就开，还有好几分钟，时间够用的，不耽误转播。"一会儿，广播里播出一个爆炸性的新闻。

"请听本台记者高青、特约通讯员王成来采写的小故事——

'相亲路上救人不留名'……"广播喇叭里照例播放上级台站节目，而今天省电台播出的节目在周老庄却引起了轰动。秃子侧耳细听，5分钟的故事讲的都是自己救孩子的事迹，而且把他前年冒险灭火的事情也连带播送了。秃子兴奋了，似乎全身出火，汗津津的手心怎么擦也擦不净。走出家门，全大队的男女老少似乎对他都刮目相看，这回人们赞美秃子没有一丝贬义，就连宣传队里那些漂亮的女子，见了秃子也恭敬地喊他"陈哥"或"贵仁大哥"了。倒是秃子感觉很奇怪，认为人心比世道变得快，做好事确实有好的报答。他期待从这件事中能引出好的结果，也许省台播出的一个故事便可充当红娘，给自己带来花好月圆的结果。

第十章

　　人要熬，井要掏。彭桂亮干了多年副职，今天终于提正了。一周前，李大旗主持召开领导班子会议，对周老庄进行区划调整。将德高和同心两个大队分别析出两个生产队并给周老庄，原先因死牛事件分开的张庄也再次并给周老庄，撤销原来的周老庄生产队，组建成立周老庄联合大队。县委同意了这个方案，同时要求周老庄联合大队作为县委主要领导蹲点扶持点，树立这个典型带动全县农业发展，把粮食生产搞上去。

　　李大旗直接到周老庄召开全体党员大会，宣布彭桂亮任联合大队党支部书记。李大旗说："周老庄已经不是以前的周老庄生产队，现在由五个生产队合并为周老庄联合大队，希望周老庄党员干部要支持彭桂亮工作，大小队全体干部要带领群众大打一场农业翻身仗，不但要做全公社农业上的一面旗帜，也要做全县农业的榜样。我们现在旱改水已取得初步成效，正如群众总结的这句话，很有说服力：'旱改水，大米嘴。水回旱，喝稀饭。'从现在看，我们的水稻生产技术还处于低水平，与南方相比，产量还有很大的提升空间。下一步夺得水稻高产的关键，县委已经提出两个路子，一是聘请南方水稻种植区的老农来传授技术，二是必须依靠种植绿肥提高产量。周老庄要超前谋划，捋树叶、割青草既长麦也长稻，但是没有大面积种植绿肥省工省力，也便于管理。"

会后，彭桂亮打听到安徽种植黄花草面积较大，附近的新沂种植了不少苕子。李大旗建议双管齐下比较稳当，结果，安徽回话"今年种子紧张，明年预留吧"。没办法，派彭桂亮到新沂采购苕子种。

队委会几个人先放风，大讲种绿肥好处，遭到汪庄小队长第一个反对，理由看起来很充分：无论黄花草还是苕子，秋天种下去，等到来年春掩到地里，接近半年时间，浪费了土地，还不如种点蔬菜现来现实惠。彭桂亮说："种绿肥相当于抓了一副好牌，心生欢喜也不可露半点声色，没听说过'闷牌如施猪臊泥'吗？道理跟这一样的。庄稼接到肥力跟炮打一样疯长，土地有劲了，粮食自然高产。你汪庄一个生产队只有六条小牛，耕地时捉襟见肘，再不想法子真的要钻霉套子了。我们的工作靠哪个啊，靠发动群众，群众动员不好，你光杆司令也得干！"一席话让队长变哑巴了。

彭桂亮找到粮管所所长张用贵，借了几个麻袋，要去新沂买苕种。张用贵说："看在老彭忠厚的份上，俺跟你一块儿去。"彭桂亮谢绝道："黄豆开花，墒沟捞虾。这段时间天气不好，估计要有连阴雨，你还是不去吧。"张用贵手一挥，"我在新沂有个朋友，当粮管所所长，俺不去，你能弄到苕种？"彭桂亮说："你写个二寸宽纸条，凭纸条准成。"张用贵哈哈大笑，"成个屁，人家又不知道俺的字长啥样？就是盖章也不好使。天气看来没问题，昨天我还听中央人民广播电台的那个女预报员说，半个月天气都好呢。"彭桂亮看他啰啰唆唆说那么多，便把担心开支大的想法说了出来。张用贵揉了下鼻子，望着彭桂亮，像见到外星人似的。张用贵大大咧咧地说："到那儿不要你花钱，来回车费我全包，吃饭也不要你掏一个子儿，人家也是粮管所所长。"彭桂亮一听，倒觉得不好意思了。

二人路过黄墩湖，突然天昏地暗。大雨袭来，瓢泼一般。张用贵说："老彭你好厉害，昨天说有雨，这回真下了。这前不巴村，后不巴店，俺俩都没带雨伞，只好抱树躲雨了。"彭桂亮回答道："老天湿老天晒，只要不打雷，淋成落汤鸡也无所谓的。"半小时过去，乌云翻滚着南逃，大雨渐渐停止，他俩又急忙赶路，到了新沂天都黑了。

张用贵敲开朋友家的门，朋友热情招呼他们坐下，女主人拎出外壳为竹篾编成的茶瓶，倒了两碗开水。张用贵的朋友很是健谈，几乎把全国省份的粮食系统说了个遍。坐了半天，彭桂亮对张用贵朋友的话只听进去"明天过来取苕种"这一句。其他的话都顺着风刮走了。此刻，彭桂亮和张用贵头上冒着虚汗，屁股翘着没了正形，肚子饿得跟猫抓一样。原来，仓湖湾人一天三顿饭，而新沂人每天只吃早、中两顿饭，中饭一般在下午 2 点多，晚上不吃饭，最多嚼点煎饼，喝点白开水就对付过去了。好在第二天他们如愿拿到了苕种，朋友请他们到大众饭店美美地搓了一顿，并且陪客的供销社主任热情过度，酒过三巡，两个饱嗝打过，摸出烟纸，大笔一挥，做了个长臂管辖的好事，2 吨化肥批到了不该批的仓湖湾。对方仗义的举动，彭桂亮每讲一次都竖起拇指点赞：新沂人待人热情，处事绝对！一直到了 21 世纪，彭桂亮还记得这件事。

　　仓湖湾的雨水下了一个夏天，似乎还没有下过瘾。立秋后，隔上三五天就来一场，小雨不急不慢，不焦不躁。稻茬地已经腾出多时，苕子却迟迟点不下去。好不容易遇上晴天，天气预报说，晴好天气将持续半个月，这对老百姓来说绝对是件喜事。彭桂亮让秃子抓紧通知小队长开会，研究抢天时播种苕子。小队长个个犯愁，种苕子的营养土从哪儿弄？有人提议，废弃的土墙为熟土，可以做营养土，每个小队都少不了一家半家会有，当即遭到多人否决。土墙属于熟土不假，可哪家土墙没有十年八年"根本"？老土火大，烟熏火烤种啥啥不长，瞎子点灯白费蜡，彭桂亮想想也是。

　　"动动汪家老陵吧，上面全是熟土，既没火气，也没盐碱。"徐大个冒出一句。

　　"徐大个的脑子总比俺们活络，跟姓汪的说说，把西大陵的土运出来，一个大队都用不完。"

　　人多主意广。西大陵在名为"灭草狗运动"中，既揭开了神秘的面纱，也为合理用土找到了充分的理由。

　　西大陵葬有三口大棺，棺椁呈大红色，木质为金丝楠木，结实无比。周老庄挑选5名年轻力壮的劳动力，试图打开棺椁，他们用铁锨铲，用斧头劈，累了半天，出了一身臭汗也徒劳无功。开油坊的迟大柳赶来，往掌心吐了口唾沫，"嗨"的一声，抢起大油锤，"乒乒乓乓"往棺椁夯去，棺盖砸开，里面露出尸体，面部如睡着一般，死者身上着绫罗绸缎，鲜艳无比。迟大柳将死者头发拎起，人们被吓得直往后退，远远地看着。迟大柳不时将里面的东西往袋子里装去，男主人的一顶官员帽子被扔了出来，一根腰带被迟大柳就手勒在腰间。收拾完毕，已近天黑。迟大柳把玉器、金银首饰等装满整整三口袋，运到了大队部。

第二天，周老庄大队的所有生产队劳动力带着运土工具在此集结。人们推的推，拉的拉，蚂蚁搬泰山，每个生产队营养土都备足了。接下来的日子，男女老少又投入到点苔子的农活中。

布谷鸟嘶哑的声音，似乎在给每个农人报信。听到它的叫声，农人便不敢懒，也懒不起。于是，耕田人早早下田整地播种，勤劳的女人们不等鸡叫三遍便起身磨稀饭糊子烙煎饼。队长哨子一响，便是集合令，匆匆忙忙赶到社场，接受劳动任务，忙得上茅厕的工夫都得带小跑。

骆马湖放来今年第一次水，它不是用于水稻落谷，而是专门检验斗农毛渠结实程度，防止渗透倒口子。第一次来水统统进入汪塘，用于解决庄稼干旱，其他地方是不需要的，尤其是麦田，"尺麦怕寸水"，所有麦田排水口门需堵个严严实实，不然烂根减产损失就大了。

周老庄的苔子如没缺一天奶水的孩子，在春风里恣意伸展腰肢。大排长对彭桂亮说："书记，俺这个身体简直成了打不足气的皮球，年轻时不懂俭省节约，现在负不了大苦，放屁咳嗽都是病。你知道的，从三十来岁看瓜棚，到现在又过去20年了，这浑身上下软绵绵的跟没有骨头样，俺琢磨着，看瓜假扯，追不上孩子了；看棉花吧，跑不过妇女。听说有人对西老荒苔子下手，割回家烙饼吃，今天割一把，明天割一筐，生产队的大草垛也不能随随便便去扯啊？安排俺去给西老荒看管苔子，也算为集体贡献一点绵薄之力。"

彭桂亮让他去和水稻队长申月轮商议。大排长走路慢，思路却赶得上趟。他追到湖里，看到申月轮带着那么多人排队划苔子，便挨到申月轮跟前，满脸堆笑，先把申月轮媳妇一顿狂赞，又竖起大拇指把申月轮工作作风褒扬。讲了半天，申月轮才听到弦外之音。大排长说:"俺想看青,管理湖里的笤子。彭书记点头的,让俺来跟你说一声,通个气。"申月轮推脱道:"你去找队长说说看吧,俺只是水稻队长,当不了这个家。"大排长急了:"书记发话了,指定要俺找你的。"申月轮无话可说,这一关就这么让大排长轻易过了。

大排长终于完成看青的使命,将要拆除地头的简易草棚,申月轮拦住道:"不要拆,它的使命还得往下续着呢。笤子地放上水要看管,起码发酵一个星期,不能让肥水流失了。"大排长自然欢喜,嘴里说:"俺自小得这个诨名就跟水结缘,冬天河里结冰,俺在冰面用瓦块刷个水撇子玩,谁也没俺刷得远,刷得好看,瓦磕子在水面纵着跑,就跟队长你写作文添加的六个点,啥符号来着?"

"省略号,这都不会说。"

"对对对,省略号,嘿嘿,俺的'大排长'的名声就是这样来的。"

说完,突然觉得申月轮脸色难看,大排长意识到自己真的多嘴了。全大队的人都知道申月轮公开的"笑话",申月轮读三年级写作文,要不开头来了个"本报讯",一看就是一字不漏在抄报纸。要么虎头蛇尾,因为—所以,不是—而是,三句两句草草结束。最后一句结尾处总爱豪迈地添加"……"。

"你啰里八嗦有完没完?不要把看水当儿戏,这比看瓜棚还重要呢。"大排长连忙点头称是,内心里却思忖:这回看过青,再看水,都是非常惬意的事情,生产队只要给工分,让俺看白苣地都行。

望着笤子地一片大洋江,分不清哪里为地,哪里田埂。没有蚊虫叮咬的白天,大排长睡在草棚里哼哼呀呀唱自在小曲。

苕子浸泡在水里，经过高温发酵，水质一天天在变化。开始两天，水是清的，第三天就显得浑浊，四五天后如褐色状，时时冒出水泡，发出腐烂的味道。女人骂道："看你个魂的？满湖大忙，你倒好，来这风凉水便的地方睡大头觉，也不知道回家做点事，俺这些天忙得找不到铺沿。"大排长口气比平时难听了："俺也是赚工分的，睡觉也来钱呢。你要是有本事也找人安排睡睡看。"女人一听，大骂道："苦种绝八代，你敢把儿子的姓改成跟别人一样的，俺就去跟人睡。"大排长说："你耳朵岔气了，俺让队里安排你看青，你净往好事上想。"女人不再说话，咯咯咯笑着说："别忘了，今晚回家给你好吃的。"

大排长明白女人"好吃"的暗语，心里乐得屁颠颠的。

周老庄生产进度在全大队首屈一指。为了兑现当初的诺言，大队书记专门跑到公社电影队，要求在周老庄放场电影，给干群鼓鼓劲，以利于接下来水稻栽插。

电影对周老庄人的诱惑太大了。徐大个据传为周老庄有史以来看到电影的第一人，五十年代，他作为亲历战争的军人，被安排在县委书记同一排位置看电影，书记主动和他说话握手，吃饭喝酒也在一桌，可谓风光无限。徐大个回到周老庄绘声绘色讲了 2 个小时，当然其中也夹杂自己所在连队的打仗经历。徐大个说："真出奇，竹竿上挂上一块布，里面就有人山人海在动，一会儿打呀杀呀，一会儿炮弹轰起来，飞机炸起来，战场上浓烟滚滚，就在眼面前一样的。过一会儿，风平浪静，又唱又跳，太阳升起，百鸟争鸣。再看那演员，俺们这边的女的俊，男的壮。敌人那边的，穿戴倒还不错，武器也很先进，一到战场就装熊了。"看完电影，徐大个壮胆摸到荧幕后面，却看不到一点东西，他抳抳头，自言自语道："真神奇。"

进入七十年代，仓湖湾人每月也能看到一两场电影。不怕路途遥远的年轻人，每天晚上追着电影队，张庄看过到李庄，李庄看完到王庄，看的次数多了，电影插曲唱得一流似水，对话台词包括画外音也能说得头头是道。今晚，周老庄上映《渡江侦察记》和《奇袭》。放映员早就在话筒里说了，正片之前，照例放《新闻纪录片》。如果说两年前放映的尼克松总统访华等片子，老百姓还不怎么记在心里，这次放映的可轰动了周老庄。当片名《淮北江南》在一道道金光闪闪的射线里闪出时，周老庄人兴奋了，他们鼓掌，他们欢呼。放映员拿起话筒，不住地让大家静一静，嗓子眼喊得冒烟了。

大排长看完电影回家已接近 10 点，吃过上床又耽误了半小时。他把睡梦里的女人叫醒，认真复述了电影故事，女人或许太困了，没有一点精神。大排长推了下婆娘说："俺们周老庄放电影了。"婆娘突然来了兴致，大排长把宿迁如何战天斗地夺高产，盐碱滩变成米粮仓的做法，添油加醋讲了一遍。兴奋之余，二人匆匆忙忙把充满少年情怀的功课复习一遍，便倒头睡去。温柔之乡嫌日短，只恨闰月不闰天。等到大排长被接连不断的公鸡打鸣声扰了春梦，已是太阳晒到腚眼的早上 8 点。

申月轮如狮吼的叫骂声，风一般滚过田野。"大排长你馋扒心啦，回家睡什么猪头觉，当真老母猪拱臊泥——自（渍）实心子了。今年不让你家喝西北风才怪了……"

大排长的女人眼看申月轮一脸三红往她家骂来，也不知男人闯了什么祸，反正绝不是小事，便出来拦截，问他大声恶嗓骂什么？

申月轮推开大排长的女人，径直往屋里走去。大排长听到骂声，还以为自家女人惹了事，连忙下床，一看申月轮已来到面前。申月轮伸手点着大排长的脑瓜子，大排长觉得面子上过不去，一把抓住申月轮的手："你手怎么那么贱，俺好歹还是你大爷，大队书记都没这样对待俺。看你那孬种架子，平时俺可是赤心报国对待你的。"

申月轮见大排长骂他，抬手就扇了大排长一个耳刮子。大排长眼冒金星，跌倒在地，随即身体瑟瑟发抖，不住地抽搐。申月轮一把将他拽住，大排长软绵绵地坐着，似乎二级风都能吹倒似的。申月轮说："哟呵，学会讹人了是吧？别装死，你不睁眼看看，俺是你讹诈的人吗？不瞒你说，俺早就想治你的，这一年，你干过多少抛锚事你自己有数。穿城那个大个子刘大兰到庄上唱个门头词，那《王婆骂鸡》听过舒服吧，过瘾不？丢人败兴的东西，你跟丢羊尾巴似的，人家走一步，你跟一步，盯着人家大腚盘，前后三庄走了个遍，你不怕她大洋马放个臊，一下压趴了你。要俺说，你这看热闹不打紧，后大堤上的蓖麻被人撅了几十米远。还有，你看个瓜，连瓜种都给小孩偷了，夜里睡觉跟死猪似的，人家抱到头当成西瓜，瞧你那倒霉相，气得俺牙根痒痒。"

申月轮话还未完，又出脚把大排长踹倒在地。这又扇嘴巴又踹脚的，大排长女人看不下去了，便蹿上去扯住申月轮的衣服，边哭边骂。申月轮脸色刷白，一口一句"俺小娘快撒手"，女人却越抓越紧。"现在知道叫小娘了，刚才手贱怎想不到跟小娘打招呼。你个没良心的东西，去年瞎子来唱扬琴，趁大排长听书那当口，月光下面你做鬼事，伸手解俺裤带，俺忍气吞声，吃了个死苍蝇，你也没让俺做轻快活，苦便宜工分。今天上门又欺负俺家大排长，他要是被吓个三长两短，俺非把你家供桌掀翻了不可，你个白眼狼。"

一听到申月轮调戏过自家的女人，大排长"腾"地一下子从地上纵起来，开口骂道："你个吃屎长的，不懂套数，猪跟猪，羊跟羊，哪有侄儿睡小娘的。"队长说："提那个陈芝麻烂谷子的事干吗，过去的已经过去了，又不是杀人放火。再说了，那天小酒喝多了，胆子便大了些，俺承认自己不对。可每次庄上来唱书，一个队男女老少争着掂粮食给人家，你们两口子却躲着，把门锁起来，这像话吗？你们也太过分了吧。话得说回来，桥归桥，路归路，先压过这板子不提。眼前的问题大得很，反正你倒霉了，指望你看水，苕子地的肥水都跑排涝河里养野草了，沤了好多天呢，你说这事咋办？"大排长心想坏了，摸锹就往田里跑。申月轮跟后去追，边追边骂，不讲规矩。乡下处庄合邻的，虽然姓氏不同，但要看年龄论辈分，老亲世谊的，就续成表亲。大排长跟申月轮不同姓，按风俗习惯，比申月轮辈分高一辈，平常申月轮喊他"小爷"，工作起来，干部权威极大，且喜欢骂人，一骂起来辈分跟着浮动，别人全成了晚辈。

　　大排长看管的苕子地，靠近草棚附近大概有80亩，夜间倒口子，黑乎乎的水排到了河里。申月轮因大排长的媳妇泄露了桃色机密，口气似乎客气了许多："俺小爷，你把俺炖了多天的老母鸡汤放跑了，你倒好，回家找小娘睡大头觉了，苍蝇不叮，蚊子不咬。这事真正传到彭桂亮书记耳朵里，凭他的脾气，够你喝一壶的。"大排长红着脸说："只要大侄子口风扎紧，你跟你小娘的那点事，不要说没有，即便有，俺也既往不咎了。反过来讲，你要俺不愉快，水稻队长你也干不成。"大排长一席话分量不轻，申月轮全听到了肚子里。二人配合默契，用活嘴扳拧开斗渠闸门，一阵清凌凌的河水欢快地流进苕子地，再来一两天发发酵，苕子沤出的黑水肯定能冒出来。

第十一章

郭金贵书记大嗓门，在宿迁工作除了开会，他把主要精力一直放在基层，了解方方面面情况，前天从仓湖湾考察结束，今天便钦定李大旗担任县委委员兼仓湖湾公社书记。郭书记说："大旗啊，仓湖湾就交给你了，治理盐碱滩任务艰巨，希望你多动脑筋，创造性开展工作，有红旗必扛，有第一必争，有荣誉必抢，充分调动好三级干部的积极性，尤其要结合土地治理，把田间沟渠桥涵闸站综合配套超前考虑，要把粮食产量拿上来，仓湖湾要跟你的名字一样，做一面让全县刮目相看的旗帜。"李大旗说："我们工作光是有激情还是不行的，种植水稻需要技术，夺取粮食高产需要掌握技术的人。"郭书记说："我们县委已经打报告给地委、省委，也在认真考虑技术引进呢。"

没多久，省政府组织选调苏南稻作高产区的稻农，再次支援苏北地区。好多人放弃耕种自己生产队的土地，告别爹娘妻儿，冒着严寒酷暑，长途跋涉来支援苏北旱改水地区，群众亲切地称之为稻改老师。分配到仓湖湾的稻改老师周成利，举办培训班，传授催芽、育苗、整地、施肥、插秧、灌溉、追肥、耘耥及烤田等每一个环节技术，一丝不苟，不愧为水稻专家陈永康培养出来的弟子。到了栽插季节，周师傅两腿裤管一捋，在田里先训练插秧手，这段时间，几乎每天打赤脚。手里抓到稻秧，头便不再抬起，左手捵秧，右手插秧，一趟到头，别人还在地头，快手才到中间。有些姑娘插秧腰板受不了，在水里不会移步，栽几棵就直起身，要么抓着秧把子左手搁在膝盖上，身子趔趄着，似乎这样感觉舒服些。老队长专门督工，栽得快还要质量好，栽得慢就要遭白眼，要是栽个"满天星"，竖不成行，横不成趟，少不了挨骂。哪像如今有些人，人家栽秧不但弄个现场评审团把关数量质量，更精彩的要数那些站在田头的专业加油团，现场打出彩旗，为你唱歌，为你鼓劲，在你身上打鸡血，让你浑身上下热血沸腾。老队长辈分高，姑娘也不跟他一般见识。不过，要是老找借口上茅厕，队长眼睛就要翻成溜溜子了。假如哪个姑娘说腰疼，准会遭老队长训斥：丫头子，年纪轻轻哪来的腰？你看看人家周师傅，一个黑不溜秋的瘦子，手脚比婆娘还麻利。人家怎的？还不是练的。

周师傅个头不高，见人就笑。平时少言寡语，干起活来却浑身带劲，他报名到仓湖湾支援稻改，领导没有批准。周师傅母子俩生活，他的父亲在黄桥战役中英勇牺牲，母亲岁数大腿脚不好，生下周师傅时月子里下地干活损坏了眼睛，一年四季见风淌眼泪。领导本来好意让他在家方便照顾老母亲，周师傅却执意要到苏北来。老人家看到儿子决心已定，便拄着拐杖到大队部，拉住大队长的手说："战争年代，俺送孩他爸上战场打鬼子，为的是国家利益。现在天下太平了，俺送儿子到苏北，为的是建设社会主义，俺一个老太婆，把儿子交给组织，你们就让他去吧。俺不需要照顾，身体好着呢。"

　　周师傅作为第二批"稻改老师"奔赴苏北，连续帮助仓湖湾人种植水稻，育秧栽插阶段，周师傅每天到各大队示范栽插。田里栽秧的好多姑娘妇女，被他撂得远远的，颇觉难为情，却又不得不佩服。便怂恿送稻秧的秃子，现场编词夸夸周师傅。秃子说："周师傅功劳很大，你们这些半边天也不瓤，只要我送秧，保证一天来一首，要夸一起夸。俺昨天刚看到知青写的两首打油诗，水平那是杠杠的，背诵给你们听听吧。'田是糨糊盆（形容田泡得好），风吹屁眼门（栽的顺风秧），一天栽多少，栽它七八分。''头顶晒，水里蒸，肚子饿瘪头发昏，站又不能站，蹲又不能蹲，队长在前面走，你在后头跟，队长喊收工，刺溜拼命奔……'"

　　夏至节气快要到了，仓湖湾水稻栽插也接近尾声。没想到就在这时，周老庄传来噩耗：周师傅在运送稻秧途中滑到，车翻了，平车把砸到脖颈，满脸是血。李大旗第一时间赶到了现场，将昏迷之中的周师傅送往公社医院，鉴于设备有限，医生做了简单包扎，建议送到县医院治疗。县医院派出最好的医生进行会诊，结果为脖颈神经断裂、重度脑震荡。五天后，周师傅不幸离开人世。麻杆子开着手扶机将周师傅的遗体运到周老庄，村上人沉浸在无比悲痛之中。这些天周老庄的成年人个个表情严肃，在田间干活时也失去了欢声笑语。到了晚上，聚集在场面的男女老少，无不追忆周师傅的为人，稻田里的蛙鼓声似乎也在哀悼这位"稻改老师"。

　　失去了周师傅的日子，彭桂亮沉重的心情非常浓烈。他天天跑地头，背部晒得脱了皮，憔悴的脸刷黄刷黄的，累病了，饭都不想吃一口。有人劝他到医院看看，他摇了摇头，总说没事。那天实在坚持不住，便到北大湖看看其他社员栽插情况，他把走路当成了歇息。

晌午时分，一个骑着自行车、头戴大草帽，身穿白衬衫、黄军裤的人从大堤过来，眼尖的刘晚霞喊道，你们快来看呐，郭书记又来了！"人们停下手里的活，发现径直往田边走来的果真是郭书记。

郭书记夏秋季节出门少不了四样行头："永久牌"自行车，大杠裹着牛皮纸；麦秸编织的大草帽；洗得雪白的衬衫；黄军裤。这个标配，不单知青们知道，普通老百姓也知道。

周老庄人总结出一个规律，每逢农忙，郭书记总爱往乡下跑，找知青谈心，与百姓一块儿干活。这段时间，郭书记到周老庄的频率特别高，秃子便有意无意钻进知青堆里，知青们跟他也很合群。

"葛大刚、周玉侠、小霍……你们辛苦啦！"郭书记嗓门大，居然一连喊出几个知青的名字，知青们兴奋无比。郭书记下乡次数多了，也发现知青群里，戴着草绿色帽子的秃子格外抢眼。知青们在郭书记面前夸秃子多才多艺，会编会演。郭书记问道："演哪些角色？"知青们笑了："高大上的正面角色轮不到他，他都演反面角色。"郭书记暗想，秃子顶上不合时宜的帽子，不用化装都像坏人。可是，秃子干活不藏奸，这一点，知青们心里服气。队里出猪粪，他光着脚下塘子，别人累得岔气，连话也不想多说一句，秃子不时说几句笑话，逗人开心。

"'稻改老师'周师傅走了，数到彭桂亮是插秧高手，你们都要好好跟他学。不要栽秤钩秧，不要深栽，也不能栽飘秧。"郭书记显得很内行，说着将自行车往沟坡一丢，鞋子脱了，噌噌噌蹿下水田学栽稻。由于身体较胖，下水走路不稳，陷进烂泥的脚使劲提一只，另一只就站不稳，连续打趔趄。

"郭书记，自从骆马湖供水，俺周老庄的妇女、姑娘就没闲过一天，彭书记的雷霆作风，真能把人的屎尿追出来，俺们白天干活累得要死，晚上月光下还在习练栽稻。整个打谷场上都画出一道道石灰印，分成30个小组，每组两人，各自在两头砸上木橛子，橛子上固定6道塑料绳经，妇女们各自配对分组，扒了几笆斗青灰。人人手里拿个碗，碗里舀满青灰，顺着绳子慢慢滤出青灰。直溜溜算是过关，一点点水波浪或歪歪斜斜都不行。场面上练习次数多了，到水田里就显真功夫哩。"郭书记听了很感兴趣，连夸彭桂亮赶得上诸葛亮，这个办法绝啊。

一趟栽完，郭书记抬头四下望了望，远处大排长等人正在田头埋着"滚地笼"，方便田间过水和生产路上行人，却不见彭桂亮，便问道："彭桂亮呢？"知青们回答："这几天彭书记身体不好，实在支不住了，也许回家歇息去了。"

郭书记心里一急，这要马点兵的日子，千万不能倒下。郭书记从田间出来，要到彭桂亮家看看。彭桂亮的妻子王大嫂见郭书记上门，感动得眼泪哗哗的。郭书记开口就问彭桂亮在哪儿？王大嫂说："他长了脚，整天东奔西跑，哪一天能蹲在家？病了那么多天，夜里疼，不住喊，天一亮又下田，根本不沾家，这回说不准还在地里呢。"郭书记心里难受，骑上车子到处追，追到北大湖，发现彭桂亮手里端着铲秧往人面前送去。郭书记嚷嚷道："彭桂亮你给我上来，你不要命啦？你现在就给我回家养病去！"

郭书记心疼彭桂亮，不是没来由的。作为县委书记关心体恤属下也在情理之中，社员们都知道彭桂亮"救驾"有功，虽说是个公开的"秘密"，但没有人把这事当作笑话，相反从这件有趣的事中，更能体现彭桂亮机智幽默的个性，郭书记当然也忘不了。

第一次全国农学会在北京召开，郭金贵作为县委书记代表、彭桂亮作为大队干部代表一同出席。会议结束，两人急急忙忙往回赶，谁知买了火车票却没座位。从北京到徐州，一千四五百里路程，站上一夜也够累的。郭书记比较胖，会议空隙又没有休息，他去拜访了宿迁籍董战胜等几位老干部，实在又困又乏。彭桂亮看到面前一个小伙子夸夸其谈，精气神特好，便想让小伙子把位子腾出来给郭书记坐，一时又想不出好办法让人家主动让座。就在这时，彭桂亮身上痒了，他伸手从贴身棉衣里捉到一只虱子。彭桂亮顺着灯光看这只虱子，肚子吃得圆鼓鼓的，紫红色的血液都看得真切。彭桂亮一个暗笑，便把虱子放在小伙子的屁股旁边，他故意咳嗽一声，吸引了周围旅客的目光。他拉开架势，用大拇指的指甲盖住虱子。说时迟，那时快，就在别人目光齐聚之时，只见这只虱子马上有了血光之灾，深红色血液喷出来，涂在彭桂亮的手指甲上。彭桂亮嘴里叨咕说："你再咬俺试试？"身边的小伙子见状，恶心得要吐，逃也似的离开座位。彭桂亮用衣袖将座位擦了擦，示意郭书记坐下，郭书记这才稳稳地坐到了徐州。

李大旗听说郭书记来了，急火火赶到现场，发现郭书记发了很大的火。他觉得脸上过不去，赶紧吩咐社员拉来一辆平车，要将彭桂亮送到医院。

"莫要慌，莫要慌，让额瞧瞧。"在场的社员听到大烟袋说话，都笑了，大烟袋是典型的西北汉子，说话总是把"我"说成"额"。麻杆子露出狐疑的神色，走上前伸手阻拦，手指着大烟袋狠狠地说："一天到晚，'额额额'的，你就是一只呆鹅，人命关天呐，每天只会拣大粪，懂个锤子？"不料，大烟袋斜睨着眼睛，一下子变成了外国人："Курицын сын! Круглый дурак! Дурак!"

大烟袋随口飙出叽里呱啦的话，让麻杆子一头雾水。原来，大烟袋骂的是俄语。好在麻杆子一句也没听懂，大烟袋又笑了起来。他从身上摸出一个小铁盒，从里面取出银针，给彭桂亮接连扎了5根。

不一会儿，彭桂亮感觉轻松多了。郭书记感觉老烟袋肚里有货，便问了彭桂亮的病情怎么样，大烟袋伸出手，问郭书记要了一张纸，在上面开了药方。郭书记让李大旗派人抓紧到公社药房取药，说完骑车到别的地方去了。

王小瓜几乎一路小跑，呼哧呼哧到药房门口，喊醒了凳子上打盹的史麻子。史麻子接过药方，将脸贴在纸上，看了半天，挠了挠头，声言不敢抓这服药，说药引子太毒，用得不当会出人命，建议让值班医生重新开一张。王小瓜急了："史麻子你就知道胡扯，值班医生又不知道病人得的啥病，怎么开药？真服了你了。"王小瓜只好折回头，大烟袋见到王小瓜两手空空，气得直咬后槽牙，他骂骂咧咧到了药房，对史麻子劈头盖脸一顿骂，"额给人看病时，你还不知在哪儿穿开裆裤哩。别磨蹭，快抓药，治死人额偿命。Курицын сын！"

史麻子不认识大烟袋，听到大烟袋最后说的话，意识到这人文化了得，但肯定不是好话。史麻子抓了两服中药，大烟袋临走时撂下一句软话："刚才额话头有点冲，多有得罪。"说完，双手拱起作了个揖，途中，拎在手中的中药包又从脖子后挂在胸前，走起来一甩一甩的。史麻子哪里知道，大烟袋生于岐黄世家，他的爷爷当年在宫廷做过御医，给李鸿章治过病，还给慈禧太后把过脉呢。清政府倒台那年，拖儿带女举家偷偷回乡开了个私人药店。大烟袋12岁便背上中药褡裢，上山辨识药材，随父出诊，不论路途远近，随叫随到，常常鸡鸣而起，星高而息，20岁到过苏联学习医学，回国后分到省中医院，不料遭到排挤打压，被当成臭老九下放仓湖湾。

两服中药治好了彭桂亮的病，郭书记惊讶，李大旗惊讶，社员们更惊讶，都把大烟袋捧得跟神仙似的，绘声绘色，到处广而告之，孙队长老婆金香玉当年患了冷热病也是大烟袋看好的，原来金香玉那天打摆子，大烟袋开了喹啉丸，吃了一周就好了。孙队长也从这事上意识到自己误会了闷葫芦，金香玉心里也觉得实在对不住人家。

李大旗早起拾粪，一眼望见雾霭中有个人用粪勺轻轻往地上刨了几下，又弯下腰脸贴到地上，再爬起把粪捡到了粪箕里。这人走路姿势很像大烟袋。李大旗便喊了一声"大烟袋"。大烟袋一回头，发现李大旗叫他，便停下脚步，往李大旗面前来。李大旗放下粪箕，将粪勺挂在地上，问他刚才趴在地上干什么？大烟袋笑笑："额看不清是坷垃还是粪便，冻在地上了，额趴上去用鼻子闻闻真是大粪。"李大旗想笑却没有笑，而是哑巴嘴道："大烟袋不要干农活了吧，掏大粪的活儿交给别人干，你留在大队医疗点专门治病，你看如何？"

大烟袋一时高兴，不知说什么好，一个劲儿问真的假的？李大旗笑道："你连公社书记当面跟你讲的话都怀疑？真服了你了。从今天起，你就上班，给你记工分。"大烟袋兴奋，心中颇有范进中举的感觉。

一时间，全公社都知道李大旗钦定大烟袋弃农从医，这可是糠箩跳进米箩的好事。可见大烟袋医术了得，绝非浪得虚名。从此，人们大病小病都往大烟袋那儿跑，小病药到病除，大病也给指路。

这年秋，贾长安终于笑不出来了。他的喉咙肿了，红色的肉堆起来如堰塞湖，外面的汤汤水水下不去。农村人思想旧，一旦猜想得了不好的病，便会守口如瓶，怕别人知道了看笑话，口风实在比地下工作者还紧。贾长安悄悄到县医院治疗，医生检查不出毛病，又到临县检查，结果还是如此。贾长安怀疑自己得了"嗝咽症"（后人称之为食道癌），便屁股拍拍回了家，他知道患了这种病神仙也治不了，花再多的钱也等于扔进水里。

"疟疾本是蚊子传，党和国家关心俺，每天吃药不收钱，八天服八次，千万莫中断，以后再生疟疾病，赶快去找卫生员。各家各户快来领取喹啉丸啦！"大烟袋背着药箱边走边唱，一路吆喝着到了庄上，贾长安手托腮帮走到跟前。大烟袋问："你小子起疟腮啦？"贾长安说："唉，老天不让俺进食了，得了倒霉的'嗝咽症'。"说完眼泪簌簌往下流。"过来过来，额给你瞧瞧。""你瞧也没用，大医院都看了。""小子你傻啊，额瞧瞧又不收钱，赶紧的。"贾长安张开嘴，大烟袋拿着镊子压住红肿的地方。"你吃到硬东西没？"大烟袋问道。"没有，头天还好好的，一夜过来就肿了，吞咽困难。"大烟袋说："等会儿你随额到药店，额给你仔细看看。"贾长安心想死马当活马医吧，便跟大烟袋来到药店。大烟袋拿出手电筒，再次做了检查。"额怀疑你红肿的地方已经化脓，你把眼睛闭上。"

贾长安按照大烟袋的吩咐，顺从地闭上眼睛。大烟袋取出一根大纴针，往肿块刺去。脓水挑破，贾长安嘴里涌出一股恶臭腥味，他朝着垃圾桶吐去，又含了几口水漱口，顿觉嘴里轻松许多。大烟袋再次用电筒照一次，发现了两根鱼刺扎在肉里，他轻轻镊了出来，朝着贾长安骂道："龟儿子，死肉。啥嗝咽症，两根小刺卡在咽喉还说没吃硬东西，开点消炎药包好。"大烟袋看好了贾长安的"死症"，一下子被誉为神医，那些头疼脑热的小毛病，或是急性黄疸肝炎、败血症总能手到病除。

李大旗再次传话，让大烟袋脱离周老庄，大烟袋感激得要命。大学里学的医学知识终于又要派上用场了。第二天，公社卫生院给他腾出最好的诊疗场所，大烟袋白大褂一穿，每天坐诊看病不亦乐乎，他的门诊天天排队挂号。

第十二章

"向阳的花，春天的苗，社会主义新生事物好……"仓湖湾陆陆续续分来了知青，分散到各个生产队。知青们到了仓湖湾大多投亲奔友而来，一个生产队分到一个左右。周老庄最早分来的知青是个女的，名叫陈旭华。她的父亲以前打游击，双手使枪，在宿北大战中立下赫赫战功，解放后分到枝江交通厅工作，后来下放到北大荒劳动。陈旭华写了决心书交到学校，学校当即批准了她的请求，并把她分到了仓湖湾。女知青一查地图，感觉太遥远，后悔当初没有提出落户就近的地方，这人生地不熟的，一个姑娘家该考虑的问题她都考虑过了。她给父亲发了份电报，意思想让父亲跟领导通融一下。已经铁板钉钉的事儿，老父亲无能为力，况且自己已经身不由己。不过，老父亲没有为女儿的下乡表现出一丝忧虑，只是告诉女儿在某天早上 10 点准时到邮局总机那儿接个电话。第二天，陈旭华接到父亲的电话，让她放心地去仓湖湾，那里有她的大妈会照顾好她的，女儿一头雾水。父亲说，仓湖湾是自己的老家，当年解放枝江时，自己受了伤，与陈旭华的妈妈结了婚。其实，仓湖湾还有一个指腹为婚的老婆，十六岁就到了陈家，给他生了一儿一女。当然这一切都瞒住了枝江的女人。

如今，陈旭华已经成为仓湖湾公社上山下山办公室负责人，听说这批知青过来好几个人，李大旗要求，统一安排给周老庄。陈旭华通知到大队，大队便派秃子去迎接。秃子看到卡车过来，车身上大红标语格外醒目，便打了个手势，锣鼓家伙丁零哐当发出震天响声。望着车厢里白白净净的小伙子、模样俊俏的小姑娘，秃子自忖道，那么嫩的娃，来乡下干活能受得了吗？也许今天刚来笑得灿烂，明天铁锹相伴眼泪鼻塌。正失神间，从驾驶室里走出一个人，宽头大脸，上穿白小褂，下身草绿色裤子。岁数在四十五六，跟大烟袋年纪相仿，手里攥了个军用水壶。秃子揉揉眼，闹不明白。说好的都是娃娃知青，怎么冒出一个可以当教授的老知青了。不过这人有点眼熟，有点像县委郭书记，可上次看到郭书记似乎比这个人胖一点、白一点。管他呢，领导干部一般都富态些，送几个知青过来，也不可能惊动郭书记的大驾，这个人八成是县里安排来带队的。秃子主动靠上前去，正要伸手自我介绍，李大旗已跑步赶到："郭书记，您来了。"说完，吩咐秃子抓紧帮助知青拿车上的行李，秃子这才猛拍脑袋，抱怨自己两眼太拙，县委一把手活生生站在面前，他居然犹豫着没有表白，这一次错过，拿多少钱都换不来。

宿迁干部群众都知道郭书记经常下乡，没有一点官架子，还是种田好把式。第一次到来龙，恰逢葛庄水稻落谷，五月初的天，水里还有点麻渣冻。郭书记鞋子一脱就下水。社员议论说，那么大的官，一贯动嘴指挥，种田可是"作秀"。只见郭书记怀里抱了个盛满尿素的小笆斗，笆斗底子中间拴了根小细绳，笆斗腰身被车裢斜拉在肩膀上，他顺着秧板沟往前走，走一步就撒一把尿素，跟在后面的小队长看到郭书记撒肥料那么匀净，便伸出巴掌轻轻按在秧板上，一连走几步，重复一样的动作，他发现郭书记不愧为种田行家。他每按一巴掌，都能覆盖到5粒尿素，没有一处"花板子"。郭书记第一次到周老庄，也让百姓开了眼界。周老庄有块白苴地准备开墒培垄栽山芋，牛到了地头，郭书记从二老头手里要了大鞭，"啪"地一甩，随之清脆的声响，他扶起犁就走，一趟下来，从这头望到那头，钢枪打的一般直，社员没有不佩服的。

此刻，秃子内心责怪李大旗跑得太快，不然自己完全可以早一步握到郭书记的大手。

郭书记没有到公社，要求直接到周老庄。这个军人出身的汉子，腰粗块头大，说话嗓门大，走路步子大，秃子跟在后面，一路带小跑听李大旗和郭书记说话，生怕漏了一句。可郭书记好像有意刁难秃子，常常一句话还没落音，人已经蹿出几步远。到了周老庄地段，秃子实在憋不住，感觉由仆人变成了主人，他不时抓住机会，凑上去说几句"这也好，那也好"的话。周老庄社员聚到大队部看稀奇，啧啧夸赞这一批知青漂亮、白净，身段好。妇道人心慈，嘴里反复嘱托各个队长，这些娃可是嫩娃子，又有文化，万不能让他们累伤了身体。

队长们果真讲良心，不几天知青们有的做了记工员，有的当上民兵队长等，彭桂亮说，干脆把所有知青集中到大队部附近住宿，让一些农户把家中最好的房子拾腾一番，窗户上糊上报纸给他们住。郭金贵和副书记荣彬隔三岔五就来看看，不是怕知青吃苦，而是怕他们享有特权。郭书记说："人不动不嫌懒，温室里长不出参天树，庭院里跑不出千里马，不经阳光和风雨摔打见不得世面。不想吃苦，不愿到田间的坏毛病要好好改。从上海、南京等大城市来的，更要加强锻炼，下次来主要看你们脸黑不黑，手上结没结老茧，裤管有没有泥水。我提个建议，必要的时候，仓湖湾公社可以就近组织给他们上一课，让老红军、志愿军讲战场上的故事，培养他们不怕吃苦、敢于牺牲的精神。"李大旗点头称是，表示马上就办。

郭书记情系周老庄，很大因素在老营长身上。老营长经常在会上为周老庄美言几句，惹得郭书记非要到周老庄看看。不看不知道，一看吓一跳。一个小队长居然解决了全队的温饱，这简直堪称奇迹。不久，书记的儿子，人武部部长的闺女，农工部部长的外甥，满满当当装了一车，集中下放到周老庄劳动锻炼。李大旗高兴坏了，他打心眼里佩服郭书记的远见，城里来的知青确实需要教育，培养他们吃苦精神，为他们今后的人生积累一笔巨大的财富。同时，县委干部的子女入驻周老庄，这一花钱买不到的资源，一定会给周老庄带来意想不到的收获。

公社工勤员安装话筒，大队工勤员检测广播信号。县委郭金贵书记、副书记李以贤、组织部部长林峰山和李大旗说着笑着走上主席台就座。社员们无不感到这种王炸阵容气势爆棚，简直就是努努嘴就有人递烟送茶的节奏。起初徐大个面对开锅一样的人群还不怯场，在他把目光移到一身戎装的郭书记身上的瞬间，他忽然想起庆功大会上首长讲话的姿势，他觉得自己非常渺小，况且话筒对着自己很不自然，连着咳嗽三声壮了下胆子，可喉咙里蹦不出句子。他喊道："撤了，撤了。"这啥玩意，堵话路堵鼻脸的。反正自己嗓门大，比广播筒好用，说话一家院的人都能听清。

宣传队员枣花提着一壶水，准备往台上去，一看会场人太多，又犹豫了一下。秃子看透了枣花害羞的心思，他接过水壶，微笑着走到台前，感觉心里非常风光，仿佛成了县政府机关的专用工勤员。

徐大个喝了口水，感觉甜丝丝的，再喝一口，发觉水里放了白糖。他干脆仰脸一口将水喝完，却迟迟没有开口。秃子笑笑，拎着茶瓶又倒了一杯，徐大个又端起来一饮而尽。喝完扣扣头，依旧没有说话，只把台上台下笑得前仰后合。最后还是郭书记打破僵局，笑着说道："徐大个子，该你开金口了呀。"徐大个这才嗯了声。

这是徐大个第一次在正规场合述说从军经历，说不紧张都是假的。开头几句，讲得极不顺溜，他不自然地朝郭书记看去，郭书记根本没有看他，这才放心，讲着讲着，胆子大了，语气也顺畅了。

徐大个和老营长分手不久，腿上老疮复发，再也不能挑担卖混沌。一个好心人通过关系让他扫马路，马路的西段为国民党警察局。好心人要了一件半旧警察服让他穿在身上御寒。一天，警察局附近来了个人，向徐大个打听附近情况，徐大个一听是家乡口音，便攀谈起来。来人问他在警察局干了几年了，徐大个说，自己负责扫马路，警察服这张狗皮是别人找给他穿的。说着，开口骂起大胖子。大胖子对人说话向来恶狠狠的，连他这个扫马路的都被骂过。来人说，警察局附近道路比较乱。徐大个说，我熟悉这儿，你怕迷路，我画给你看。徐大个从来人手中接过纸笔，一一标注清楚。来人说："谢谢你老乡。"正说着，胖警察远远地喊道："你们两人干什么呢？"来人连忙顺着巷口跑了。徐大个回答："生人问路的。"胖警察走过来，一把薅住徐大个的衣领，推搡着往警察局去。

徐大个将刚才所遇之事从头到尾讲了一遍,胖警察猛地捣了徐大个一拳,将徐大个关了三天禁闭。半个月过后,徐大个等 7 个青年,在胖警察押送下,坐卡车往吴淞口方向驶去。胖警察到了车上 10 多分钟便呼打成雷。徐大个和其他人嘁嘁嘴,示意着捺头按尾巴,将胖警察抬起掀下车。这几个人都被胖警察关过禁闭,有了报仇雪恨的机会肯定不会放过,胖警察重重地跌落在地,死猪一般蜷缩着。到了城边,卡车被荷枪实弹的解放军拦住,徐大个他们吓坏了。解放军将他们的情况问清楚,向他们指出两条路,要么马上拿了盘缠回家,要么收编参军,徐大个他们争着当解放军,开启了崭新的人生。

1949 年 4 月,徐大个走进三野 74 师 22 团 205 连,恰巧跟老营长在一个连队,他俩一同参加解放吴淞口、崇明岛、西洋岛、福岩岛等多个战役。当时没有海军,他所在的部队整天跟海水打交道待的时间久了,国家把他们当海军用,徐大个坐船到太平洋里溜达,转战马尾,美国鬼子背后插一杠子,部队只好在广东、福州、泉州等地兜圈。没想到鬼子的搅屎棍伸向南北朝鲜,悍然在我国的家门口惹事,彭大将军响应毛主席号召,率领志愿军将士,一路高歌:"雄赳赳,气昂昂,跨过鸭绿江……"

第一次打上甘岭战役,白天鬼子来了白天打,夜里来了夜里打。最长一次打两天一夜没合眼,部队首长说了:"逮住敌人,是活口的,回国后可以去北京天安门见毛主席。"

那天徐大个被派去摸鬼子,鬼子个头高大,他用手榴弹将鬼子砸趴,使劲拖着鬼子走,鬼子抓住小树死活不挪步,他再砸,费尽九牛二虎之力,才将鬼子拖到指挥部,转脸一看,鬼子早翘辫子了。徐大个懊恼死了,这回没资格去见伟大领袖毛主席喽。

在白马山战斗中,敌人从山底往上攻,敌人上得多,他就用爆破筒打。一两个上来就用一节爆破筒，多的就将爆破筒接成三节，一米一节。有个鬼子端着刺刀上来，当时徐大个也有刺刀，他还做过刺刀教员，交通沟里有梯子，他连忙躺下，将枪横在肚子上，"嘣"的一枪，干倒一个，"嘣"的一声又撂倒一个。底下又上来一个，又被他崩了。一阵子剐倒6个，敌人再也不敢上来了。徐大个又挪地方，继续打。那时候打仗，每打完一次部队都要总结一次。有一次，徐大个因打仗翻身打滚躲子弹，不慎将枪梭子弄掉了，评了个三等功，领导都为他遗憾，要不是枪梭子丢了，眼瞎也该给个二等功。

徐大个讲得起兴，索性站起来唱道："'打仗像猛虎，冲锋在前头，轻伤不后退，重伤不惊慌。'同志们都看过电影《上甘岭》吧。那个战役可苦了。上甘岭就是个小村子，电影上说的都是真的，那个战役最艰难的是水。守在山头，吃水非常困难。洗衣服的水，用来洗脚。俺想，这样不成，得想法子让鬼子来打井。"

台下人有人呵呵笑，有人不屑一顾："你徐大个会编使劲编，反正一家院的人找不到第二个入朝参战的。让鬼子给你打井，简直天方夜谭。"徐大个说："大家伙儿啊，俺那些战友也是这么说俺高烧说胡话呢。俺说，'你们躲在山上不要出来，俺自个儿去做这件事'。首长没支持，也没反对，到了晚上，阵地上不准抽烟，一丝火花都不能有，敌人见到光亮就撂炸弹，俺扎了个草把，里面塞了干树叶，悄悄到山脚下，俺在一个空旷的地面上点着火把就跑，乖乖，可不得了了，敌人发现了，出动飞机炸，敌人的炸弹跟柴油桶似的，丢下来立马炸出二三米深的大坑。战士们早上起来一看，大坑里面生满了水，清凌凌的。"

有时候，白天战士们躲在山洞里，敌人就用喷雾器对着里面放毒，志愿军戴防毒面具，没有防毒面具的，就排出自己的尿将毛巾湿透，捂在嘴巴和鼻子上。阵地上，伙夫送饭，后面有两个人拿枪保护，送到士兵面前的饼啃不动，冻得像秤砣一样，又凉又结实。他们只好放在胸口焐，外表焐热了，就转着吃。吃到硬的地方接着再焐。那么冷的天，不要说脚冻坏了，连皮鞋都冻坏了。

跟敌人斗争，需要胆识和计谋。在交通沟里，徐大个用旧衣服包石头挂在小树上，敌人集中精力开枪打这个地方，他早跑到交通沟的另一头了，就这样与敌人周旋。美国鬼子有个机枪手，眼睛只是盯着前方打，身边还有一个鬼子机械地递子弹，疲劳得连眼睛也懒得睁开。机枪手戴着铁帽子，系在脖子上，徐大个和湖南战友刘月来慢慢爬到敌人身后，敌人个头高大，刘月来爬起来用手榴弹抵住机枪手脑后的帽子，帽子抵掉了，鬼子弯腰捡拾的当口，刘月来将手榴弹砸向敌人后脑勺，送他上了西天。

战争结束，首长安排徐大个去苏联进修，正准备开拔，徐大个的大姐找到了他，死活让徐大个回家结婚，姐姐害怕他找个大个子、高鼻梁、蓝眼睛的金发女郎。也难怪姐姐忧虑，徐大个这房头就落他一个寡蛋子，一旦出国不回来，这户人家就绝了种，出国养出来的孩子，蓝眼睛，大鼻子，还是中国人吗？徐大个只好还乡。领导决定让他到徐州铁路局工作，徐大个挠了挠头，为难地说："还是回家种二亩地吧。铁路上都是技术活，粗人干不来。道岔扳不好，人命关天呢。"徐大个的理由也很在理，领导只好作罢。

徐大个一口气讲了一个半小时，讲到惊险处，会场鸦雀无声，讲到消灭鬼子时，人们报以热烈的掌声。

李大旗看看天色不早，招手示意秃子。秃子连忙从主席台后面走到李大旗身边。李大旗说："让徐大个收尾吧，县委领导有事呢。"

秃子再次拎着茶瓶给徐大个倒水，这回注意力不集中，将水倒潽了，淌到了徐大个裤子上，徐大个被烫了个激灵。徐大个随即站起来，用手抖了抖裤子。秃子小声说："快结束吧，郭书记还没说话呢。"徐大个赶紧对台下说："今儿个就说这么多，不到之处，还请领导原谅，请群众海涵。"

李大旗将话筒挪到自己面前说："徐大个今天给我们上了生动的一课，讲得很好，我们深受启发，倍受鼓舞。下面请郭书记给我们做指示，大家欢迎！"

郭书记在掌声中慷慨激昂地说："同志们哪，抗美援朝战争，打出了国威，打出了军威。在朝鲜战场，我们敬爱的伟大领袖毛主席的长子毛岸英同志英勇牺牲了，我们的战士黄继光挺起自己的胸膛去堵敌人的机枪眼，还有我们的邱少云烈士，在战场上遭到敌人凝固汽油弹焚烧，没有后退半步，他们用血肉之躯，捍卫了中华民族的尊严，捍卫了新生的中华人民共和国。这些革命英雄，值得我们永远怀念，他们永远活在人民的心中，我们要学习他们的大无畏英雄气概，学习他们的舍生忘死精神，我们党带领人民打江山，建立社会主义新中国，革命先辈们出生入死，甚至牺牲生命换来的政权要巩固好，发展好。政权政权，生命相连，有了政权，比蜜还甜，失去政权，苦似黄连，夺取政权，冲锋在前，巩固政权，任重道远。希望大家一定要铭记历史，珍惜来之不易的幸福。我们的知青，要自觉向老同志学习，向人民群众学习，在农村的广阔天地锻炼身手，齐心协力把我们的家乡建设好，把我们宿迁建设好，把我们的祖国建设得更强大！"

第十三章

"当当当，当当当……"村头老榆树上的钟声响了，往常生产队催促人们上工都靠它传递时间。今天的钟声一反常态，急促且有力。这种一声连着一声的声音，只有遇到暴雨来临呼吁抢场或者哪家房子着火才有这样的频率。记忆力极好的老教授刚吃完饭，听到钟声便走出家门。他琢磨着，庄上又出什么大事了。钟声就是号角，就是命令！不一会儿，便听到队长发出吃奶的力气大喊着，声音越来越近，近乎嘶哑。

"前后庄老少爷们都给俺听好了，麦季防火，夏季防水，现在要防地震了，人命关天，保命重要，各家各户不要当耳旁风，公社通知，从今天起，抓紧盖防震棚子，白天在外干活，晚上躲到棚子里！"队长在庄子上放录音般重复着几句话。

小四奶双手拄着拐杖，倚在门旁。"三宝子，从小不成驴，长大驴驹货。为人可不兴侃空。你从哪里听来地震的鬼话？闹得人心惶惶了，官家治你咳嗽。"小四奶喊着队长的小名责备道。

"要俺说啊，小四奶嘞，这跟你接生一样的，都是人命关天的大事，前天唐山发生地震了，听说离北京比较近。灾情十分严重，县里通知从现在起，家家要搭建防震棚，提前做好预防。这两天风大，树倒了砸到电线杆，广播线路还没整好，听说明天就来信号了，保管你能听到这些新闻。"队长一边严肃地回答，一边直接到了小四奶家锅屋里。"小四奶赶紧倒点水给俺喝，今天辣椒炒咸鱼，齁死了。再不喝点水润润，感觉这喉咙都要废了。"

小四奶责备道："双代店的盐巴断货啦？从小吃大盐，老来齁病治不好。"

队长"咕嘟嘟"喝了碗凉开水，湿润的嗓子又恢复到平时的样子，他的声音越来越大，似乎在生产队每个角落都可听清。

"老教授，抓紧准备盖小棚子防地震，这是上级命令，手脚可得麻溜点，可不能慢油气！"队长走到老教授门口认真地说。

"小时候你半夜三更起来撒尿，鬼喊失火了，闹得全庄人骂你，哪个拿你当人？长大了，仁义了，怎么今天又改肠了？尽胡说八道，散布小道消息。这头顶满天星星，哪来地震？整天正事不干，翻鬼话一个跟几个。说话轻，过话重，要是传错了话，你吃不了兜着走。"老教授没好气地说。

"这回可是真的，你老教授走南闯北，常常五个手指充六个，你夸下海口说过，仓湖湾几乎屁丝大的事都瞒不了你的嘛？怎么这事也不知道？"

老教授揶揄着说："这些天打'半日子'（疟疾），隔一天发一回，身体给搞垮了，四肢无力，哪里也没去，外面啥事都灌不进耳朵里，还真没听说有这档子事。"

"据说从东北开往唐山的救援部队，车都开不进去，火车铁轨都扭成了麻花，地上的裂缝人栽进去不冒泡，还是防备点好。此地要是来个地震，不要多，就5级吧，俺庄房子估计全倒。"

队长说着指着老教授家房子调侃，"你的房子估摸还没有比萨斜塔保险，经得住三四级地震就阿弥陀佛了。"

"净胡说，你当俺家房子是纸糊的啊？老话说，屋不漏，墙不倒，你瞧屋顶还好端端的呢。"

队长说："老教授你不要跟俺鬼喊，俺抬起一脚不把你房子踹歪了，俺今天跟你姓。"

老教授来气了："你个小龟种，就喜欢侃蒲空。你腿贱啊，俺好好的房子你踹它干吗？吃饱了撑的啊。"

"俺只不过这样打比方，老旧土房子都不支根。听说小日本三天两头地震，震怕了，就搭木板房住，都住木板房呢。"队长说着说着扯到了日本，一下子触动了老教授敏感的神经。老教授骂道："小日本太坏了，南京大屠杀死了30万同胞，这些畜生放毒气、搞杀人比赛，心比蛇蝎还毒。小龟孙迟早要沉入海底喂鱼。听说小日本多年前就有人预测宿迁要地震，他们疑问，'宿迁还在吗？是不是早就一片汪洋了啊？'你看他龟孙的心有多恶，嘴有多狠，巴不得宿迁地漏。奶奶的，漏下去也轮不到小日本撑天，指不定哪天富士山还得冒岩浆呢。"

"不过话说回来，预防总比不防好。反正秋天龙卷风多，还是要注意的。不怕一万，就怕万一。宿迁一旦地震，老百姓还是惨的，老教授你知道的，骆马湖底子比俺们这里的屋脊还高，地震震不死俺们，只怕骆马湖大堤决口，湖水下来，能把人淹死了。"队长压低声音道，"哎，你听说没，上次那个龙卷风经过了张庄，在张庄扫了一大圈。那天中学老师带学生义务劳动，不承想遇到暴风雨，大团大团的黑云压下来，铺天盖地的，一个响雷一打，'咔嚓'倒了一片树，又一个响雷一打，'咔嚓'——张庄牛屋大凉棚塌了。飞来横祸啊，当场砸伤了三个学生，有一个没躲过去，被倒下的屋梁砸死了，送到宿迁南大医院也没救活，太惨了。"

三宝子还要继续往下说，被老教授阻止了。"你赶紧闭上乌鸦嘴，当小队长了，还口无遮拦，你应该比平民百姓觉悟要高，好歹也算个官，思想要先进，讲话要担责任的。谁说张庄砸死学生的？俺怎么没听说，这又地震又死人的，要被人听到汇报给了上面，你扛得住吗？到时候小心找你，把你往大会堂角落里一关，再给你消消毒，这辈子你就完蛋了。"

二人说着说着便抬起杠，争得面红耳赤。麻杆子走了过来，老教授把砸死学生的事情做求证。麻杆子说："那还有假？那个学生还是俺用手扶机拖到县医院的。医生诊断后摇摇头，催促抓紧弄回去，救不活。当时俺想躲起来，实在不想把人拉回，俺找个理由说'这个手扶机可是全生产队的，又不是俺自家的，庄上结婚拉嫁妆、带新娘都指望它呢，就得图个吉利，你说拖死人晦气不晦气'？彭桂亮当时还骂俺'要是你亲爹有这事你拖不拖'？他也真会比，哪有这样打比方的，真能把人噎死了。后来俺想想也是啊，人家学生下来劳动，才活了十几年，童男子一个，说没就没了，也够惨的。俺把孩子尸体抱到车斗里，慢慢悠悠开回来，学生的姐姐哭得哑声号啕，俺也眼泪婆娑淌了一路。"

"这可不是俺胡诌的吧，麻杆子开机子，难道有假？"队长说完，头也不回地走了，临了撂下一句话，"你家要是有什么闪失，不要抱怨俺没提前跟你讲。一旦遇到大地震，骆马湖大堤决堤了，你还想跑，做梦去吧。叫你预防就跟坑你似的。实话跟你说，县委为了开会，临时搭建了好多防震棚，据说，明天要开'草棚会议'了。为嘛，谁敢坐在会堂，砸扁了人谁能担当得了？"

不一会儿，周老庄大队广播响了，秃子对着话筒也播出了唐山地震消息，人们这才相信。第二天，老教授看到庄里都不声不响搭建了防震棚，自己才认为事情发展肯定很糟糕。于是，又觍着脸跟队长商议，到南河底砍了几捆芦柴，自己涮了麦草，在靠住门口大柳树旁搭了个"人"字形棚子。把凉床放进去，吃水缸也移到里面，还摘了些冬瓜、辣椒、茄子，准备了毛巾、粮食、煎饼等，所有值钱的东西一律搬到小棚子内。到了晚上，老教授的心思全部用在防震上。队长安排他值夜班，遇到动静立马喊人。老教授把一家老小全安置到防震棚里，自己在棚外的小桥边，始终盯着两个地方望。一个西南方，那个地方来雨要人命。仓湖湾有句谚语：西南雨上不来，上来漫沟崖。一个西北方，那是沂蒙山所在。远远看到那个方向打雷打闪，如果持续时间很长，雨水下得就很大很多，山洪暴发，下游骆马湖怎受得了？骆马湖受不了，沂沭泗地区都将难以承受。老教授很尽心，一坐就是大半夜，老烟叶煴了一袋又一袋。彭桂亮见状，心疼老教授，提出让人换班值守，老教授说："年龄大，觉少，白天眯瞪一会儿就好了。"

住进防震棚的第九个晚上，老教授像往常一样，继续在小桥头煴烟叶。十点过后，老教授侧耳一听，感觉不对劲，只听远处传来水响声，老教授扯起嗓子高喊："各家在屋里睡觉的快躲到防震棚里，大暴雨来了！"队长听到喊声，摸起铁锤就敲钟。庄上男女老少吓得全部躲到了防震棚里。一场暴风骤雨瞬间来临，雨水像是从天上倒下来一样。老教授想起堂屋里还有半坛子猪油，便冒雨闯了出去。老伴不让他去取，他说万一地震了，砸坏了怪可惜的。等到老教授从屋里出来，只听"轰"的一声，家中土屋塌了。老教授哪里顾得上这些，冲到防震棚内，愁眉苦脸坐了整整一夜。第二天起来，看到堂屋东山墙倒了个角，老教授叹了口气，自言自语地说："该派不破财，转转还回来，倒了个山墙角无关大碍，用不着请人，自己涮草和泥垒上就行了。"

多雨的季节终于过去了，人们也渐渐从唐山大地震的余悸警觉中回归平常，人们只是偶尔议论一下这类话题。诸如一个老大娘埋在废墟里十多天，喝了自己的尿得以生存，有人被解放军救出来第一句话就喊"毛主席万岁"，其他的都如碎片一样很难完整地留在记忆里。

高温造肥结束，树底下、大碾旁歇息的地方照例为集中学习的场所。只是伏天里树上的知了隐退了，迎来叫声嘹亮的伏凉登场。这个可爱的小生灵，很少有人去招惹它，它那么弱小，比知了整整小了一圈。人们知道这个东西吃不得，中药里起镇静作用的，哪像知了让大人小孩那么不正经，可以满庄发动，兴师动众用面筋去粘它，用电筒找它的出生地，把它从洞窟里抓住，夜晚爬到柳树上拼出吃奶的劲头摇晃树枝，下面的人点燃一摊麦草，把知了捉了个盆满钵满。

苏北的秋天总是那么令人期待，尽管百姓还比较贫困。当那广袤无垠的原野褪去了葱绿，季节也会变戏法似的，为它换上了金黄的铠甲。面对蓝蓝的天，白白的云，呼吸庄稼成熟的味道，人们便欢呼雀跃，心也更踏实了。大人们或扛着铁锨为田间排水，作最后一次烤田；或腰间勒个口袋，选出田里的穇子。失去劳动能力的老人，习惯性地围着田埂转悠，不时停下来，用手摩挲着稻穗，然后一把捋下来，放在掌心，歪着头一粒一粒仔细地数着，那模样活像数着钞票，巴不得能多拧出一点。没施化肥的地里，庄稼成熟得比较早，即便缺乏肥料滋养，也尽力奉献一点点看似不起眼的果实。高粱、玉米或者大豆，哪怕只结一个粒子，也要尽可能为人们展示它的成熟的美，表达"这个世界我来过"的自豪情感。肥力足的庄稼，长得比较健硕，稻穗长，籽粒饱满，棉花结出的桃子也格外大，藏在土里的山芋，早已憋不住了，将山芋垄拱出一道拇指宽的缝隙，露出嫩红色的皮肤。

周老庄大队遇到了难得的好收成。男女老少走着唱着笑着，然后一头扎进田里，收割的队伍你追我赶，汗水顺着脸颊往下流，镰刀挥舞着，发出"酷嗤酷嗤"的声音，清脆动听。负责运稻子的人们，有的推着小车，有的拉着平板车，接连不断送往打谷场。

打谷场上摆开了两个战场。这边的"哩哩"声饱满有激情，此刻领头赶牛的瞎二老爹大显身手，耕地时雄壮的"哩哩"，到了打谷场又换了一个调门，变得舒缓、悠扬、深邃。大白牛威风依然不减当年，身后七八条牛不声不响地跟着转圈，赶牛人也懒得打自己发明的"哩哩"，他们清楚明白，自己即便用尽吃奶的力气，也喊不出瞎二老爹口中出来的铿锵有力的调子。那边，双人打稻机脱粒正酣。年轻人有的是力气，脚底反复踩踏，齿轮发出"呼隆呼隆"的声响，满庄都听得清晰。生产队托人新买了一台老虎机，愈加吸引人们的眼球。给老虎机"喂食"的人，则像前线打仗一样，拼命将粮草塞进去，老虎机狼吞虎咽，有时进食太快，柴油机负荷太重，"咕嘟嘟"冒黑烟。

社场上的喧嚣持续了一个月左右，场上的活是"母活"，跟母亲带孩子的道理一样，丢下叉耙，又摸扫帚，反正没有闲着的时间。有时抢场还点燃汽灯熬夜奋战，虽然很苦很累，但人们知道，忙过这段日子值得。"粮到手，饭到口"，这个道理谁个不懂？

仓湖湾秋天的天气，一直比较干燥，也非常干净，天是瓦蓝的，偶尔飘来一朵朵白云，慢慢悠悠行走，一副无忧无虑的样子。有了这样的好天，人们自然心生欢喜。农忙的晚上，电影队不来放映，唱戏的说书的也不来光顾，正火了看场的人。他们的年龄一般50岁以上，看一晚给一晚工分。小老头们早早搓了火绳，攥着烟袋到达指定位置。打下的粮食堆成一道道山岭，长龙似的卧在场上。保管员晚饭后，手托大印，一丝不苟地往粮堆上按印，这跟划地砸石灰桩是一个道理，没人敢动，动一下便是做贼嫌疑对象，逮住了后果很严重。等到粮食晒干了，扬净了，便过磅进仓。接下来就等粮管所通知，出售征购粮了。

仓湖湾人把对唐山大地震造成的损失的同情，化作对祖国的无比热爱和强大动力。"颗粒归仓"成为一句实实在在的口号，多给国家卖征购粮便是对国家的有力支持。周老庄大队挑选身强力壮能肩扛手提的年轻人去卖粮食，还着力制造了非常隆重的场面。头天晚上，彭桂亮从粮管所要来了麻袋，将晒干扬净的稻谷装好，第二天排着浩浩荡荡的队伍去交公粮。麻杆子驾驶手扶机慢慢地在前面带路，后面便是平车，每个拉平车的男子汉身旁，都安排一名妇女拽根绳子帮衬，推小车的紧紧跟上，一路高歌猛进，比电影《青松岭》卖粮的气势丝毫不差。路程虽不算远，出大队部就是知青路，然后拐向东西大道。太阳还没有升上来，队伍就到粮站门口。

"姐妹们喜晒战备粮，簸的簸来扬的扬……"粮管所的广播喇叭不厌其烦地播放着一首新歌。

没有漫长的排队和焦急的等待，彭桂亮直接找到粮管所所长要求尽快过磅，所长说："不急，工人还没上班，反正你们今天排在头一家。"早上9点过后，周老庄过完磅，粮管所大院里陆续赶来一支支送粮队伍。一眼望去，粮管所内到处是人，有的人在拉着家常，有的排队久了发出抱怨，更有那些粮食过不了验收员的这一关，一边摊晒，一边骂骂咧咧。这时候，李大旗来到收粮现场，彭桂亮迎了过去。李大旗问周老庄收成如何，彭桂亮说："亩产超'双纲'，只有多，没有少的。"李大旗高兴地说："有这样的产量我就放心了，这一纲500斤，超双纲就是超千斤啊？今年全社拉平均起码亩产过八百斤。"

这边说着话，忽听那边有人吵了起来，李大旗赶紧过去看个究竟。

"你这家伙收粮不地道，你说俺们生产队粮食净度不达标，还得整个倒出来再扬一遍，这得多大工夫？俺承认有一包半包有点杂质，被你钢戳子戳中了，也许杨瞎子扬粮食看不清，有点杂质在所难免。"

收粮人面无表情地说："叫你扬，你就老老实实扬，不要强词夺理，你仔细听听广播里怎么唱的，入库的都是战备粮。我告诉你，这些粮食都进国库，你知不知道谁个吃这些粮食？你想过没？一个是城市的居民，还有一个也许与你相关，假如你家孩子当兵，你总不能把粮食背到部队给他吃吧，弄些脏兮兮的粮食，于心何忍？亏你还是生产队队长，觉悟到哪儿去了？"

队长说："你是公家人，文化高，俺说不过你。可也不能靠你一颗老槽牙就判定粮食干了还是潮了，也不能看了一麻袋不太干净的，就把全部粮食都否定了。你那手中的倒霉的铁戳子就不能从口袋梢口戳啊，偏偏从中间扎下去，从凹槽里抠出几粒粮食，放在牙齿上嗑，你那冷冰冰的脸，不要说俺看不惯，在场的有几个看得惯的。口袋不是你家的，坏了当然不心疼。"

"你们都不要吵了，既然粮食不潮，就过磅，戳到不干净的就拽到一边扬去，合格的就收下，大老远送粮食来也不容易，而且要排队卖，大家的心情可以理解。当然了，粮管所收粮季节，工作强度很大，同时正如收粮员所说，不干净的决不能收，潮湿的更要晒干进仓。不然鼓仓了，粮食霉烂了，谁敢担责？"李大旗劝和道。

到底磨大压麸，官大压人。李大旗几句话就摆平了吵架风波，收粮秩序又恢复了正常。

第十四章

闷葫芦的女儿晓丽高中毕业，成了回乡女知青。这丫头长得跟城里俊俏姑娘没啥两样，几乎一个队的人都说不能让这丫头干体力活，宋大嫂只好硬着头皮找表弟张泽浩帮忙，张泽浩此时离开仓湖湾已经好多年，张泽浩又给李大旗说话，把晓丽安排到供销社收购门市站柜台，倒也风不打头，雨不打脸。快到栽稻时，各地因肥料紧缺，不知谁个有身份的人被狗咬了，还是别的原因，全县突然掀起打狗运动，仓湖湾自然不能例外，一场大会开完，所有的狗统统遭到灭顶之灾。以生产队为单位，在社场上支起一口大锅，把狗肉烀熟下到稻地肥田，高温天气，腐烂的狗肉在空气里到处弥漫着难闻的尸臭味。

忽然有一天，仓湖湾供销社来了个中年男子，自称安徽人，指名道姓找主任说话，主任听说这个人大量收购公狗器官，便答应代为收购。第二天，收购门市旁边粘贴一张收购告示。朱二流子感觉新鲜，认为到处打狗，这玩意儿不缺，便扔下了扒狗皮的活计。张口一问价格，五毛钱一个。朱二流子便琢磨起了这个营生能赚钱，他三文不值二文收了来，赚了不少差价钱。没几天，有个操着外地口音的人，问朱二流子街上可有旅店？朱二流子说："招待所大着呢，随便住。"这人又说自己做狗蛋生意，说着，把挎包打开。朱二流子一看满满的一包，要能低价收购，又能赚翻了。朱二流子出价每只二毛五，这人说低于三毛不谈。朱二流子心想，三毛收，五毛卖，倒个手皮多赚一半，便毫不犹豫花了30元买下，往供销社收购站一走，钱到了腰包。第二天，又来了个陌生人，同样销售这玩意儿。不过，这人存货量大，问二流子哪里收购？朱二流子故意说好多天不收了。这人却表现出急急要走的样子，朱二流子一把扯住不让走，再次问了价。陌生人说四毛一个，朱二流子还价2毛。最终以两毛八一个收下。朱二流子乐得鼻涕顺着嘴里淌，屁颠颠到了收购门市。晓丽一个姑娘家的，本就见到生人就脸红，收这个玩意儿更难为情，便望也不望："多少？"朱二流子说："380个。"姑娘说："撂到筐里吧。"如数付钱给朱二流子。

供销社主任再次到了收购门市，一看筐里堆积那么多，便伸手拿了看看。用手一捏，碎了，又放到鼻子上闻闻，没有味，用手拧拧搓搓，碎成了泥粉渣。主任心慌了，用手往下抄一下，发现没几个完整的，仔细看全是淤泥捏的。于是，刨根追底，顺藤摸瓜找到了朱二流子，朱二流子无话可说，便老老实实退了钱，自己吃了外地人的哑巴亏，投河自尽的心都有了。

晓丽为这事也郁郁寡欢，便闷不吭声将工作辞了。大烟袋很同情："倒不如跟额学医吧。"宋大嫂托徐大个到大队说话，大队同意晓丽给大烟袋打下手，当成一名赤脚医生培养。这晓丽高贵冷艳，不苟言笑，村里人说她像极了金香玉，甚至怀疑晓丽还不知是不是金香玉养的呢。金香玉也不生气，龇牙说姑娘跟她年轻时一样妩媚动人，等闷葫芦以后回来，自己倒不如认下晓丽为干女儿。遭到一脸醋意的丈夫猛烈抨击："人家爹妈基因好，晓丽长得恰似杨贵妃，你呢好比狐狸精。"金香玉气得暴跳如雷，迫使孙队长不得不温习久违的"功课"——跪了一回搓衣板才罢休。

晓丽的性格与大烟袋不苟言笑的样子颇为相似，即便如此，也阻挡不了年轻的小伙子前来套近乎。有人会借故装病，试试体温，量量血压，百般寻找与她搭腔的机会。有人夸张地说："晓丽呼出的口气也香喷喷的，哪像俺们一口番瓜红芋味。"轮到大烟袋独自坐诊，小伙子们便借故离开，他们害怕大烟袋爆粗口，只等瞅准大烟袋出门给人看病的"空档期"，又小鱼上水般围着晓丽转。晓丽给人号脉，从不正眼看人。还时不时把手电筒粗的针管握在手中，在小伙子眼前晃荡晃荡。这段时间，贾长安到药店比较勤，早上嫌头晕，让晓丽"搭脉"，没有异常，晚上又要开止疼药，晓丽知道他是故意装鬼的"假病号"。当晓丽手指搭到"假病号"脉上时，装病的贾长安便大气不敢喘，静静地"享受"着片刻的温馨。晓丽要他脱裤子打针，贾长安又说怕打针，开点药就好。大烟袋看穿了贾长安的花花肠子，便用俄语骂人，贾长安脸皮厚听不懂，龇着牙傻傻地陪大烟袋一同大笑。

树挪死，人挪活。大烟袋被推荐到省城进修，周老庄一个大队按手印表示同意，唯有麻杆子激烈反对。当初他阻拦大烟袋给彭桂亮看病，本来是做给郭书记看的，如果郭书记当场表扬他，说不定有机会还会提拔提拔呢。这个貌似无比正确的行动，后来却被周老庄人讪笑，骂他"半吊子"的诨名没诌错。

大烟袋走后不久，麻杆子生了一场病，每天找晓丽打针，五六天也不见好转，便被推手给县医院。几个医生凑在一块儿嘀咕说："吃了那么多中药，他的腿怎么不消肿呢，应该是橡皮腿，唯一办法只能锯掉。"戴眼镜的医生说："不能贸然做决定，这种病又像肾炎，你们看化验单就明白，尿蛋白多高，刚来时2个'＋'，现在4个了，越治越重，说明诊疗方向不对，建议继续住院观察，有必要请上级专家会诊。"结果等了半个月，也不见专家来。麻杆子坐不住了，问专家啥时候来，回答说在开会呢。麻杆子心里骂开了：奶奶的，一天到晚会会会，开你娘的追悼会呢。

麻杆子从住院起，情绪一直沮丧。他已经忌盐半年多了，每天吃着碱一般颜色的秋石，脑子里总有排斥感。他不明白，这个尿液里提炼出来的晶状体，吃起来虽无色无味可总是让他倒胃口。他突然想到金香玉又释然了。金香玉服用童子尿，不知有没有老猫臊味，虽说恨命吃药，可怎么入得了口的？

隔几天，医生走进病房，站在麻杆子床前，脸色跟输了巨款似的告诫他，想吃什么吃什么，也不要忌嘴了。看了那么久也不见效，还是回家待着去吧。要是手头不紧，也能出去走走，看看景程。麻杆子当时脸都吓黄了，大凡这样的医嘱，百分百手插裤衩完蛋了。平静下来以后，他大骂医生混蛋，钱都花光了，亲戚家都不敢上门了，还有心思让俺出去转转，转你祖宗的坟。

麻杆子回家真的啥也不干，也没有心思做事，脑海里忽然有个奇妙的想法：神农氏尝百草种五谷，李时珍写《本草纲目》，不知吃过多少种草，中草药里哪服药不是草做的。乡下啥都缺，唯独不缺草，俺也去遍尝一番，兴许也能碰，缓解或治好自己的疾病。老婆交代说："那些猪耳棵、牛耳棵、尖尖冠、节节草、狗尾莛、芦芦葱，尽管放心嚼，使劲咽。那些猫猫眼、苍耳草、曼陀罗，还有你不认识的花花草草，动也动不得。"麻杆子不耐烦地说："知道呢。"

每天天亮太阳升起的时候，麻杆子如牛羊般在堆坡上转悠，从南湖到北湖，从河边到田头，看到小燕麦、尖尖冠、节节草、芦芦葱，总之能下咽的青草、野菜都濑一把往嘴里送，嚼过后再把草渣吐出来，心理上颇有一种临时抱佛脚——自安自心的感觉。若有不知情的人问他，他就说看看庄稼长势，陪人鬼侃一通。知根知底的问他病情好转了没？麻杆子便回答："好多了。"说完故意耸耸肩，脚尖踢踢泥土，一副轻松的样子。老婆大黄脸问他到底怎么样了，他就回答说："青头这玩意儿可都能入药的，嚼下去一股清香味儿，多少会起点作用，放屁还听风呢。"只是他走路挪四指，一走一打跩的架势，总让阅历丰富的老阿婆疑窦顿生。老阿婆同情地安慰他："乖乖，好好过，能撑一天是一天，能撑一时是一时。心放宽点，饭多吃些，土话说得好，好死不如赖活，挨到来年青草发芽躲得过去，便可挨到碌碡翻身，能吃到新小麦，好歹又赚了一份口粮哩。"麻杆子一听这话，便眼泪涔涔，仿佛听到过世老娘还魂，在自己面前絮絮叨叨的声音。这声音充满爱怜，充满善意，没有一丝杂质，是黄金也换不来的殷切期盼。麻杆子想掉泪，他抬头望着蓝天白云，那么悠闲自在，无拘无束，倍感人间的珍贵，世界的美好。

转了个把月发觉不对劲，麻杆子觉得四肢无力，腰酸腿软。在大路上看到一个穿得破破烂烂的乞丐，手里拎个破布袋，正神情专注地翻检垃圾堆里的杂物。乞丐没有半点忧愁的样子，看到麻杆子，便冲着他傻傻地笑。若在平时，麻杆子早露出鄙夷的眼神，这回却完全另一个样子。那是一副让他羡慕、怜惜的表情。乞丐走了，脚步那么轻盈，跟飞一样。麻杆子怅然若失，心想如果老天让我身体好，哪怕多活个十年八年的，把孩子拉扯大，即使让俺比这个乞丐还苦都心甘。不要家财万贯，不要锦衣玉食……

麻杆子一下子联想到骨瘦如柴的老父亲。这么些年，自己枉披了一张人皮，他曾经当着全队人的面，讥笑过父亲吃"定量户口"，曾经面对父亲哀求的眼神，把一块熟山芋扔到半空，让跳起的黑狗吃进了嘴里，他却得意地哈哈大笑。老教授当场骂他："行善之人如春园之草，不见其长，日有所增；行恶之人如磨砺之石，不见其损，日有所亏。你麻杆子八岁丧母，你大屎一把尿一把拉扯你，居然说你大吃定量户口，稀饭都不愿意给他多喝，好好的一块山芋你大吃不到，居然扔给狗口里，难不成黑狗比你大还亲？不是俺咒你，反正不死能看见，将来你的苦日子在后头。古语说得好，亏孝则百事不顺，亏心则天地不容！"

老教授的一番话好似榔头一般，着着实实夯到了麻杆子脑瓜命门。麻杆子受不了，破口大骂老教授是多嘴驴，是会咆哮的野兽。老教授气得差点晕厥过去，从此不再理会麻杆子。如今老教授一语成谶，自己将要先父亲而去，人不欺人天不欺，报应啊，报应。

麻杆子良心发现，眼里流下悔恨的泪水。在大黄脸的陪伴下，他挪着沉重的脚步，往父亲的小棚子走去。

麻杆子的老父亲住在生产队专门盖的一间小鬼屋里，屋里放了一张小凉床、简单的锅碗瓢灶，这是老人的全部家当。老人本不是小屋的"主人"。真正的"主人"是一根人人打怵、个个恐惧的木头——出棺的大杠。麻杆子进了小屋，未曾开口，便"扑通"一声长跪于父亲床头，心中愈发内疚起来。老人没认出来，以为村里有人过了，便问道："来借大杠的不？"麻杆子失声大哭起来。老人看到儿媳妇，才知道面前跪的是儿子。老人伸出瘦骨嶙峋的手，摸摸同样是骨瘦如柴的儿子："乖啊，怎么啦？瘦成猴儿了。"大黄脸说："生了大病了，嘴大喉咙细，想吃吃不下去。"老人先是惊愕，然后平静地说："年纪轻轻的，寿性未到，不会得到该死的病，要死也得先把俺的一把老骨头交到阎王老爷那儿。"

半夜里，大黄脸把麻杆子的手抓在自己腮帮上摩挲着，她愁得哭出声，都皮包骨头了，不定哪天就要走腿了。大黄脸并非要咒他早死，她也巴不得男人能好起来，好歹支撑住这个家。麻杆子忽然翻身坐了起来，连喊有救了。大黄脸惊愕地望着麻杆子，用手摸摸丈夫瘦削的额头。麻杆子说，别摸，俺一时半会死不了。俺想起个人，他准能治好俺的病。大黄脸破涕为笑，不住地问谁有这么好的手膊？麻杆子说："还能有谁，大烟袋呗。"大黄脸说："俺也曾想到过，可你得罪过人家，人家帮不帮你两个字，再说了，大烟袋早就进省城了，去省里大医院看病可贵呢，乡下人看不起，光床位就得好些钱。"

麻杆子起来点灯，吩咐大黄脸别啰唆，早点打点行装，兴许不用花多少钱就能看好，远的不说，就说小汪先生看小孩，不论起喉，还是出疹子，人家几毛钱都能搞定。麻杆子所说的小汪先生，给儿童看病可神了。如果有人大腿腋内淋巴结肿大，俗称腿腋疙瘩。他用钉腿腋疙瘩的方法治疗居然屡试不爽。给人钉腿腋疙瘩多为老年人，手拿一个铁秤砣，在青石头上磨蹭几下，将磨过的秤砣放在病人的大腿丫疙瘩上压一压，压时按病人的（甲）姓和舅舅家的（乙）姓，边压边祷告说："乙家外甥甲家子，腿腋疙瘩青石上死，祟！"连压七遍，也连祷告七遍。一天一次，连着压七天，一般都会好个八九不离十。麻杆子心想：有道是单方气死名医，俺虽然给大烟袋使过绊子，他也没过分生气，有文化的人肚腩大着哩。不是有句话——宰相肚里能撑船嘛。

　　麻杆子把老父亲接到家中，让父亲看好家门，以后不要去小鬼屋了。大黄脸从金缸里掏出了5斤黄花菜，又埋头钻进鸡窝掏了3只老母鸡。夫妻俩临出门又交代了老人几句，便远路赶早集，趁天上三星没退，便到了宿迁车站，坐上了南下的长途汽车。

　　省人民医院好气派，乖乖隆地冬，顶层都钻云彩眼里了。哪像俺大队那个医疗点，两大间房子，还背靠芦柴地，一泡尿都能箍它三圈。传讲毛人就是从这儿芦柴地出来的，那么多人都怕，唯独大烟袋胆大。他也许懂得毛人的话，一个人暗地看书，尽说叽里呱啦的"鬼话"，别人听不懂。大烟袋的名气也气派，从医生口中得知大烟袋早就实习结束，后留在医院工作，而且干到了副院长。麻杆子来到院长办公室门口，顺着窗口往里望，一眼看到大烟袋正在和两个年轻医生说话。大烟袋嗓门较大，从窗口听得清清楚楚。

　　"凡是来这儿看病的乡下人，一般都是大病，小小不言的头疼伤寒，谁个撅腚狼嚎往这儿跑。看看你们刚才对乡下人的态度，去了额十年寿，额那时的脾气能把你们全部开除家吃。额到过很多地方，额见过苏北人真的豪爽，家里来了亲朋好友，只要能端上桌子的，绝不会藏着掖着。哪怕就是一只鸡蛋也招待客人，还硬把你往上席上拽。你们嫌苏北人土气，嫌苏北人脏，是不？额最看不惯那些自恃为高人一等的城里人，那德行好叫人倒胃口。你们说，往前追三代，谁个不是乡下的。有的乡下亲戚上门，叨扰一天半天的，人走后，恨不得将屋顶揭开透气，乡下人难不成都带毒气呀。连别人坐过的板凳都用毛巾擦了又擦，恨不得吹口气把所谓的脏气吹走了。额看是，假干净，没有大粪臭，何来饭菜香？要不是苏北人死命打仗，只怕苏南连个干部都培养不好。在整个江苏，苏北最先解放。而第一个解放的地方，便是俺下放的仓湖湾地区。苗家六杆枪、颜家四杆枪，保卫百姓，守护江山，真是一夫当关万夫莫开呀……去吧，以后对待所有病人都要视同父母、兄弟姐妹，不要瞧不起人。"

被批评的两个年轻医生面无表情从院长办公室走出来。麻杆子心里不免一番踌躇，大烟袋刚刚发过火，万一眼睛上翻，不管俺怎么办，就是见了俺，他要使坏怎么办？麻杆子很会联想：当初大烟袋下放，就是自己提议让他每天前后三庄捡大粪的，彭桂亮看病也是自己首先阻止的。大烟袋要是记仇，也许省城一趟白跑不说，只怕在大烟袋手底丢了性命也未可知。大黄脸安慰道："大烟袋可不是这样的人，越是文化人肚脏越大，你阻拦他给彭桂亮看病不假，可人家不但不生气，还笑着叽里咕噜说洋文，宰相肚里能开船嘛。"麻杆子点点头，若有所思地说："见了大烟袋得问问他那时说的啥洋文。"

大烟袋见到麻杆子夫妇，先是一愣，明白来意后，立即安排检查，办理入院手续。一周后，大烟袋告诉大黄脸说："现在不需要护理，每天挂水消炎，你回家去吧。乡下农活多，还得挣工分哩。"临别前，麻杆子要大黄脸把住院费用结了再走，好家伙，180元不冒泡。这样住下去怎么得了？麻杆子央求医生说："能不能开点便宜的水，带来的钱快花光了。"医生不耐烦地回答道："治病要紧，还是疼钱归真？"麻杆子心想，这样下去可是无底洞啊。医生把情况报告给大烟袋，大烟袋说："病照看不误，我负责结账。"又过去半个月，麻杆子病情好转，吃也能吃，喝也能喝，睡也能睡，却不见医院催他缴钱。麻杆子急得淌汗，坐也不安，站也不安，看着手上满打满算几十元钱，麻杆子陷入了沉思。大烟袋见麻杆子体检指标正常，便让他出院，医疗款由大烟袋承担结清,麻杆子感激涕零。他给大烟袋跪下,大烟袋一双有力的大手,几乎将他拎了起来。大烟袋笑着说:"堂堂男子汉,跪着成何体统?Курицын сын!"麻杆子好奇地要大烟袋解释最后那句鸟语啥意思,大烟袋哈哈大笑:"骂你个兔崽子!"

第十五章

　　被医生判了死刑的麻杆子，居然从鬼门关活了过来。回到家便神气活现，浑身增添了无穷的斗志，他不知天高地厚地找到徐大个，请徐大个通融一下，言明自己想干一番事业，大队科技队队长职务空缺，倒是很合适自己干。

　　徐大个看到麻杆子野心膨胀，手指着他的鼻子骂道："你小子能有什么资格。水稻生长技术，你条不懂，万不懂（条和万都是麻将里的名称），赶紧死了这份心吧。"

　　这年年底，周老庄又发生了一件大事，保管员老结巴辞职了。麻杆子加紧活动，没事就缠住徐大个说情，路上都跑不长草了。

　　"俺看老结巴保管员的差事，你就能当家让俺干。"麻杆子时时觊觎保管员的位子。

　　"那个座椅你坐不稳，头晕，老结巴的大印你拿不动。吃蝙蝠屎还得有蝙蝠拉，喝西北风也得老天爷刮哩。"

　　麻杆子赔着笑脸："老队长你别生气，俺不是诚心要夺谁的权，你看结巴大爷年岁摆在这儿，体力不支了，上次到大队开个会，半夜三更的回来，半路上卡大汪里差点淹死。"

他俩对话被老结巴一脚门里一脚门外听个真切。老结巴骂道："卡……卡死找不到你，该什么命……命，就什么命，躲金缸里也……也躲不掉，想当年平型关战役，俺是机枪手……手，枪管子哪……哪天不是烧得赤彤彤的。"

老结巴说的没错，要不是口吃的毛病，起码干到省委干部。仓湖湾1946年解放，党派了地下党开赴南方，帮助培养干部，老结巴作为南下干部直接到省供销社任一把手，结果去了不到一星期就跑回来了，连警卫员都不知道。省里派人来追，老结巴躲在家中死活不去，问他要什么条件，他说给俺派个职位低、做整活的工作就干。后来实在没办法，安排他做基层供销社主任，他乐屁颠颠的。县里召开会议，他派副主任参加。副主任回来传达上级指示，事先已经对他单独汇报过了。老结巴说，那就开个会传达传达。正式开会时，他让副主任先讲话，副主任不推辞，将上级要求送货下乡的事情原原本本贯彻一番。临了，老结巴总结道："明……明天俺就去拉……拉平车，从这个队转……转到那个队，俺脚板好，一天跑……跑过200里路呢。"

后来，遇到下放政策，老结巴眉毛不皱回老家来了，到现在总共干了20多年保管员。

这么多年，老结巴被人称为"锈锁"，任何人想通过他占点集体便宜，总是"此路不通"，自家人也是如此。有天傍晚，老结巴到大队开会。按规定，天黑仓库不能离人，他让儿子顶班。临走时，又怕儿子偷吃里面的花生，便想了个"绝点子"。他舀来一盆水，装模作样倒进了喷雾器，又用树枝在水里搅和搅和。儿子不明白，要去开会的父亲，为什么还有时间喷洒农药。只见老结巴不声不响地将喷雾器使劲搌了几下，然后拧开龙头，朝着花生堆上喷撒。告诫儿子，仓库里老鼠多，会偷吃粮食和花生，喷了农药，吃了就死。儿子吓得硬是没敢尝一粒花生。老结巴开完会，发现儿子睡在被窝里，嘴巴传出"吧嗒吧嗒"唑奶的声音，他鼻子一酸。再看看覆盖在花生堆子上的塑料薄膜没被揭开，知道儿子没动过。老结巴感觉对不住儿子，直到儿子长大成家，才把事情告诉了儿子。

老结巴对集体财物视为生命，谁都别想从他那里占到便宜，如此倔强的性格，难免得罪人。别人记恨他，让他吃过闷亏。老结巴不识字，凭私章做事。他说生产队大印得看住，不能让集体财产迷失。自己的私章同样当钱使，队里支出粮食需要他盖章，每次都是老教授先写好，再找他盖章。

盘算老结巴位子的，并非麻杆子一人。麻杆子伸手要官多少有点内敛，而王大鼻则是赤膊上阵了。

王大鼻使坏心眼，他的妹妹出嫁请老结巴喝酒，老结巴本不胜酒力，喝了双杯又喝了四四如意，说啥也不愿再喝。王大鼻故意脸一撇："俺大爷你不喝个六六大顺过不了关，俺请你也算十年八辈一回。"老结巴红着脸双手捂住酒杯不让酒司令（负责斟酒的人）写酒（斟酒），王大鼻摸过锡酒壶夺过老结巴酒杯，笑嘻嘻地说："大爷可见外了，你看这桌上哪个不够你相处的，敬酒无恶意，莫要瞧不起人，起码要斟上一杯。再说了，你晚上也没有多少事，往被窝一躺直打呼噜，要多自在有多自在。要是公社有紧急会议，让你去扒大河堵口子，俺情愿让你喝水表示一下意思，也绝不耽误你的前途。"老结巴笑骂道："龟……龟孙子，俺一把老骨头还……前……前途，钳你奶的个鸡窝头，喝。"

客散主人安。老结巴醉得扶墙，王大鼻把他送回家，就在老结巴躺倒床上那一刻，王大鼻眼前一亮。他看到老结巴拴在裤带上的私章，一个罪恶的念头随之萌生。他从身上掏出6张纸，在纸张下首盖了章，盖到最后一张不太清晰，他埋头凑到老结巴的裤腰，轻轻往私章上哈了两口气接着盖。一切天衣无缝，神不知鬼不觉。

王大鼻找到老教授，掏出盖了私章的一张纸，让他写上出义务工，工分单价多少钱等几句话。老教授问："以往都是写过字盖章，这回怎么先把章盖上了。"王大鼻脑子一转说："别啰唆了，这不到月底了嘛，结巴大爷身体不好，住院去了，临走时先给俺盖了章，让俺请人补写证明的。"老教授打消了疑虑，给王大鼻写了一张证明。

王大鼻居然暗里模仿老教授的笔迹，几可乱真。年底结算，老结巴傻了眼，他欠了300多块钱。老结巴脑子短路，有口难辩，没办法只好认账。家中能变卖的东西全卖了，门前屋后的桑树、柳树、槐树一扫光，连猪圈边的花椒树也挖了赔偿。此事传到了公社，李大旗有些纳闷，也非常不解，他知道老结巴忠厚本分，不该做出这等抛锚事。他得知老结巴一家为此事两眼都哭肿了，便上门看望。老结巴央求道："大旗书记一定要为俺做主，俺真的没想到能差那么多的钱。"李大旗猜测，老结巴也许真的被人陷害了，便要求派人查账，一定要弄个水落石出，不能让好人受气，坏人得志。

既然李大旗发话，查账工作组迅速成立，大队治安员鲁小二带人进驻到生产队排查。腊月二十四，老结巴被带到大队部说明情况，他实在理不出头绪，不知道究竟哪个环节出了岔支。不多会儿，鲁小二从老结巴家箱子里搜到100元钱，连忙跑到大队跟老结巴对质，老结巴说："家里箱子里有卖猪款，一共10张，整整 100 元钱，包在一个旧手绢里。"鲁小二讥笑道："看你怪老实的，也能做出这等蠢事。"老结巴被激怒了，手指着鲁小二骂道："你……你……你这没良心的东西，跟你大……大……大一个货色，当年……年，你爷爷死得早，你奶奶一个人拉扯两个孩子，俺看你奶奶娘……娘们过日子不容易，经常帮你奶奶干活，人……人……人家说你奶奶招……招野男人，你大到镇江混日子，回……回来也不带你奶奶去看病，俺把你奶奶拉到街上治……治疗，你大还说要把俺……俺皮给剥了。这还是人说的话吗？俺跺跺脚去告……告状，上面来人大皮鞋把你大一踹，要不是俺松口，你大起码跪……跪一天。俺干保管员，你大从……从中捣蛋，说俺没有贡献。俺 16 岁打鬼子，你大做贼还在牢房里，到底哪个贡……贡献大。没想到今天你也……也不成器，出口就伤人。"

鲁小二恨不得地下有个洞钻进去，他不再问话，把钱放在自己的口袋里，匆匆溜走了。此事被通报到县公安局，刑警队老刘被派来破案。

老结巴听说刑警队来人，吓得头脑短路。在他看来，这件事就是个无头案子，一旦没有结果，自己就要背黑锅，非得蹲大牢不可。老结巴想不通，便想一死了之。他找来一根绳子，打了个结，然后拴在家后的洋槐树上，又搬了个凳子，准备上吊。一切准备妥当，老结巴站到凳子上，把头伸进绳索里。这时，只听有人一声连一声大喊："大表叔，大表叔，大表叔——"原来秃子在喊老结巴。他边喊边飞奔着往老结巴跟前来。老结巴豁出去了，一脚蹬翻了凳子，身子悬在半空，顿时舌头伸出，身子扭动着。说时迟，那时快，秃子蹿上前，一把抱紧老结巴，右手将他身子往上撮，左手解开绳索扣子。老结巴被救了下来，当即瘫倒在地。

"大表叔值得吗？多大的事啊，请死上吊啊。你也不看看家中子孙后代，不怕人把你腰板骂断了？"秃子说话显然带气了。

半天，老结巴流出浑浊的泪水。"死了死了，一了百了。俺的冤跟谁诉啊?!"

秃子说："不要怕。共产党给你申冤，你这样兀兀突突去死，连阎王老爷都恨你。有什么话，放在大桌面讲清，你说被人陷害了，自有公安会查清，他们会给你做主。"

"唉，俺家中树木拦林一扫干净，事情明摆着按在俺的头上，翻不了身了。人生早晚都是死，不如早死早托生。"老结巴一脸绝望。

"大表叔，你要相信俺，这事真若像你说的那样，被人陷害了，俺站出来帮你理论。现在就跟俺走，到大队部做个笔录。"

老结巴猛然觉得秃子那么高大，那么可信。在老结巴看来，此时的秃子就是一根救命稻草。

秃子带着老结巴到了大队部，坐到了长条凳上。不一会儿，进来两个陌生的公安人员，老结巴吓得赶忙站起来。公安老刘说："老人家你不要有思想顾虑，我问话，你只要实话实说就行。"老结巴回答道："俺要是昧良心说话，活不过大年三十。"结果一问一答，严丝合缝，看不出丝毫疤麻破绽。老刘纳闷了，老结巴虽然把持章印，可他不识几个字，平时出具证明都是谁写的呢？老结巴说，大多是老教授写的。

老教授被传唤。老刘舒了个懒腰，别在裤腰的手枪有意无意地露出来，老教授吓黄了脸，他已经意识到事情的严重性，却没有想到有人在他的笔迹上动了歪脑筋。按照老刘的要求，老教授当面写了几行字。老刘把几张派工单放在老教授面前让他甄别，

153

老教授满眼一看都是自己的笔迹。可他再仔细看时，发现这几张派工单有假，肯定是模仿自己的笔迹写的，虽然很像，却少了几分神似。老教授一口咬定：老结巴被人陷害了，上面的笔迹都是模仿的。

事情终于水落石出。老刘歉意地跟老结巴说："回家吧，老人家。你是好人，被人诬陷了。"老结巴却不答应了，他家也没回，直接找到公社分管财贸的钱勇科长讨说法。钱勇说："老结巴，这事就算了吧，公社先把你的家产损失赔给你。"老结巴说："不行。你得给俺平反，让全大队的党员、社员知道，还有，那个抄家的鲁小二必须当面把钱交到俺手里。"钱勇眼看都大年二十七了，既然诬赖了老结巴，人家提出的要求也不过分。平反那天，鲁小二红着脸把100元钱交给老结巴。老结巴接过钱，斜睨着眼的样子，让鲁小二感觉十分尴尬。

鲁小二把一腔怒火全撒在王大鼻身上。鲁小二骂道："你个狗不吃的龟儿子，搞了那么大的事，害得俺在老结巴面前抬不起头，这回吃牢食不是自找的吗？"

老结巴铁了心提出辞去保管员职务，那么多人劝他都说服不了。儿子到处说他心里淤了块疙瘩，不想再烦那个神了，加之年岁大了，眼神也不好使，倒不如让年轻人干，回家好好安享清福。不久，辞职申请得到批准。

而今面对保管员的"肥缺"，徐大个想让孙队长干，孙队长却频频拒绝。原来，自从牛屋失火，烧死了老猫爷，孙队长便时时做噩梦。梦见老猫爷时而对他哭，时而怒目圆睁。噩梦醒来，总是一身冷汗。孙队长一直将此事闷在肚里，连老婆也不让知道。老猫爷儿子举家外流到关外，唯一的女儿出嫁后，每年清明没人添坟祭扫。孙队长便扛起铁锹，年年上坟。村里人一致认为，老猫爷在孙队长任上去世的，为他添坟也算积点阴德，老猫爷在阴曹地府也会感激孙队长的一片心意，孙队长听到这些议论心里却像猫抓似的。

起初，村民们发现孙队长独自清明添坟，隔几年过去，原先的会计和保管员也加入添坟行列。人们既感到稀奇也觉合乎情理。

老猫爷葬在大沟西，跟闷葫芦太祖的坟茔相隔很近。阴阳先生瞅瞅这块地中间高，前头低，一条沟渠自西向东长流水，认定为不可多得的阴宅。闷葫芦太祖曾在那里农耕，早上麻麻亮，犁田时远远看到地上一片雪亮，近前发现满地都是白银，便脱下帽子装满往家跑，等到拿了几只大口袋返回田间，哪里还有银子的影子。庄里人说，闷葫芦祖上有点小财运，死了也选择葬在风水地。到了闷葫芦这辈，连一帽壳的财运也没了，穷得吃不上饭呢。可闷葫芦是个孝子，逢年过节好歹化些锡箔纸烧送，乞求祖上亡人保佑子孙后代没病没灾。

闷葫芦于清明节前一天神不知鬼不觉回到仓湖湾。这回他鼓足胆量，准备夜间将老婆孩子带走。闷葫芦走到庄前，天都麻麻亮了，他不敢直接回家，庄上的狗太多，咬起来没完没了，倒不如等到天黑过去。早起拾粪的二老爹，一声咳嗽将闷葫芦逼得不敢前行半步。闷葫芦躲在草丛里，直到二老爹走远才敢露头。闷葫芦发现这里真是太危险了，他记得能够掩身的最佳之地当属汪家的大陵。于是，他快速转移，不一会儿便到了大陵北边的芦苇地。他找了个芦苇茂密且高爽的地方，将随身携带的塑料纸铺在杂草上面，然后躺下身子。不一会儿便睡着了，一觉醒来，接近晌午。闷葫芦揉揉惺忪的睡眼，从芦苇缝里依稀听到有人说话，原来有人来大陵添坟的。

"猫爷，你是俺们的亲爷，这么多年冤枉您老人家，俺给你赔礼，你老消消气，大人不见小人怪，俺没有良心，有孬心，孬心喂狗，狗都不吃。"

"俺现在给您平反，您在俺心里就是壮士，尊敬到永远。俺为了吃那口猪下水，让你赔了一条命，俺罪该万死，死有余辜。猫爷您老宽宏大量，不要再来俺的梦里了。俺给你磕头。"

闷葫芦大气也不敢喘，这三个可恶的家伙，老猫爷硬是被他们给害了，死后还落骂名。不做坏事，没有噩梦。现在来添坟，八成担心老猫爷索命哩。

"俺寻思，这些年俺最最对不起的只有两个人，一个就是你猫爷，还有一个闷葫芦。都怪俺当初太鲁莽，逼得闷葫芦出走那么多年没敢回家，俺如果知道他下落，哪怕倾家荡产也要把他找回来，当面磕头谢罪。"

闷葫芦如遭到雷击一般，如果当初孙队长认定他非礼金香玉，这辈子纵使跳进黄河也洗不清，看来金香玉还是讲良心的，只是这些年苦了自己，苦了一家。当年出走的那幕情景，再次浮上心头。

闷葫芦离家那天晚上，先到了安徽，老疙瘩知道他的行踪后，他又辗转到了黑龙江，摸到了德都县的北安车站，这在当时也算是中国最北面的一个车站了。空气中弥漫着马粪的味道，好在闷葫芦在家闻惯了牲口的粪便味，比金香玉家的尿盆气味要浓得多。

德都县有着世界上最年轻的休眠火山群，有十多座。从前火山喷发后，岩浆阻塞了讷谟尔河，便形成了著名的火山堰塞湖——五大连池。这都是队长第一次见面亲口说的，队长对到那里的每一个人都非常热情，也许上级有号召，要把外来的每一个人都留下，从事农业生产。闷葫芦清楚地记得，这儿的大豆、小麦、谷子、玉米为主要作物，价格比江苏便宜。东北的春天来得太晚，每年 4、5 月份开始播种，6 月初到 7 月中旬铲地，然后砌炕抹墙、打草，8 月份割小麦，而后割大田，脱谷打场，一般总要忙到 12 月初，农活全部结束了，卖完了粮食，生产队才公布各家各户结余或透支情况，跟社员结算分红。

闷葫芦初来乍到，队长安排他住在一户人口少的人家，这家有三间主屋，北大荒家家房型都一样，当中一间是厨房，砌了四个灶，东西的房间是南北各两铺炕，烟囱竖在房屋的两头，烧火的时候烟火通过炕道从烟囱排出去，土炕的寒气和潮气都被驱走了。

第一天下地干活，生产队让他铲地，他摸起铁锹就走。被记工员喊住，递给他一把锄。闷葫芦在家，场面上、麦田里，只要别人干过的，都蒙不了他。况且，在安徽学过武艺，也让他有了用武之地。

吃饱了肚子的闷葫芦浑身有使不完的劲，他望着一望无际的原野，眼前浮现的都是金灿灿的苞米、沉甸甸的谷穗。社员看他铲地时步伐均匀，前腿弓，后腿绷，有模有样。每锄一步，双脚移动都踩成"Y"字形，都夸闷葫芦是干活的好把式。生产队记工员年龄不大，铲几下就抬头望望别处，左右手相互抠抠。锄头落地总是轻飘飘的，要么弹起来伤到苗子，要么把泥土锄成花板子。闷葫芦早早一趟锄完，便回头帮记工员。当然，记工员知恩图报，经常多给闷葫芦记工。

闷葫芦每天吃饱饭就干活，使马唤牛很是得心应手。他有意无意学说东北口音，农闲时节，闷葫芦也不闲着，他到县粮库扛麻包，200 多斤的粮食，稍一用力，便轻松上了大跳板。在东北，闷葫芦学会了自己养家禽，做饭洗衣。东北盛产大豆，豆油却很少吃到，凭票供应，一月人均一两，供销社半年才来一次豆油。闷葫芦就炒黄豆烧土豆，想吃豆腐就到大队加工坊换。为弥补吃肉困难，他学着狩猎，冬季跟别人一道下套子。东北山多，一天到晚雾气滔滔，庄稼成熟了，那些狍子、野猪便糟蹋庄稼。闷葫芦全然不怕，久而久之，他不怕野猪、狍子，甚至一个人敢举叉撵狼。

　　胆子大了，闷葫芦在一次打猎过程中，心里忽然产生复仇的计划。每次狩猎，他都把孙队长当作假想敌。久而久之，灭掉孙队长的念头像活火山一样随时都能爆发。闷葫芦先准备一把匕首，便于携带。后来想想，遇到孙队长反抗那就麻烦了。于是，他准备一把猎枪，每天压在枕头下壮胆。动身那天，他夜里起来把猎枪拆卸，装在一只大包里，里面塞了衣服裹住，出门戴了副口罩，表情极其自然地往汽车站走去。到了县城，已经早上10点，忽然从大街上传来刺耳的警笛声，"呜哇呜哇"叫得人心惶惶。闷葫芦本能地心悸起来，他下意识地用手捏捏枪支，然后拎着包往人多的地方去看究竟。大街上到处传讲一桩杀人案，凶手藏在一家小旅馆被抓。一个大胡子男子绘声绘色地说："杀人偿命，这人脑袋铁板钉钉要搬家。枪毙人的场面太恐怖了，咱亲眼看到一个罪犯伏法的样子，人被五花大绑押送刑场，一声枪响，带血的脑袋骨飞了出去，旋转啊旋转啊，半天才落地。嗨，不说了，讲多了，夜里惊吓着做噩梦，大伙儿散了吧。过几天，街头布告就会出来，作孽啊。"

　　闷葫芦咽了口唾沫，自然而然地把罪犯飞起的头盖骨和大排长联系在一起，他像泄了气的皮球，拎着包往回走，再也没有报仇雪恨的决心了。

闷葫芦有着丰富的想象力。一个人在东北逍遥自在，假如栽在孙队长的手里，也许那个"污点"会让自己吃一辈子的"闷亏"，哪有现在的自由自在。黑龙江的冬天冷到零下三四十度，解大便都不想脱裤子，呼出一口气，似乎马上就能凝结。河里的冰冻达到一米多厚，这对闷葫芦丝毫没有影响。山上的木头多得是，地里的豆秸烧不完。人们习惯猫在炕头，进入冬眠状态，一点也不冷。闷葫芦用勤劳的双手，到甸子上挖垡子、割燕麦。他选了一面宅基，四周埋下密密的木桩，将垡子垒在木桩中间，将燕麦打成小捆，用于缮屋，能管30年不烂，实在比老家的房子结实耐用。闷葫芦感觉自己跟出了国似的，不到两年，一口流利的东北话比东北人还地道。

人到寂寞最容易沮丧。闷葫芦多么盼望孙队长能明辨是非，金香玉能说一句公道话。他多次想回家与金香玉当面对质，只有金香玉能还他清白。难道金香玉真的愿意一辈子背负被人糟蹋的名声？

如今，这三个家伙对着猫爷的坟头忏悔，闷葫芦听得一清二楚，他委屈的泪水夺眶而出，却不敢哭出声来，生怕再次招致不测。

第十六章

大队文艺宣传队感到压力山大，他们准备换一批人，秃子负责物色人选，要大张旗鼓把仓湖湾的好名声宣扬出去。

宋大嫂的女儿晓丽，如今已经出落成大姑娘。姑娘眼界宽，对学医感兴趣，也想学唱戏。宋大嫂说："凡事不能脚踏两只船，打打锄头打镰刀，到头来啥事也学不好。艺在精，不在多。过去老年人讲，艺多不养身，你能把医术学点皮毛也就不错了。至于唱歌，干脆死了这份心吧，俺年幼时就是被唱戏坑的。"晓丽被说得嘴咕嘟，这件事就晾在了一边。

其实，晓丽唱歌还是蛮有天赋的，这多多少少遗传了宋大嫂的基因。宋大嫂无论喜庆还是忧愁，只要一个人独处，嘴巴从不闲着。尤其喜欢唱京剧、唱淮海戏，夏天铺条席子在门口，手里摇着芭蕉扇，嘴里就唱了起来。秃子也曾想让宋大嫂唱戏，被宋大嫂婉拒了，宋大嫂借口拉扯孩子做家务的确没有时间，大队宣传队每天出勤记工分，迟到早退不行，缺席还要扣罚工分的。宋大嫂之所以没有参加大队文艺宣传队，根本原因还在于自己。秃子从未看到宋大嫂做过表演动作，舞台上亮亮嗓子那才是真功夫。当然，没看到不代表不会演。宋大嫂的演技在十岁就显露出来，后来在恋爱期间的一场变故，让她彻底死了心。

宋大嫂的娘家宋大庄，也许离山东近的原因，张口说话总是带有沂蒙山的味道。宋大嫂从小就很悲苦。六岁那年，她的姐姐得了脑炎死了。奶奶伤心不已，天天哭，第二年老人也因黄疸肝炎撒手人寰。宋大嫂吓得大白天屋里也不敢进，得大声唱歌壮胆才行。晚上不敢去厨房，都喊妹妹一块儿去，到屋里拿东西，推门都是猛地推开，拿到东西又迅速跑出来。

宋大嫂吃不好，睡不好，整天过着提心吊胆的日子。身上总不长膘，肋条一根根的，上厕所都要扶墙。姐姐死后，家里找巫婆看，本地有人会下神，说姐姐是泰山插花童。只要到庙里推倒一个神像就不碍事了，还说宋大嫂也是童子。宋大嫂出生时面朝下，接生婆也跟宋大嫂的母亲说，这个闺女是娘娘命，是三月三半夜生的，有福气。在巫婆的吓唬下，宋大嫂便认巫婆为干娘，年年宋大嫂的脖颈上串一串钱挂上，一直挂了三年。村里老奶奶逢人就说这丫头俊，宋大嫂白天不敢进家，就在外面可劲儿唱。宋大嫂家本来住在微山湖畔，过去微山湖经常发大水，爷爷和父亲"逃水"离开了微山湖，后来到沛县安家。宋大嫂高小毕业后，经人介绍，认识了青年杜立明，小杜18岁，宋大嫂16岁。干活时有人撺弄要喜糖吃，6月天，雨水天天下，本来天晴了就要扯布做衣服"定亲"，小杜老实不敢招呼宋大嫂，便托人带话让宋大嫂第二天和他上街，哪知晚上就出了事。

小杜在去宋大嫂家的路上，碰到一个女社员大闸门。提起大闸门，那里人无不撇嘴，有人说她穆桂英阵阵到，典型的打鼓爬墙头的主儿，似乎每件事没有她到场就不成世界了。合作社成立文艺宣传队，工分与男劳力同等。大闸门毛遂自荐，自告奋勇要当主角，遭到拒绝。宣传队由李大侉负责，大闸门又缠住了李大侉。在大闸门看来，唱戏只需动动嘴巴，不像泥头活累人，而且在台上唱戏风光得很，可谓人人羡慕。李大侉行伍出身，在部队干过文书，文工团里经常表演节目，吹拉弹唱，样样拿得出手。挑演员的差事本来是美好的，他却颇费踌躇。他知道，大闸门喜欢唱歌不假，只是水平不敢恭维，有时还咬舌头，吐字不清，遇到高音跟绳子勒住脖子似的，甚至唱着唱着词也跟着带进沟里。

戏台上的演员尤其是女主角，哪个不长得俊桃似的。论理，宋大嫂所在的大队就是栝 100 棍，大闸门也挨不上边，那张凤丽、林娇娇、邓巧云、王振霞，随便找出一个，脸蛋都粉嫩粉嫩的，眼睛都水灵水灵的，腰肢都婀娜婀娜的，说话都鲜甜鲜甜的，哪一个对男人都是致命的诱惑，你大闸门算老几，厚厚的嘴唇跟香肠似的不说，笑起来嘴巴还有点歪，好一个癞蛤蟆趴脚面——不咬人瘆人呢。

晚上，大闸门像幽灵一般来到李大侉家，见李大侉穿着短裤，独自一人躺在椅子上，便撒娇地提起唱戏的事。李大侉说："基本定了。"大闸门问是谁，李大侉说宋春蕾（宋大嫂）。大闸门再次娇滴滴地发问："可不可以改？"李大侉大声说自己做不了主。李大侉本来嗓门就大，说话抬得动屋脊，这回声音更是高八度。大闸门要李大侉说话小点声，外人听到难免闲言碎语。李大侉想想也是，老婆在街上裁缝铺，几乎每天都加班。天黑了孤男寡女在一起说话，确实会引起猜疑。

李大侉起身找了盒火柴，刚把灯点着，不料，煤油灯的捻子接不上油，"噗噗"闪了两下，冒出一丝白烟，熄火了。李大侉再次把灯点亮，大闸门鼓起腮帮，一口将灯吹灭。李大侉满腹狐疑。大闸门说点灯费油招蚊子，况且天也没完全黑透，李大侉只好作罢。大闸门一个劲让李大侉通融通融，并说自己在家偷偷练了嗓子和形体动作，这下触动了李大侉的兴致。大闸门当场要练给李大侉看，说着就甩掉了罩褂，露出了贴身小衣。大闸门的金鸡独立，不知左手拎腿的动作幅度稍大，还是故意为之，踮起脚趔趄着往李大侉怀里扑去，李大侉担心大闸门摔倒，抄手搂住了大闸门的腰。大闸门软酥酥地顺势倒在李大侉怀里。大闸门身上浓重的雪花膏味弥漫着，李大侉不由得猛吸一口气，感觉幸福来得太突然，还没来得及品味，大闸门的香唇已经送到李大侉的嘴边，李大侉抱起大闸门就往床上放。刚刚扑到身上，大闸门突然说了一句："你敢？"吓得李大侉进也不是，退也不是。李大侉实在解释不清这个"敢"的含义，是敢拿下，还是威吓？李大侉参不透，就像斗败了的公鸡，偃旗息鼓。万分尴尬之时，大闸门告辞回家了。

不一会儿，李大侉老婆回了家，匆匆吃了饭便倒在床上睡着了。这个女人睡眠极好，刮大风、起雷暴都唤不醒。李大侉私底下和老婆玩笑说："俺搞艺术的，讲究情趣，两口子情话都懒得讲，再过几年只怕连'功课'都忘了。"老婆一脸倦意："你爱和谁和谁，俺不管。"这一夜，李大侉被"情趣"折磨失眠了，他不知道接下来大闸门还会不会弄出离谱事。

宣传队正式开张，本来一听排戏就很亢奋的李大侉，这回如遭霜的茄子，显得萎靡不振。第一场排练，大闸门死皮赖脸要演主角白毛女，宋大嫂感觉很诧异，演员也能随便换？大闸门扮演白毛女，咱还演啥？众人跟宋大嫂一样正纳闷着，看大闸门的一个跳跃动作，演了十多遍也不过关。李大侉急得冒汗，嘴里不住地提示，"表情表情，面部表情丰富一些"，谁知大闸门居然跟木头人似的，排练还没结束，宋大嫂就借故提前走开了。队员们暗暗咒骂李大侉瞎眼，如何找了这样的蹩脚演员。大闸门从别人的眼神里看出对她的不满，她有意蹭着李大侉的胳膊嘀咕道："别看俺长得有点丑，她们有的俺也有。"李大侉因"小辫根"被大闸门拽着，实是进退两难。其他人赌咒，撂下100公斤狠话：誓死不与大闸门配合。

晚上，大闸门不回家，李大侉便让大闸门先去化妆室休息一下，让从队长位置退下来的机枪嘴，帮助大闸门打理一下化妆室。大闸门躺下后，让机枪嘴放哨，不要让不三不四的男人进来招惹是非。机枪嘴像得了圣旨般站在门外严防死守。隔上三五分钟，机枪嘴便偷偷瞅瞅大闸门，嘴里的口水吧嗒吧嗒往下掉。大闸门睡姿着实不雅，竟将白乎乎的一条大腿担在小八仙桌上。一会儿，大闸门被蚊虫咬醒，机枪嘴说："刚才那个苍蝇多有福气，一直在你的胸口转悠，从左边飞到右边，它这样忙乎，倒是急坏了俺，俺真想蹿上去拍死它。"大闸门说："苍蝇付出的多，你呢？连一块小糖块都舍不得，明白不？"机枪嘴以为大闸门对自己也有那么点"意思"，连说"明白明白"。他幻想着有一天，跟大闸门生米做成熟饭。宣传队员散场，大闸门也自觉无趣，强撑一会儿，软下了，再也不提演戏的事情。没办法，李大侉亲自上门，再次将宋大嫂请回宣传队。

一个多月下来，李大侉像中了蛊一样，双目无神，魂魄不齐，他怦怦乱跳的心，一直为大闸门而不安。之后才慢慢地有一种时间永是流逝，街市依旧太平的感觉。大闸门放过了李大侉，哪料到，这一回魔鬼一般故伎重演，活活把宋大嫂深爱的小杜害惨了。

那天晚上，小杜将宋大嫂送回家，自己转身往自家走去，半道遇到大闸门，大闸门肩上扛了个口袋，鼓鼓囊囊的，见到小杜有意躲在一棵大树后面。小杜看到鬼鬼祟祟的人影，大喝一声，"谁？"大闸门眼看躲不过去了，蹿上来就撕扯小杜，把小杜的衣领都撕掉了。原来，大闸门到社里偷牲畜饲料粮，害怕事情败露，便出了下作的招数。她大骂小杜拦她路，拽着小杜的手，去找宋大嫂的侄子评理，宋大嫂的侄子当副社长。大闸门哭着说小杜强奸了她。小杜毕竟年轻，从未遇到过这样的腌臜泼妇，结果白白沾惹一身污水。

宋大嫂的父亲思想太封建，认死理，听说小杜招惹了大闸门，说啥也不愿意宋大嫂跟小杜交往。宋大嫂打死也不信这是事实，小杜和她相亲，连头都不敢抬，比女人还扭捏，这么一个老实忠厚的人，一定是被陷害的。小杜遇到恶人先告状，却也百口莫辩，寻死觅活。小杜的父亲兄弟7个，占据一条庄上的半截庄，七兄弟平素不惹事，却也没人敢弄出点事和他们对抗。大闸门撕下脸皮，到庄上吆喝，一时间弄得满城风雨。可一听到是木讷的小杜强奸了她，人们又不太相信。就凭她的德行，二十多岁的小青年怎么会看上她，况且小杜还是个涉世未深的处男。大闸门仿佛死了亲爹，鼻涕一把泪一把，扬言要找高级社社长验伤。看热闹的刘大疙瘩嘴一撇，小声说："还高级社社长哩，初级社社长都嫌恶你。"说话间，嘴巴没箍住，"扑哧"一下笑出声来，这下可坏了，大闸门跑到刘大疙瘩家，把上身衣服脱光，只穿了条内裤，一屁股坐到刘大疙瘩家饭桌上，刘大疙瘩傻眼了，跪下磕了三个头赔礼道歉才罢休。

杜家被这突如其来的丑事弄得颜面扫地，高级社社长认为此事非同小可，便把小杜捆绑起来，送到乡长跟前，小杜实在忠厚，面对大闸门的"控诉"，气得脸色铁青，连一句辩驳的话也说不出来。治安员将大闸门叫到一个小房间，大闸门将褂裤一脱，让治安员仔细看她的身子，治安员借此机会，草草浏览一下大闸门的"山河"，内心扑通扑通跳的频次早已取代平时的窦性心律。大闸门将小杜如何拦路、如何撕扯、如何"运动"，说得头头是道，简直无懈可击。大闸门如此逼真的说辞，在治安员看来，无须"三堂会审"，直接打入大牢都嫌迟了，可怜小杜白白吃了闷亏，最后连女人也没说到。

此后，宋大嫂拒绝好多媒人提亲，父母亲怕她还想着小杜，便串通5个媒人说亲，想把女儿早早嫁了。先看的一个男子，父亲曾是国民党上尉连长，在四川当兵，也是骗子中的老手，他骗到一个女人，说家中有楼房，带到家以后，女人傻眼了，放眼十里也找不到一座楼房，连一座小瓦房也没有。搓着火龙（玉米缨搓成的用于点火的绳子）的老公爹说，"你以为上海南京啊，还想楼房，给你个耙子向东搂，给你个耙子向西搂"，结果成为当地无人不知的笑谈。宋大嫂听说男方家兄弟四个，外号"四大金刚"，而说给她的这个男子从小就爱和人打架，加之个头高，整天打打杀杀，将来到他家注定也不会有安稳日子过，倒不如一次回绝算了。媒婆一会儿说男方大她10岁，一会儿说6岁，宋大嫂说太大了，媒婆又改口说4岁。宋大嫂心想，愣子才会听不懂浮动的年龄。媒婆赖着不走，真与"熬干灯"的绰号没配错（"熬干灯"即坐烂板凳的意思）。按辈分，宋大嫂喊媒婆为表婶，这表婶已经使了男方家不少钱，表婶铁了心要跟宋大嫂缠到底。为了逼迫宋大嫂就范，媒婆寸步不离，两根灯捻子都烧完了还不走。

迫于父亲的压力，宋大嫂与男方定了亲。那天，宋大嫂进了屋，男的就把门插上，让宋大嫂脱衣睡觉，宋大嫂不肯，男的试图暴力逼迫宋大嫂就范。宋大嫂心生一计，佯称头疼欲裂，翻身打滚，催促男子抓紧到小药店抓药，趁男子外出之际，便逃婚跑到山东，下了车，刚巧菏泽下大雨，遇到一个好心女孩，留她在家吃饭，过了一宿才走。

宋大嫂父亲知道后，硬是把宋大嫂弄回家。此时，男方已经多次到宋大嫂家，宋大嫂父亲提出还掉定亲钱，男方声称只要宋大嫂的人，不要钱。宋大嫂只好再次来到男方家。中秋节前，男方提出结婚要求，宋大嫂借口到沛县买点结婚用品，刚坐到班车上，就遇到一个叫秦书奎的男孩，秦书奎是跟车卖票的，男孩帮宋大嫂打了票，给宋大嫂留座位。宋大嫂把离家出走的想法跟秦书奎说了，秦书奎很同情宋大嫂的遭遇，便打了一张车票，宋大嫂这才流落到仓湖湾，跟闷葫芦成了亲。宋大嫂这一跑，整个村庄的光棍们畅快无比地说："宋春蕾跑了俺们都开心，她跑不掉那家伙一个人开心。"

宋大嫂逃婚仓湖湾的经历，她一直守口如瓶，个中细节连闷葫芦都不太清楚。难怪她反对女儿唱戏，大闸门坑了她和小杜，让宋大嫂一直走不出阴影。

第十七章

　　"听见没？俺回来了，开开门哪！"闷葫芦从家后窗口里小声往里说话。"谁呀？这么晚了有什么事呀？"宋大嫂在里面问道。

　　"俺，闷葫芦。"门吱呀一声开了，宋大嫂看到眼前的男人，委屈的泪水一下子流了出来。她摸起床头的火柴，点亮了煤油灯。

　　"自打你走后，俺成天过着提心吊胆的日子。一年到头，管治安的张四来俺家特别勤，路上给他跑得草都不长了。原先俺以为来堵门逮你的，后来才知道孙队长让他多留意，看你回没回来，回来队长要给你谢罪的。"

　　"咱这次回来，把你接到东北去，全家都走。这么多年，咱也不敢回家，说不清呗。孙队长诬赖咱占了他家金香玉的便宜，估计相信的人不会多，本来根本就没有这回事。当时那个环境，不跑就得受罪，弄不好还在蹲监吃大秫团子。这金香玉昧良心了，那天俺做了啥，她自己有数，只有她能整明白。"

　　"俺也纳闷，你闷葫芦的秉性俺知道。再说了，人家好歹干个队长，再小也是干部，欺负金香玉不是自找下脐磨推吗？要不是孩子牵扯，俺就出去找你。这些年，家里房子漏，都亏愣二爷帮助修缮，山墙塌了半边，晴天大太阳从东墙照到西墙，愣二爷一个人和泥掺草，加班加点帮忙把墙打好，留他吃饭也不愿意，买了几包丰收烟也不要。这下好了，你回来就不焦不愁了。这些年的气真是受够了，赶明儿俺跟你一道去金香玉家，让他们一家当众给你道歉。"

"指望他给咱道歉？不把咱送到牢里就万幸了。不说这些了，谁知道他们是不是还在算计咱，这儿待不得，过会儿咱就走。你这几天把家里东西，能卖的悄悄卖掉，坐火车直接到哈尔滨站，咱在那儿见面。"

夫妻俩正说着，孩子也醒了。

"俺大。"大儿子解放叫了一声，闷葫芦多年没听到儿子这么喊他了，他爱抚地把儿子拉到面前，儿子身高已经跟他平头了。女儿晓丽突然呜呜咽咽哭起来。闷葫芦看到孩子哭，鼻尖一酸，禁不住黯然神伤。闷葫芦强忍着不出声，一把将孩子搂到怀里。

解放诉说道："前些年，学校的同学都看不起俺，朝俺吐口水。妈妈也到学校找过老师，老师只能在课堂上管管，放学了俺都不敢跟同学一起走，有的小个头也嘲笑俺，俺等他落单了，也教训过他们，俺下过决心，天天跑步，锻炼身体，家后那棵小柳树结了一个个疤，都是俺的拳头捣的，不信天亮你去看看。现在没人敢招惹俺，俺当着学生的面，制服过恶狗，踮一下脚就能稳稳地骑上老水牛的脊背。"

闷葫芦感到内疚，妻子和孩子因为他，顶住多么大的压力。

宋大嫂打发孩子睡觉，又和丈夫说起了话。不一会儿，闷葫芦起身要走。

"你为何急急忙忙要走？躲在家里三五天，只要不出门有什么好怕的。俺一个妇道人家，本来到俺家的人就少，况且你回来别人又没发现。"

闷葫芦说："咱最怕夜长梦多。"

"别急，俺还要问你一件事。"

"啥事，快说吧。"

"老疙瘩说见过你，是真的吗？"

"嗯。那是猴年马月了，十几年了呢。咱跟老疙瘩分手后，怕老疙瘩口风不紧，当天晚上就去了东北。"

"老疙瘩还让孙队长去找过你，这么说来，你真的不用再去东北了。孙队长和金香玉已经为此事多次上门赔礼道歉。孩子的学费、书本费都是孙队长给的。金香玉说，你真的被冤枉了。"

闷葫芦听女人这么一讲，再联想到孙队长添坟说过的话，憋在心里的冤屈顿时化成泪水在眼眶里打转。闷葫芦在外没有流过一次泪，想家时顶多叹两口气，马上抽袋烟或者干活转移注意力。

这几天，闷葫芦家门庭若市。男女老少纷纷登门嘘寒问暖，所有的人心情都像过年一样愉悦。人们觉得，今年的春天格外暖和，往年西老荒里如林黛玉般的麦苗，如今拔节居然比装圆珠笔油的塑料管子还粗。桃花开得正浓，梨花也已迫不及待，似乎要争着开放。

孙队长和金香玉更是高兴得不要不要的，两口子一齐上门表示要好好为闷葫芦压压惊。金香玉也跟男人说过，人做阴事损人不利己，会遭报应的，举头三尺有神明，人不知天知。

太阳晒得人懒洋洋的，周老庄春天的气温似乎比往年高了

5℃。闷葫芦穿了件雪白的单褂子，如县委干部一样坐到孙队长家的八仙桌首席位置。孙队长本来还想请张泽浩老书记的，得知老书记到县里开会去了，便将李大旗来，李大旗觉得闷葫芦受的委屈确实够大的，况且老书记与宋大嫂还有一层亲戚关系，推辞也不大好。

开席了，孙队长夫妇先作了开场白，大意是这些年怠承了闷葫芦，害得他背井离乡这么多年，忏悔之意十分明确。闷葫芦说："过去的事情就让它过去吧，以后俺心里不会有芥蒂，虽然这场误会伤害了俺，俺也理解。"金香玉露出两颗金灿灿的金牙，接过话头道："为了报答闷葫芦一家的恩情，我和老孙商量过了，认你们家的女儿晓丽为干闺女，要是愿意的话，明天就去买两身好衣服。等将来晓丽出嫁了，所有陪嫁物品由俺家'一包拐'。"

闷葫芦的眉头舒展了，跟原先婴儿刚出娘胎的样子判若两样。

秃子心情大好，今天被孙队长邀请入席拿壶，一点也不觉得掉价。若在平时，过年过节接受吃请，也不管桌子上有无长辈，他早就往上席挤了。

苏北农村坐席有个习惯，非常讲究论资排辈。首席必须留给客人或者长辈坐，等长辈或客人坐定，其他人才依次入席，如此客套，有时要僵持十多分钟，只是拿壶的酒司令不必客套，他们都是晚辈或者自家人。喝酒吃饭客人没动筷子，一般人是不能夹菜的。等客人夹菜了，其他人才能动筷子，图的就是受到别人尊重。秃子明白今天自己作为陪客，还得谨言慎行，公社干部在场，无论喝酒说话都得小心翼翼，万不可造次，闹出笑话来传出去很丢面子。

闷葫芦作为主要客人，坐首席正理正当，李大旗官职大，吃皇粮，比秃子硬实多了，跟闷葫芦一条板凳顺理成章。秃子只顾斟酒，别人夹菜的筷子往下一放，他就得站起来，给人倒酒，有时夹菜、吃菜必须快速度。今天看别人喝酒热热闹闹，他却不敢多喝，倒不是怕喝醉了出洋相，关键是有了约定，饭后徐大个还得跟他商量事情呢。

从入席到酒过三巡，一桌人闭口不再提及闷葫芦离家多年的敏感话题，秃子见到酒已喝到差不多了，打瘾症一般站起来，他突然想起晚上演出的事，便撂下酒杯，把酒壶交给别人。孙队长以为让秃子斟酒怠慢了他，便拽住不让走，金香玉从厨房跑出来，将围裙往腰里一别，伸手拦住秃子，一个劲劝道："还有膘鸡、糊炸、狮子头三个大件没上呢。"秃子说："就是山珍海味也不能再贪嘴了，俺还有重要的事没做，耽搁不得。"秃子解释道："你们快进屋陪客，大旗书记还在桌子上呢。"原来，上午公社宣传科科长到县里开会，交代秃子一件事，要他从今天晚上在全公社巡回演出，首场定在周老庄，每个大队都要派10到20人观看。宣传科科长说，驻队干部已经通知过了，为防止人数到不齐，要他跟公社放大站联系，用广播通知一下。

秃子找到放大站，刘站长宿舍门关着。秃子喊了两声没人应，便敲了敲门，刘站长问："谁呀？"秃子说："周老庄的。"刘站长开了门，见了秃子，问有什么事？秃子说："想借广播用用。"刘站长说："那怎么行。"嘴里说着就进了调音室，将广播声音调高了些。广播里正在播放的歌曲，一下子提高了50分贝。男女声可劲儿唱"什么钥匙配什么锁……"，秃子求站长能否把歌曲切换了，不要配钥匙配锁的，有一个紧急通知要插播。刘站长说："丢了猪丢了羊，还是丢了孩子？"秃子回答："是一个演出通知。"刘站长说："你拉倒吧，慢慢等着。"秃子见刘站长不松口，便央求道："一个紧急通知也不费多少时间。"刘站长冷着脸，一口拒绝："开什么国际玩笑，政治错误要担责任呢。"秃子见刘站长脸皮绷紧，以为人家故意为难他，便从口袋里摸出一根烟递过去，刘站长接了下来，话语马上变得和软："既来之则安之，稍等一会儿吧，上级台站播出时，下面无权插播自办节目或者播放通知、寻人启事之类的东西。上面要是知道，俺挨批无所谓，分管的领导吃不消啊，砸了人家饭碗咋办？"

秃子在那儿等了一根烟工夫，"话匣子"依旧说个没完没了。一会儿"新华社贝尔格莱德消息"，一会儿科技问答，根本停不下来。好不容易等到天气预报，秃子再次央求。站长说："那么长时间都能等，何在乎这几分钟。"秃子歪着头在听一个女播音员柔软地说："3000 米上空，317、318 线……"秃子听不懂，又不好意思问。接着播音员又说："葫芦岛、海参崴、北部湾。"秃子实在憋不住，轻轻问："这是哪里跟哪里。"站长回答："你问这话跟没说似的，俺方圆没走出 50 里，哪里知道？"一直等到广播结束，秃子对着话筒，打了一声嗓子："各大的请注意，各大的请注意。"站长笑得抽筋："秃子慢慢播，土话改一改，学说普通话。啥各大的、各大的，念各大队，你这么讲，人家以为你的大大（爸爸）多得数不过来呢。"秃子白了站长一眼，慌忙把公社宣传队到周老庄演出的通知说完。

离开了放大站，秃子这才马不停蹄直奔徐大个家。到了门口，秃子嘴里抹了蜜般喊道："俺大爷在家没？"连喊三声没人应，秃子试着推了下门，里面没有闩。

徐大个的妻子隐约听到外面有人在喊，起来一看，秃子已到了堂屋门前。秃子瞧着徐大个不在，便转身要走。徐大个的妻子说："徐大个出门之前交代过，让俺跟你说件事儿。俺家有个远房亲戚，今年28，过去在大队宣传队唱过戏，还做过花船芯子呢。四年前，黑夜里演出回家路上，遇到坏人非礼，她拼命挣脱，一口气跑到后河边，在河边树林里昏迷一夜，被家人找到后一直痴痴呆呆。不过现在好多了，就是不肯讲话，你要是不介意，想跟你提个媒，等会儿等姑娘赶集过来见个面。"

秃子一听，没有拒绝，反而很感兴趣。秃子心想，既然被惊吓到了，大太阳地下叫叫魂，慢慢调理，魂魄就回归了，只是不知道人长得咋样。秃子心里这么想，嘴上却表态说："俺大娘，俺没意见，只要对方下雨天知道往屋里跑，不把锅门草往外抱就行。"

不一会儿，徐大个回来了，秃子赶紧起身让座。徐大个一把将秃子按住，秃子嘴巴甜甜："俺大爷，俺到你家跟自家一样，大娘和你都疼俺，为俺说媒，俺连一块水果糖都没买，下次多买点条酥羊角蜜来。"

徐大个回答道："俺和你大娘的脾气一样，吃人嘴软，拿人手短，一辈子不贪便宜，人家给俺一碗水，俺得回敬一瓷盆，这个你又不是不知道的。"

秃子频频点头表示十二分认可："俺大爷俺大娘为人处世那是没说的，这连三岁小孩子都知道。俺大爷当了这么多年队长，脾气直炮筒子，不拿集体一根草棒子，军人作风向来没改，那是狗撵鸭子呱呱叫。俺都到30岁的人了，迟迟婚姻未动，东说东不成，西说西不就。俺要是一辈子打光棍，庄上死了人，俺连抬棺的资格都没得，只要不结婚，就是长到八十岁还不算成人。大爷大娘还能为俺考虑，把俺当成儿子看待，俺真感激不尽。"

徐大个笑骂道："你就三斤半鸭子二斤半嘴了，夸人能把人抬到云彩眼里，坑人也能把人说成豆腐渣。不过，这么多年虽没

174

听说你损过俺，可你也怀疑过俺究竟杀没杀到敌人。"

秃子就坡上驴："俺大爷，不是俺说大话，公社书记那儿俺敢囔几句蒲空，在你面前俺真没说过半个不字。还不是因为大爷您人品好，办事牢靠。俺不知道你杀死过鬼子没，天地良心，你上过前线俺没有怀疑过。不然，俺大娘也不会从大老远来找你，也不会看不上你。"

徐大个听了哈哈大笑。徐大个的妻子瞅了丈夫一眼，徐大个不以为意。他望了一眼老婆，说道："俺这亲戚，长相不用猜都该明白，你想想看，能做花船芯子的人，一定不会长了个水桶腰、罗圈腿。你也看过不少电影，女演员什么样，俺这个亲戚就什么样。个头一米六七，皮肤白里透红，一对小辫子油光发亮。当初俺琢磨着为你提亲，主要考虑你会写戏，会唱戏，赶明儿真的定了亲，娶过门，好好调理调理，说不定姑娘心情会好起来，还能登台演出呢。"

秃子被徐大个一席话说得心花怒放。徐大个让妻子把姑娘照片找来，递到秃子手上，只一眼，秃子便如触电一般。这女子黑黑的大眼，通稍鼻子，比自己微塌的鼻梁好看百倍千倍。

"俺大爷俺大娘，这亲事俺做主，只要人家同意，俺今年就把婚给结了。你不知道，俺妈为俺急得要上吊，嫌俺天天不沾家，她自个儿冷锅清灶的，到了屋里连个说话的人也没有。前些天还说托人从别人家要个孩子来喂，就把俺一碗清水看到底，这辈子打光棍定型了，巴不得一下子抱到大孙子，还说什么头累歪了也高兴。她要是看到这江水英般的模样，高兴得三天都睡不着，不整夜失眠才怪呢。"秃子说完，余味未了，"俺大娘，这人跟你很相像，估计您年轻时也是这个俊俏样子。"

徐大个说："算你小子有眼，她是你大娘的娘家小侄女，漂不漂亮看看你大娘便是了。"

此刻，秃子如心头撞鹿，手掌心汗津津的。他假模假样把照片递给徐大个，又往后缩了缩。徐大个看出秃子的心思，便随口说道："同意了就拿回家吧。"秃子巴不得有这句话，从身上掏出一张纸将照片包好，小心翼翼放入口袋里，嘴里说："拿回去给俺妈看，过两天把照片镶进一个小木框里，挂在床头让她天天端详着高兴。"

不一会儿，门外来了两个女人，秃子一眼看出年轻的姑娘便是今天要相亲的那个，比照片上还要好看，年岁稍大的肯定是姑娘的母亲。

一番寒暄过后，秃子不住地打量面前的女子，秃子下意识地频频做深呼吸，一股百雀羚香香的味道进入五脏六腑，秃子陶醉了。姑娘一句话不说，倒是姑娘的母亲多说了几句，无外乎居家过日子互敬互爱，让秃子多多担当些之类的话，秃子有意无意地听着，满脑子装着姑娘姣好的面容。

徐大个夫妇见一贯能说会道的秃子不说话，便旁敲侧击让秃子当面表个态，秃子这才从失神状态中回归。"俺大爷俺大娘，俺一点点意见也没有，今后姑娘过门，有俺蚂蚱吃，送她两只大腿，有碗稀饭喝全给她，哪怕俺喝凉水也绝不亏待她。"说完，又对准丈母娘保证，"姑娘进俺陈家门，就是俺陈家人，俺甘心做她的保护神。大婶子放宽心，俺大爷俺大娘知道俺为人，不然也不会给俺介绍婚事的"。

准丈母娘笑得合不拢嘴。秃子说："今晚俺去集上打酒买菜，就在俺大爷家好好坐坐。"

徐大个告诉秃子，吃饭没什么讲究的，不要把演出的事情忘了，广播里已经通知过。秃子猛拍脑门："瞧俺这脑壳子短路了。"

秃子实在不愿走开，他就想多多陪陪姑娘，生怕姑娘被人抢了去。临走时，秃子千说万说带姑娘去看戏。徐大个说："你自己赶紧去摆布戏场子，该安排的抓紧做，不要屎到屁门才想起来屙。"秃子说："俺大爷你放心，俺给你安排在前排坐，看得最真亮，你一定把她带去呀，今晚玩花船，好看呢。"徐大个说："你稀罕，说明你看得少，河南河北（六塘河）'拉大锯'那阵子，共产党的武工队把河口，那时俺看的戏多了去了。"

177

第十八章

闷葫芦回来有些时辰了，闲暇时总是回忆离家出走的日子，连做梦都在东北的大山里捕猎，在一望无垠的北大荒干活。昨晚睡觉，他忽然做了个梦，梦见李建成要他学武术防身，醒来后，一直琢磨着李建成跟他第一次见面时说过的话。当时，李建成的爷爷曾托付儿子一定要找那个曾资助过爷爷的人家，李建成的父亲老了，这个任务就自然传给了李建成。闷葫芦从东北回来那阵子，也明里暗里打听过一些人，却没有打探到事情的发生地。闷葫芦感觉无从下手，也就没有放在心上。

一场梦，提示闷葫芦要把这件事抓紧办了。闷葫芦去察听老教授，看看能不能找点蛛丝马迹。好记性是老教授这个人最大的优点，他几乎路路通，了解外界事物特多。他养了二三十年老母猪，待猪仔出售时，他便赶猪市，东到穿城，西到大集，南到仰化，北到泰山。哪里发生点稀奇事，总瞒不了他。他也喜欢打听，赶了集回来，便喜欢神侃。天南地北的小道消息，似乎都装在他的脑子里，有人说大庆镇那个放羊的蒋三喜能说会道，老教授不信，亲自去会过，只两个回合，蒋三喜便败下阵来，甘心情愿认老教授为师。为嘛？蒋三喜嘴皮子了得不假，可有个致命弱点，人家老教授放猪时节，整天读线装古书，说话习惯引经据典，把过去的、现在的和将来可能发生的，统统过滤分析一遍，不服不行。蒋三喜只喜欢说世界上新近发生的大事、奇事和可以刷爆朋友圈的花边新闻。诸如当今发生的法国总统萨科齐脑袋被鸡蛋击中、乔碧罗殿下露脸翻车的搞笑事件，蒋三喜最为热衷传播，遇到三岁小孩都能扯上一段，老教授就瞧不起这种人，会暗地说他小儿科，低级趣味没素质。

老教授最爱赶泰山，此泰山非彼泰山也。此泰山地处袁王荡深处，方圆一二十里无人烟。没改水稻前，这里大多种植山芋、高粱和黄豆，面积最大的便是小麦，麦收结束，接着种高粱、玉米。莫言笔下的东北乡，种植的高粱未必比这儿壮观，好一派一望无垠的青纱帐。旧社会白天常有强盗在此出没，干打家劫舍的勾当，不要说姑娘小媳妇，即便走单的壮汉，走在里面蚰蜒路上，腿底也只打摞儿。从进去到出来，谁个不弄出一身汗水。路程远，累是一方面，怕才是最大的因素。附近的人外出赶街，都得吆喝一群人结伴，遇到恶作剧的人，冷不丁大喊一声"劫财"，人都能吓尿了。

这样的去处，战争年代也曾立下汗马功劳。三十年代后期，中共宿迁县委便瞄准这个秘境开展地下工作，他们夜里开会不用挪地方。敌人白天不敢轻易闯进袁王荡，夜间进来，一旦转向迷路则生死难料。一个时期，革命处于低潮，地下党总部曾设在这里，躲到袁王荡等于讨到了生路。一来偏僻，敌人不易深入到腹地；二来开阔，白天敌人来了容易被发现；三来好进退。假如大股敌人从南面砂礓河来，地下党便可隐身退却到北端崇河边。

万一遭遇险情，狠劲跑下去，泅渡崇河或一头栽进沭阳县刘集境内的青纱帐，便十二分安全了。早期地下党朱凤章，以铜匠身份打掩护，敌人知道他藏在袁王荡，却拿他没办法，把他画了像出巨资捉拿，始终捕获不得。老教授佩服朱铜匠，立志要做朱铜匠这样的人，于是，十来岁便在袁王荡参加了儿童团，斗争地主袁老财，他站在前面带头呼口号，声音洪亮，地下党马德钟看他是块料子，一把将他抱到了大桌上，控诉地主恶霸罪行。

泰山本是小集镇，经商的大多为小本生意，卖些针头线脑、瓜瓠茄菜等，卖鱼卖肉的寥寥数家。而这个地方却远近闻名，宿迁人都知道一句歇后语：泰山小猪——一缕缕的，你走着走着，冷不防便从你胯下钻出一头猪仔来，一个转身便被老母猪绊倒。这旷野之地，各家各户养猪全散放着，这儿一堆，那儿一摊，毫不夸张地说，青藏高原的牦牛有多少，这里的小猪便有多少。老教授之所以喜欢赶泰山，因为他的兄弟几个都在泰山生活，只有老教授自己独门独院在仓湖湾。

闷葫芦到了老教授家，老教授果然去了泰山，直到晚上老教授才回来。

闷葫芦从老教授处没打听到李猛为何人，感觉死门子了。老教授说："要不你去问问老神仙，他年龄大，也许知道。"闷葫芦说："看他捏捏哝哝的样子，讲话都流口水了，怕是问了也白问。"老教授哼了一声道："看你平时怪精明的，你知道老神仙什么来头？人家年幼时可也算个了不起的人物哩。那年跟陈老庄闹械斗，陈老庄仗着人多势众，发誓要踏平周老庄，老神仙铁塔一般站在庄头，手里握了把排叉，一副一夫当关万夫莫开的架势。陈老庄来人叫阵，老神仙说：'你们要柴席子，还是要拐杖？'言下之意，要柴席子就准备等死；要拄拐就准备腿瘸胳膊折。这边话刚离嘴，便手托三齿叉，硬生生将钢叉齿搋得变了形。陈老庄立马军心涣散，狼狈逃回陈老庄。这些仗义执言的事，你不去问老神仙，问别人也是白搭。老神仙虽然年纪大，耳朵有点背，你就不能打比方，让他好好回忆回忆啊？"闷葫芦想想也是，于是走到老神仙的门上。

老神仙耳背，闷葫芦喊了半天，才从小床上下来。老神仙把眼睛凑到闷葫芦的脸上，看清了闷葫芦，便让座。闷葫芦附在老神仙的耳朵上，说出四个字"李猛洋钱"，老神仙听不清，闷葫芦又加大声调重复了一遍。老神仙笑笑，指着闷葫芦的脸，骂了一句："龟儿子，你不如你爷爷，爷爷干的好事哩，资助李家20块大洋，放人家跑了。"

原来，李建成的上代在当地也算富裕家庭，有土地60亩。他的爷爷李猛这一辈省吃俭用，积累了一些银两。看到李家在当地逐渐羽翼丰满，仓湖湾两个地主一个叫胡木，一个叫史清，他俩一块儿合谋，决定算计李家，让李家扫地出门。

这天，史清来到李家门上。李猛说："史老爷发财，今天哪股风把你吹来了？"史清面露难色："别提发财了，正愁着呢，这不才找你来了。"李猛把史清让到厅堂坐下，史清便谎称自己在南方采购一批木材，因手头吃紧，资金暂时周转不开，想让李猛帮衬一下，越多越好，木材运来便连本加利一并奉还。李猛手里有些闲钱，既然史清借钱，并给利息，何乐不为？史清说："官凭文，私凭约，倒不如找个人见证一下。"李猛觉得如此办事更为稳妥。那么谁个来见证呢？史清说："穷光蛋肯定不行，要找就找个有钱的主来作证。你看，胡木胡老爷可行？"李猛心想，胡木家底大，肉头户，他能作证。于是二人约定第二天一起到胡家大院。

胡家大院颇有规模，门前有隐蔽墙，家后有炮楼，光长工就有 10 多人。这天，胡木有意将家人安排到集镇看戏，长工放假一天去赶会，胡木一人留守看家。

史清与李猛一道进了胡家，只见胡木在前屋支了个木炭炉正在烤火。李猛纳闷了，马上收麦子了，胡木怎么还穿一件棉袍烤火，但他没有多问。

胡木示意史清和李猛坐下，然后询问何事齐聚到此，李猛和史清便将借钱一事说了，要胡老爷见证一下。胡木说："不用见证，你们两个人之间的事，讲的私德良心，双方看着办就是了。"史清便央求胡木一定帮衬一下，胡木答应了。李猛将一袋洋钱递给了史清，史清拿着洋钱走了。等到李猛走远，史清又到了胡家，把钱分了一半给胡木。原来胡木有意支走家人和长工，导演了骗钱的把戏。

到了一年交验，李猛发现史清还没上门还钱，以为史清忙没空。又等了一个月还不见踪影，李猛便找史清讨要，史清翻了眼，手指李猛的脸说："姓李的，俺史清在仓湖湾的地盘上从没欠过谁个三大两小，你想讹诈我，打错了算盘，认错了人。不是我夸下海口，我一年到头外出收账，忙得屁股连不上板凳，你居然诬赖我借了你的钱，简直岂有此理！你手捧良心，敢不敢跪下跟我赌咒？"李猛没想到史清竟然如此厚颜无耻，他当着那么多三老四少的面，带头跪下：我史清要是欠了李猛的钱不还，撑不到 70 岁。

李猛心想：好一个史大赖子，你这还不到 50 岁的人，居然把活命往后放了那么远。不行，我得让他上咒，让他一辈子受良心折磨，让他在今后的日子里担惊受怕。李猛扑通一下跪在史清门前，口中说道："苍天在上，佛爷睁眼。有人借了我李猛的钱，到期不还，逼我李猛走上绝路。那些钱都是我家血汗钱，还有向周边人家赊欠的。如果我诬陷他，我活不到三十年晚。如果他昧着良心，有意吞了这笔欠款，必遭天雷诛杀。"

史清嘿嘿冷笑一声："咒也赌了，话也说了，李老爷可以打道回府了，送客！"说完，退回屋里，"哐当"一声把大门关了。

李猛万念俱灰，要知道这些借出去的钱，绝大部分都是从本地有点钱的人手中转借的，要不回这些钱，自己把家产全部变卖也还不清呀。他真想一头朝大门撞去，随他一同来的小用人拉拉李猛衣袖，小声说："老爷，咱们回吧，拿借条到衙门告他去。"

李猛说道："对呀，史清不是写了借条吗？走，往衙门去！"

县衙老爷坐堂，忽闻门外鼓声焦急，忙让衙役传唤李猛。李猛跪在大堂，老爷问道："下面所跪何人？"李猛说："启禀老爷，小人李猛，住仓湖湾秦大庄，一年前放高利贷给史清，今儿史清拒还，恳请老爷做主！"于是，向县太爷复述前因后果，并将借条交给衙役呈了上去。

不久，胡木被拘来作证。胡木一脸镇静，眯缝着双眼，反问道："此事与我何干？"李猛说："与你脱不了干系。"胡木说："你让我作证，说吧，在哪个时间、哪个地点、我当时穿什么衣服借钱的。"李猛说："麦口那会儿，在你家前屋借出的。"胡木又问："我当时穿什么衣服，在干什么？"李猛说："穿棉袍子在烤火。"胡木冷笑一声道："一派胡言。老爷，李猛是不是脑子进水了？麦口天，日头下火，哪有穿棉袍还架火烤的？这分明是胡说八道。你李猛想发财想疯了吧，我胡木活这么大岁数，老不欺，少不哄，你居然血口喷人，讹到我的头上来了。请老爷明察！"

李猛急了，他睁大眼睛分辩道："史清的借条还是胡木帮写的呢。"胡木从衙役手中看了借条上的字，断然否认。胡木说："我虽然不是秀才，可也读过一点诗书，自幼临帖王颜米赵。你用脚想一想，我的字怎么会这个鬼样子。"

李猛没有注意到胡木当时用左手写的字条，字迹歪歪扭扭，爬爬虫一般。结果李猛输了官司，自己的钱撂到水里不听响，外人借给他放贷的也日扑大公鸡，全海了。

闷葫芦一惊，父母在世从未讲过这些事。老神仙说："你借钱给人逃跑，那些被骗的人家不找麻烦吗？逮不到兔子剥狗吃，只怕要连累下代，你家还能在这儿蹲下来吗？这后来，胡木被镇压了，史清也被乱棍打死。胡木的儿子本来就不是亲生的，就改为原来的姓了。"

闷葫芦问："胡家的儿子以前姓什么呢？"老神仙不作声了。闷葫芦又追问了一遍，老神仙叹了口气道："唉，说来话长啊。"

原来闷葫芦的爷爷年轻时做庄主，很有威望。旧时代，他们这个庄叫秦大庄，庄东首有个炮楼，外庄人不敢欺负。清朝年间，庄里有个秦小巴吃里爬外，勾结外边土匪来抢夺秦大庄。闷葫芦的爷爷将庄里年轻人组织起来，准备御敌。他爷爷跟土匪谈判，土匪要求每户交出 100 斤粮食。秦大庄本来粮食就不多，都交给土匪显然不现实。闷葫芦的爷爷知道土匪心狠手辣，担心如若对抗，自己将被撕票。自己死了无所谓，只是放不下庄上百姓。于是，他找了个借口——"回来组织送粮"，逃离土匪窝，他决定与土匪决一死战。他把庄里老弱病残和孕妇、孩子安顿在炮楼里，把一些粮食也运到里面保存。不一会儿，双方交火，打得天昏地暗。土匪人多势众，占领了秦大庄。

土匪在庄上横冲直撞，把值钱的东西全装上马车。闷葫芦的爷爷让炮楼里的人赶紧出去躲避，走不动的就藏身炮楼。他一个人在炮楼北面青纱帐里与土匪周旋。土匪把物品运到炮楼附近，匪首一看都是坛坛罐罐，没有多少值钱的东西，便下令继续搜。土匪再次进庄，闷葫芦的爷爷找个有利地形，瞄准土匪开枪，土匪二当家的当场毙命。匪首见炮楼附近有人打枪，便不敢轻举妄动，他们不知道炮楼附近潜伏着多少人，便逼着几个喽啰爬到炮楼跟前，试图把打枪人引出来。土匪喊话说："炮楼跟前的人你们听着，老老实实把粮食交出来，免得吃枪子儿。"喊了半天，没人应答。土匪心想，也许炮楼里有人藏身，便七手八脚把地上的芦柴捆靠在炮楼上，准备火烧炮楼，谁知，芦苇叶子上露水太重，点不着。土匪又到马车上逮来几只鸡，把鸡扣在芦柴垛上，又用软草点火，小鸡见到烟雾，立即扑打翅膀，微弱的火苗被小鸡翅膀一扇，呼呼烧了起来。炮楼里传出哭喊声，有点力气的人就从炮楼里往下跳，没有力气的只有等死。闷葫芦的爷爷眼见救不出人，自己端着枪，从青纱帐里跑出来打土匪，打一枪便趴下，再打第二枪。土匪退到庄内，闷葫芦的爷爷迅速爬到炮楼跟前，强行打开炮楼小门，让人快走。炮楼里最后只剩下一个小脚老太太，他于心不忍，背起老太婆往青纱帐跑去，被捉住活活打死。土匪冲入炮楼，依然没有发现多少有用的东西，自己还损失那么多兄弟。匪首便把扒钩放水秦小巴揪到跟前，厉声问道："秦大庄的粮食呢？"秦小巴脸色煞白，不知怎么回答是好。土匪头子说："害得老子白跑一趟，还死了二当家的一条命。来人哪，把秦小巴捆起来。"

秦小巴的左眼被抠了，他在家乡蹲不下去，最后也不知流落到哪里。

老神仙语速缓慢，讲得平平淡淡，闷葫芦却已经冒出一身冷汗。老神仙说："孩子，俺也是快百岁的人了，况且新社会了，对你保不保密无所谓的。只是你要记住，万不可对外人传讲，为人处世，要学你爷爷，万不可学秦小巴那个狗不吃的东西。"闷葫芦点了点头。

"胡家和史家还有后人没？"闷葫芦问道。

"史家绝种了，家里一连走了三个人。胡木家这一房还有后，本来他的儿子就是别人过继给他的，胡木死后，儿子又改成了原来的姓。你没听说他的孙子是谁吧？"

闷葫芦说："这都哪年对哪月了，不要说俺不知道，老教授都说不清呢。恐怕全公社也没几个人清楚。"

"傻小子，说得有道理。老教授年龄差俺一大截子，俺要是不说，你呀永远不会知道。胡木的孙子就是孙队长，呵呵，猜不到吧？"

一切真相大白，闷葫芦诧异得怀疑老神仙说梦话。这些细枝末叶的事情，那么天衣无缝，不像故意编造的。

闷葫芦叹了口气，这会儿他在考虑还有没有必要把事情告诉李建成。李建成要报答的恩人早已作古，爷爷当时的决定多么伟大，他帮助了别人一定没想过得到回报，不然，他也不会用血肉之躯保护秦大庄的父老乡亲。闷葫芦觉得李建成托他了解的事情，反而没有告诉的必要了。假如告诉了人家，便等于问人家索取了。再说，孙队长的身世也不宜暴露。想到这儿，闷葫芦决定把这事烂在心里。

半年后，李建成找到了仓湖湾，他本来为联系供应仓湖湾黄花草种子的，今年安徽黄花草种子丰收，他便赶了过来，协议签订过以后，李建成顺带要找找帮助李家渡过难关的人。前些年来过几次，均无功而返。这次，他想常住仓湖湾，不把恩人的后代找到死不瞑目。

李建成多了个心眼，他记得仓湖湾有个叫闷葫芦的人，通过他也许更方便找人。

周老庄烧死 12 条黄牛事件，以及闷葫芦与孙队长之间化干戈为玉帛的故事，仓湖湾上了年岁的人都能说出个子丑寅卯。李建成不费周折，直接找到了闷葫芦，资助李猛逃难的陈年八辈子事情再次被提起，闷葫芦闪烁其词，本不想让李建成知晓，烂在心里算了。宋大嫂可不这样认为。宋大嫂说："李家报恩，俺们可以不接受物质赠予，但过去李建成上代出逃的原因，让李建成知道也无妨。你以前逃难，人家李建成也收留过你，一恩还一恩就此了结，也算有缘相识一场。"闷葫芦想想也是，便把老神仙讲的事跟李建成复述一遍。

李建成拍着大腿，连说："稀奇稀奇，天底下还有这等巧事。真是踏破铁鞋无觅处，得来全不费工夫。你们沈家就是我们李家救命恩人，我一定要说话算数，报答恩情，也算了却先人的一桩心愿。这么多年，我们李家对不住老人家，我的父亲没找见，今儿个也算有缘，让我跟闷葫芦老弟结识。我得赶紧去上坟祭拜，不能这么拍拍屁股就走了。人嘛，还得讲道义。"

李建成在闷葫芦爷爷的坟茔前，虔诚地跪倒祭拜，把爷爷落难，闷葫芦的爷爷倾力相助的义举，热情歌颂了一番。最后，李建成提出跟闷葫芦结拜为兄弟，闷葫芦欣然应允，从此相互间常来常往不提。

第十九章

　　秃子所说的花船，仓湖湾人叫它"旱船"。旱船表演原是遇到大旱年景，民间百姓祭祀求雨的一种形式，后逐渐演变为群众喜闻乐见的表演项目，放在全国也不算稀罕。

　　宿迁古时多湖泊，西晋至清朝前期，宿迁地区有两个湖泊非常有名。一个叫白鹿湖，一个叫仓基湖。白鹿湖因高僧燃灯法师名满天下。一天，法师露宿湖边，与当地三位老汉一同梦见一条巨龙盘旋湖上，龙王托梦：如能在此结庐建庙，可保此地年年风调雨顺，五谷丰登。百姓遂捐款献物，建立一个庵，名唤"来龙庵"，燃灯法师在此示寂后，香火日盛。康熙二十六年（1687年），总河督靳辅疏通六塘河道，开拦马河引白鹿湖水进入，白鹿湖便干涸成陆。仓基湖为西晋富豪石崇带兵凿成，湖东均为囤粮之地，一直延伸到桃源一带，后因黄河改道，渐淤成田。当地百姓出于对泛舟"二湖"的怀念，便制作旱船玩耍。

　　逢年过节，乡会、渔民后裔组成旱船队，给当地大户拜年贺岁，自得其乐，当地人俗称"玩花船"，亦有叫"玩鱼船"的，因为花船的造型酷似鲤鱼。一般长 2 米左右，宽 1.2 米左右，高约 1.8 米，用竹篾扎成船形或鲤鱼状，四周围上绿绸，一般里外用彩纸糊起来，绘有各种各样的图案，看上去很花哨，现在也有用丝绸做的。船的中间，留有一方形洞口（也有圆形的），洞口站着船娘，四角竖着 4 根牢固的彩棍，用以支撑花船的顶部，顶上绘的有的是龙的图案，有的是和平鸽的图案，还有悬挂着灯笼的。整个花船看上去大红大绿，一派喜气。特别是行船时，犹如碧波荡漾，给人以身临其境之感。据记载，明清年代至民国初年，花船表演就十分盛行，经久不衰。一到春节、元宵节、城里庙会，各会全部出动，旱船班子就会进城或到周边地区联合会演，宿迁自古就有"卓圩旱船扯大篷"之说。解放后，仓湖湾旱船演出火爆，与"丁嘴跑驴""曹集蚌舞""洪泽湖渔鼓"平分秋色。

徐大个记得，玩花船一般需要两个人以上才能玩。扮演船娘子的大多年轻貌美，身着彩装，花袄、花裤、花头巾、花鞋，脸上涂脂抹粉，打扮得十分艳丽。她站立船舱中间位置，用绳子把花船吊在腰带上（也有直接两手托着花船的），在"水"中穿行。另一个是撑船的人，手执彩杆（细竹竿），身着灰色或蓝色布衣，头戴小礼帽，高翘八字胡，演出时故意流露一副烟嗓子，举止投足诙谐幽默，逗趣动作滑稽夸张。表演时，没有固定位置，手拿彩杆或船头或船尾或船左或船右作撑船状，在船左边撑叫内篙，在船右边撑叫外篙，在船头撑叫前篙，在船尾撑叫后篙。一边撑还要一边说一边唱，唱的形式也有两种：一种是独唱，独唱的词有的是即兴现编的，要看到什么唱什么。因此，对撑船人的表演技巧和演唱能力要求较高。演唱曲牌有"四季游春""虞美人""小五更""八段锦""叩百子"等。不管是说唱还是表演，二人必须配合默契，船娘子的船要随撑船人的篙和音乐锣鼓的节奏而动，时而轻舟荡漾，时而激流勇进，时而逆流而上。当遇上花船搁浅，撑船人既会吹胡子瞪眼，又会手持彩杆撸袖揎拳，肩顶背扛，与船娘子巧妙配合，一鼓作气让花船动荡起来。表演经典动作主要有"浅船""四门斗""攘浪""赶浪""鲤鱼打挺""鹞子大翻身""老虎崴窝"等。

吃罢晚饭，周老庄人扶老携幼，自带板凳，从四面八方往大队部家院赶。他们都想占据有利地形。大人们相互打招呼，小孩子则到处乱蹿。宣传舞台搭在山芋种窖旁，坐北朝南，三根竹竿外加两条柴帘，两边留门，报幕、谢幕一左一右，化妆室设在粮食仓库里。离演出还有 10 分钟，可把秃子急坏了。他安顿好徐大个和姑娘，便扯起嗓门大喊："小凤凰来了没？"喊了多声没人应，秃子脑门直冒汗。

这小凤凰跩的什么老牌子，她演的可是主角呢。眼看开演在即，报幕员已经站在舞台内侧，只等一声令下。

老书记对秃子说："不要等小凤凰了，她病了去集镇医院可能赶不上，等会儿她来了再演花船这出戏。你可以先演《丹东相亲》这场，你就委屈点做个女主角。"秃子说啥也不愿意，老书记把脸一撂，"你不但要演，并且要演好，演砸了找你算账。"

秃子急得"唰"地一下红了脸，他告诉老书记，跟他相亲的一个姑娘也来看戏了呢。老书记话语更加斩钉截铁："正是你显摆的难得机会，戏文是你编的，动作是你设计的，排练也是你负责的，你演个女人角色最合适不过了。抓紧去准备，不要磨蹭。再说了，又不是让你到公社会堂演出，上次县委郭书记来，你不也照样演得风生水起嘛？"

"老书记你难道不明白？上次可是黄茵茵大姐现场指导的呀，

这回都得自己琢磨着，这可是压轴戏，马虎不得的。"老书记眼睛一瞪，秃子再也无话可说。

秃子不敢大意，他匆匆脱下白小褂，换了一身蓝布褂子，头上插上两朵红花。拿起小镜子，往脸上搽了底粉，嘴上抹了点胭脂，戴上假发套，典型的一个女人的形象。随着外面一阵急促的锣鼓声，秃子紧张得要命，他居然撑起花船，刺溜一下碎步紧走，从后台蹿到了舞台中央。这花船本为下一场节目，没想到被自己提前带了上来。不行，还得先演《丹东相亲》舞台剧。

只见秃子数落一段开场词，说要赶往丹东志愿军总部去，便把花船撑到了舞台一边旮旯里。演员们也慌了，看到秃子没有下场子，只好按照《丹东相亲》的节奏，走上台来。

战火纷飞的抗美援朝前线——上甘岭战场。一个正在执勤的高个头战士，在一个月牙弯弯的晚上，接到指导员的命令，让他火速赶到营部。战士不知道究竟发生了什么事，背起枪就往营部跑。

营指导员王立宽出场，见到战士便一本正经告诉他，赶紧收拾一下，连夜赶往志愿军总部。战士估计一定遇到了大事，不然指导员不会那么着急。他冒昧地问一句："首长，我来执行军事任务吗？"指导员斩钉截铁地回答："不。是相亲，赶紧跟我走。"

战士纳闷了："开什么玩笑，战争那么残酷，还有心思扯这破事。"指导员笑了："小徐啊，好事呢，不是破事。你的家属在丹东等你呢，瞧你长得这么帅，姑娘一定非常漂亮吧。"战士更加丈二和尚摸不着头脑："指导员，前线战事紧急，俺得回去打美国鬼子，多一个人多一分力量。时间紧急，您快让俺回去。"

"不行，相亲也是任务，人家大老远来看你，你却不愿见面，小徐啊，为人不可做陈世美呀。"

191

"啥陈世美，李世美的，俺在老家穷得没裤子穿，哪有这档子事，在上海混日子，从未谈过对象，哪来的家属？"

"你睁眼看看，电报左一封，右一封，都在这儿呢。"指导员皱紧眉头从身上掏出一沓电报说。

战士更加一头雾水，嘟哝着嘴："俺不去，要去你也得跟俺讲清楚。"

指导员生气了："别磨蹭，这些信件都是找姓徐的人。我们一个营的教导员里只有你一个姓徐，难不成不是你？！"

指导员带着战士来到丹东志愿军总部，战士一看，好家伙，黑压压人海，少说也有3000人。都在上演着夫妻重逢、父子相见、母女相拥、兄弟别离……

不多会儿，秃子装扮的女子走出花船，从人群里挤了过来，一下子扑进战士的怀里，撒娇地哭着。战士连忙推开，口中连说："大姐呀大姐，你认错人了吧。"女子哪里肯依，战士往后躲，她就往前追。幸好指导员在场，厉声喝道："你别跑，过来好好解释。"旁边有人嘀咕说："这个男子花心了，也许打仗立功快提拔了，看不起人，不要老婆了。"

战士很年轻，肤白且身材高大，浓眉大眼，一表人才。战士开口问女子姓甚名谁，家乡何处，女子说老家山东郯城。战士说："俺是苏北宿迁的，两地相距二三百里，跟你不在一处。"女子不听解释，只顾说话："大哥，俺与你为父母之命，媒妁之言，分别好多年了，今天才得以相逢，没想到你变心了。"旁边围过来几个妇女都责备战士："莫要忘恩负义，人家女子可是铁了心跟定你的，不能让人寒心。"战士急得转圈，一把将帽子抓在手上，就地坐了下来。妇女们说话也不避讳战士，怂恿女子跟着战士，一步也不要离开，不要让他跑了。战士有口莫辩，面无表情。没办法，指导员将他俩带到一个叫牛头庙的地方，让总部帮助查找。

总部出来个副司令员，对他俩仔细盘问。女子说："俺俩是父母包办婚姻，等于指腹为婚。男方到部队跟俺通过信，俺到这里已经等两个月也没等到他，身上所带盘缠已经不多了。这回等到了，他却不承认，扭歪文不想认亲，请首长千万为俺做主，俺生是徐家人，死是徐家鬼，哪怕让俺跟他上战场，俺保证跟着他一同打鬼子，活要活在一块儿，死要死在一起，再不答应，俺就死给你看。"

看戏的群众此刻情绪已经被深深感染，好多妇女已经热泪盈眶，尽管她们知道这是在演戏，可真切的表演还是打动了她们的内心，一个最最柔软的地方。

副司令员接着问战士是哪里的人，改名字没？战士回答："俺江苏苏北宿迁人，名叫徐大个，男子汉大丈夫，爹妈给取的名字从未改过，况且俺自己大字不识一个，何来通信一说？"

女子见战士说了这番话，心里一急，语速更快。"指导员，他肯定到了部队改的。他说家在江苏苏北，以前就属于山东的。"

这回副司令员的头都大了。女的又说："他故意隐瞒，不说实话，其实俺俩还是同学呢。"战士说："大姐啊，你不要哭，你真的认错人了，俺不识字，没上过一天学堂，俺对天发誓，上头有飞机，下面有坦克。俺要是违背良心欺骗你，到前线也不保险。求求你了，大姐你赶快走吧。"

副司令员把皮球踢给指导员，要指导员妥善处置。指导员心想还不如打仗痛快，这婆婆妈妈的事儿，长这么大没遇到过一次，叫人好生为难。罢罢罢，再拖会儿看看吧。说着，便离开舞台，躲到化妆间去了。一会儿，女子哭声高昂，边哭边数落，指导员不得不从后台过来劝解。

女子说啥也不愿意离开，跟着战士到了宿舍。指导员暗笑：有戏！宿舍非常简陋，搭了个地铺，女子也不讲究，把所带的围裙包裹往床上一放，人坐在床头再次抽抽搭搭哭诉："人家都有人领，有人带，有瓜子嗑，乐呵呵的，俺真苦命，瞒着爹娘大老远跑来没人理、没人要。"

看到这里，徐大个纳闷了：这出戏分明演的是俺和李俊桃啊。李俊桃早已眼泪汪汪，她深情地望了一眼徐大个，徐大个没有说话，屏住气继续往下看。

只见战士眉头紧皱，心乱如麻，急得在房间来回踱步。"大姐，这里是战场，这个玩笑开不得。话退一步讲，说句不该说的吧，假如你我真的一床一铺到一起，俺在战场上没命了，恰巧你也怀孕了，今后回家连婆家也不好找，俺不能坑你害你，连累你和孩子。"

战士一席话说完，女子起身走到门外拼命哭。那一夜，战士守在门外蹲了一夜，早上眉毛都挂上了霜。女子睡在床上哭了一夜，第二天眼睛肿得胡桃般。

指导员本想一夜过来，二人生米做成熟饭，哪料到他们根本不在一块儿。趁女子上厕所的当口，战士附在指导员耳边不知说了什么。

战士借口要去买点东西给女子，便于抽身赶往前线。指导员担心战士说谎，万一做了逃兵就麻烦了。指导员叮嘱道："不要骗我呀。"战士走后，指导员让女子回招待所，要她等朝鲜战争结束了再去战士的家乡找去，并说战士跟自己也不是一个连队的。现在也不知人跑哪儿去了。女子无奈，拿了战士的家庭住址，闷闷不乐地回到招待所，然后就回国了。

　　这位战士离开指导员，搭了一辆火车到了前线阵地斗留峰，在当时那个特殊环境，他没有做逃兵，而是义无反顾走向了残酷的战场！

　　不久，指导员也回到阵地，一眼看到这位志愿军战士，激动地把他抱起来，大声对在场的士兵喊道："徐大个，你有种，是无比忠诚的志愿军战士，和我们所有的志愿军一样，都是最可爱的人！同志们，向他敬礼！"

　　这一幕，徐大个看得流泪，李俊桃看得流泪，看戏的男男女女都感动得泪水涟涟。秃子注意到，那位和他相亲的姑娘也哭成了泪人。

　　抗美援朝战争的残酷经历，徐大个回乡极少挂在嘴边提起，两个月前，秃子跟李俊桃谈起，想编一段抗美援朝剧本，李俊桃把自己找徐大个相亲的经过和秃子谈起过，秃子果真是个有心人，居然把这故事搬上了戏台。

　　好戏继续上演。抗美援朝结束，部队动员年龄大、孤子以及身体弱的三种人转业，徐大个名列其中。徐大个不愿意回家，部队首长说："你到苏联学习吧。"徐大个没文化，学不来叽里咕噜的俄语。让他到徐州铁路局，又怕扳道岔出错。刚巧他的大姐找到部队，劝他回家娶妻生子："家里有个姑娘还在等着呢，赶紧跟我走，不能让姓徐的这家绝后。"原来李俊桃离开徐大个后，返回了家乡，抗美援朝战争结束，便拿着徐大个的家乡住址，按图索骥，径自找上徐家门上，徐大个见到这么痴情的女子，这才跟李俊桃结了婚。

　　演出结束，秃子顿觉神清气爽。回家的路上，他搀起姑娘仿佛徐大个挽着李俊桃，腿底格外有劲。看到熟人主动打招呼，似乎世界上所有的美好此刻都属于他。

　　此后多年，仓湖湾的女人无不夸赞徐大个有本事，说人家在战场上打仗，就有素不相识的女子缠住他爱恋。女人们看到村里的光棍，总爱拿徐大个说事，让年轻人嘴巴甜些，见人大姑二姨三爹四爷叫起来，万不可苦瓜咒脸，话传到徐大个耳朵里，只要李俊桃不在场，徐大个总是纠正道："这个比喻不恰当，俺在战场上压根就没谈恋爱。"言下之意，是李俊桃追的他。

　　有时李俊桃总是抱怨丈夫识字太少，徐大个一本正经说："老丈人私塾抱本，让你多认得几个字，周老庄小学缺老师，你倒不如去做个孩子王。"李俊桃悻悻然："你不怕俺被别人抢了去。"徐大个说："谁有这么个胆子，俺一枪把他蛋子打崩了。"李俊桃望望徐大个，凤眼含情脉脉。徐大个开玩笑说："俺识字多了，搂住俺睡觉的有可能就不是你了。"女人当即报之以粉拳，娇嗔地埋怨道："人家工作干得好，级别噌噌往上长，你却年年原地踏步，干了个生产队长，多年还是老样子。你看人家老营长，打了仗回来就分到乡里，不几年就到了县里。你倒好，当个小队长还美滋滋的。"

　　徐大个回敬道："还不是因为你，本来俺可以出国的，你早早溜到俺家呢。"

　　李俊桃指着徐大个鼻子说："你这个傻瓜，俺早看透了，九辈子没出息，人家到了你的床上还赶人走，你对得起人家吗？"

　　徐大个见女人揭自己的短，觉得前后三庄的人眼睛都集中在自己身上，白脸霎时变红了。

第二十章

周老庄发展态势如日中天，农林牧副渔齐头并进，几乎所有工作都开枝散叶，蓬蓬勃勃。周老庄人"吃三睡五干十六"的拼命精神，也给其他公社树立了样板。县委专门下发通知，周老庄作为全县农业样板，与大新公社纲要大队、来龙公社葛庄大队一起，三驾马车共同发力，继续为宿迁农业添光增彩。郭金贵要求所在公社务必倾力打造，所有县直机关都要鼎力支持，年前要保质保量完成样板工程。

时序已到秋分，时间非常紧急，李大旗掰开指头算算，嗓子都要急出泡来。这些天他走路带小跑，亲自上阵指挥调度，忙得焦头烂额，食堂厨师不敢下班，把他的饭菜热了一遍又一遍，害怕他吃了冷饭坏了胃子，工勤员也得跟着受罪，每天被使得陀螺般滴溜溜转。谁知怕事有事，李大旗的胃病又犯了，这回得了胃溃疡穿孔，不得不住进医院。工勤员跟去帮忙，发现有些干部到医院汇报工作，李大旗吃饭没法准时准点。工勤员便找了块硬纸板，让秘书写上"谢绝探视"四个字，挂在病房门口。这一招果真奏效，有人看到板上的字样，便知趣地退出。

农水科科长丁浩之等不及了，他把周老庄建设方案拿好，准备递到李大旗手上，看到"谢绝探视"四个字，感觉李大旗这次病得不轻，想进去又不忍，不进去又怕误了时间，便在病房门外故意大声与工勤员说话，李大旗听到丁浩之的声音，便喊丁浩之进去，接过丁浩之写的方案，李大旗现场办公，仔细阅读了文稿。李大旗觉得还不尽如人意，自己又摸出钢笔涂涂抹抹，圈圈点点直到满意为止。

李大旗计划修建两条从公社到周老庄的砂礓路，全长3公里；完成道路两旁绿化6公里；抢时间盖好周老庄大队部，在大队部南侧排水沟建2座小桥涵。为了及早完工，他号召全社劳动力拾砂礓铺路，把任务逐级分解到大队、生产队，路肩覆土交给周老庄完成。

方案报到县委办县政府办，两办主任亲自过来查看，认为切实可行，又将仓湖湾的报告修改一遍，呈报县委主要领导，经过领导圈阅并批示，同意了这个方案。县委要求在纲要、葛庄同时实施，模式基本相同。为此，还派驻了工作组，分头坐镇指挥，要人给人，要钱给钱，要物给物，必须高标准、严要求、紧张快干！

农忙时节，劳动力非常紧张，仓湖湾公社各大队把拾砂礓任务当作政治任务分到农户家中。砂礓河、柴塘河以及红旗、永胜公社的地盘，都有一批又一批人到河滩淘砂礓，然后用平板车、手扶机，源源不断拉到周老庄道路两侧。彭桂亮亲自到生产队协调用牛压路，队长们无不抱怨，哪条牛都走不开，一马抵百伏。既要上场拉磙打粮，还要灭茬耕地，庄稼人明白，依靠人力固然重要，但打场耕地的活儿，还全指望牛马拿龙头，指望人工这个笨头力很不现实。彭桂亮想想也是，再说了，人拉碌子踩在砂礓上还可以慢慢行走，这牛踩在上面不小心伤了蹄子，下不了田地，误了季节可不是闹着玩的。在农田里老牛有着使不完的劲，在砂礓上可没有用武之地。到嘴的粮食如果不能及时打下来，谁都承担不了这个责任。

彭桂亮灵机一动，到县砖瓦厂搬兵。入冬时节，天气寒冷，砖瓦厂只能烧制库存的砖坯，烧完后制砖工人便放假回家了，轮窑厂随之关门歇火，等待来年开春再生产。大冷天制坯容易冻酥，烧不成砖瓦，此刻却是打土最佳时节。打来的土一层层压起来，堆成山头一般，只待开春制坯生产。

打土工全是抱车把的壮劳力，进了砖瓦厂，虽然每天跟泥土打交道，整天身上如泥猴子般，但他们的身份已似乎不再是纯粹的农民，社会上都喊作"工人"，这些家伙个个跟小老虎、小牛犊似的，有这样的体质，也能估摸出他们的饭量。用大黑窑碗吃饭算是客气的，有的直接捧起小盆盛饭。厂长说："你们使劲吃，俺不心疼，能吃能做，不能吃懒货。"干活的这帮青年人，刚开始还要面子，厂长要他们放开肚皮，他们也就不客气了，按照麻杆子的话说，脱帽比和尚还能吃。别看这些打土工整天跟泥巴打交道，在光棍一抓一大把的年代，他们能苦钱，说亲事都比较容易，女方放心他们的身体，小伙子们的胳膊一拧，裤管一卷，肌肉一块一块的，足以证明他们身体肯定没毛病。苦钱赚工分，靠的就是力气，除了供销社、粮管所、食品站以及煤矿工人和"吃皇粮"的公社干部，接下来就数到他们了，因而备受姑娘们的青睐。

"把县砖瓦厂打土工人抽来压路，周老庄供吃供喝。"彭桂亮跟李大旗一说，李大旗跟县长汇报。县长摸起电话就打进了砖瓦厂。面对这项政治任务，厂长自然无话可说。等到彭桂亮去带人，厂长早就把队伍排好了。"你们108名打土工，这两个月负责到周老庄压路，工资按每天10成工分年终分配统一结算，工程结束兑现。108个人刚好就是梁山好汉一百单八将，个顶个的。县委把周老庄作为一个'盆景'打造，我们都要全力支持，任何人不得掉链子，不准请假，除非结婚或家中直系亲属故去。等会儿你们到仓库领绳子，统一乘车前往。"厂长说话干脆，颇似一场战役打响的战前动员。

彭桂亮告诉他们："大家到了地点不必担心吃饭，早上稀饭、单饼、咸鸭蛋。中午懒龙卷子、白菜豆腐冬瓜汤管够。晚上猪肉烩粉丝萝卜，再来点山芋干白酒解解乏。路远的可以不回家，在大队部打通铺。我们专门安排陈贵仁具体负责大家伙食。"彭桂亮说完把秃子轻轻往前一推。

工人李来夷早就认识秃子，他指着秃子哈哈大笑："啧啧，俺以为连耕带耙就叫秃子呢，想不到也有大名啊？"

"不要大哥笑话二哥，俺的爹妈不识字，哪有你的爹妈有文化，给你起了个来姨，瞧瞧你这来个'大姨妈'的名字多响亮。"秃子被李来夷笑得难为情，便回敬了一句。

彭桂亮说道："你们两个不要互相取笑了，攒点劲头拉磕子吧。陈贵仁不单要按时送饭过来，还要一天三次给大家记工，督促施工质量。大家支援周老庄也算缘分，把周老庄建设好，你们老来说话也有本钱，周老庄这条大路，有了你们洒下的汗水，老百姓将一辈子记住你们。"

李来夷后悔了，心想：秃子既然负责督促工程质量，实际上为派来监工的，不能让他给俺穿小鞋。李来夷起身拱手便给秃子道歉，秃子说："不必了，你来周老庄出苦力，俺得感谢你，俺要是有做不到的地方，还请大伙儿谅解，这铺路的事儿可不是小事，县里可重视了，这个科，那个室的，三天两头往这儿跑，听说还要在这里建个小集市呢，说出名就出名了。以后年轻人说媳妇，可以歪头打卦好好拣喽。"

李来夷说："秃子，你尽想好事，女人就是灶上的猫，哪里暖和往哪儿靠。十个手指有长短，好姑娘肯定还会找条件好的家庭。俺这穷家破院的，驴年马月才能找到人啊？"

"好事多磨，不该打光棍的，缘分迟早会来的。就拿俺来说，不也是半道了才有人愿意跟俺焐脚嘛。你放心，等大路修好了，俺去给你保个媒，再向大旗书记建议，给年龄大的光棍汉家批点砖瓦，盖个小瓦房，都让你们家家门前贴上火红双喜对联，出门进门成双成对，喜得一天到晚合不拢嘴。"

秃子的一席暖心话，一下子将小伙子们的冲天劲头激发出来。

"大家伙儿加油干啊，嘿吆嘿哟，修出一条通天路啊，嘿吆嘿哟，宿迁儿女不怕苦啊，嘿吆嘿哟，社会主义康庄道啊，嘿吆嘿哟……"

二十天过去，周老庄两条路道全部压实，路肩覆土完毕。

县委书记郭金贵把周老庄穷办苦干精神带到了淮阴地委，已经调到淮阴地委工作的李以贤要求宿迁在全县树立三个典型。县委坐下来研究，决定公社学来龙，大队学纲要，生产队学周老庄。来龙属于岗淤土，纲要属于砂礓滩，周老庄属于盐碱地，三类典型各具特点。李大旗三天两头往周老庄跑，他的设想颇为新潮：在周老庄先建设局部三层办公楼，南部建起喷灌楼，引柴塘河水浇灌大路以西的900亩土地，地下全部埋设地下管道，形成供水管网化，对农作物进行喷灌，在柴塘河上建起生产桥，方便进入西老荒。利用柴塘河"白玉"砂礓资源，在大队部门前建两座桥。建成东西长约1200米，南北长约1100米的水杉景观大道。

周老庄连大队部也没有，来人总不能往私人家带吧。省里如果临时叩急，把时间往前提，更是火烧眉毛，晚干不如早干。工程开工，地基全部用整砖往上垒砌，工人确实能吃苦，除了吃饭上厕所，其余时间都在干活，瓦工王传亚被砖头砸伤脚面，鲜血直流，自己找块白布包起来继续干，直到红肿发炎才在医疗点打了一针，第二天又出现在工地上。大队妇联主任胡月侠把这事告诉了李大旗，李大旗通知电影队，专门送电影到现场慰问，在正片放映前李大旗把王传亚隆重表扬了一番。从开工到完工，周老庄1500平方米三层大楼仅用45天便全面完工。

周老庄的发展形势引起上级高度关注，好消息接踵而至。省委副书记胡宏伟将到周老庄考察，有人放风，副书记来打前站的，省委书记肯定也会来。李大旗明白，周老庄要出成绩也只有百天时间可把握。县委同样发急，周老庄的喷灌楼要快速上马，时间不等人。在李大旗的软磨硬泡下，县委决定投资7万元帮助周老庄建喷灌楼，要求周老庄先在村部附近搞百亩农田管网，埋设水泥管道，引柴塘河水喷灌农田，以后条件好转再全面铺开。李大旗考虑从公社到周老庄4里路，应及早绿化，至于栽什么品种，还是要洋气些，垂柳栽到大田边太过秀气，圪针树缺乏美感，桑树土里土气。知青郑小枫建议，到南方采购水杉树苗，长十年二十年，乃至五十年一百年，木材也结实，树形从春天到秋天不屈不挠，很有茅盾先生描述的北方白杨的品格，到了冬天即便落叶，树干也挺拔威武，体现了周老庄人民在党的领导下，顽强拼搏的意志，改天换地的毅力，坚忍不拔的干劲！

李大旗笑道："小枫同志不愧为南艺高才生，说话总有一股诗一般的韵味，文气十足，铿锵有力。"

李大旗问彭桂亮："安排谁去采购苗木合适？"

彭桂亮说："李有修最合适，他有个表叔在南京林业大学，跟花草树木打了一辈子交道，曾经在林苗圃做过一把手，让他跑一趟不说能省好大一笔钱，人家总会帮咱参谋参谋栽什么树种合适吧。"

李有修接到任务便坐车到了南京，采购大规格杉树苗木每株7元，小一些的每株3元。2000株苗木运回周老庄，大苗栽在东西路，小苗木栽到南北路。郭书记带着全县干部来到现场，在田头赞不绝口："请纲要、来龙这两个点，回去迅速行动起来，都学周老庄大搞林网化。尤其新铺的砂礓路两旁，建议统一栽植水杉。以后这条东西路就叫康庄路吧，南北路叫作知青路。"

李大旗送走参观的人，总觉得周老庄在景观方面还缺少点东西，他忽然想起了西湖万顷碧波，莲藕飘香，于是来年春，在大队部西侧排水沟全部放上深水藕。东部柴塘河水也得利用起来，有人建议在岸边办个白酒厂倒是不错的。

大队部附近村庄建造的房子，原先只打两面墙，直筒子，各家各户之间没有屋山，两家交界处用芦柴笆子夹起来，房子很矮，进门第一道礼俗便要行低头礼。周老庄既要展示新面貌，就得勒紧裤带狠狠吃顿干的。不久，130户老百姓住进规格统一、样式统一、材质统一、大小一致的"前檐短，后檐长"小瓦房。这种造型结构仿照华西做法，华西当时统一木板房刷油漆。

郭金贵又来周老庄了，彭桂亮带他看了农家新房子，郭书记不住点头。趁书记心情大好，彭桂亮哭穷了：庄看庄，户看户，群众看干部。俺们周老庄大队部不成样子呢。郭书记笑着说：

"彭桂亮啊彭桂亮，周老庄数你猴精。你两次到过大寨，真的开了眼界了，县委支持你。"郭书记转身交代随行干部，"你安排一下，周老庄大队部院墙县委包下了，用砖全部从县砖瓦厂运，建筑工人从县建筑公司抽调。"

胡宏伟来到周老庄恰逢初夏时节，他在柴塘河旁的周老庄白酒厂停下脚步，负责酿酒的甄师傅以为胡宏伟来买酒的，便喊来秃子接待。秃子从草垛边过来，招呼胡宏伟道："周老庄白酒美名扬，绵柔甜软真不瓢。同志你若不相信，武松一碗难过岗。别看我们这山芋干酿制的白酒，有劲道。"说完，舀了一大碗白酒端到胡宏伟手里。胡宏伟愉快地端到手上轻轻抿了一口。秃子炫耀地问："怎么样？味道比北京二锅头不差吧。俺们本县的大斜牌白酒的劲道跟这酒没法比，喝到嘴里簌簌的辣嗓子。"

这时，赶穿城的人围拢上来。秃子说："周老庄白酒厂刚开张，图个吸引力，图个好口碑，这10天内，美酒现场喝，分文不收，一斤二斤随便喝，只准现场喝，不准带走，要带走的话，掏钱买，一块钱一瓶，价格公道，老不欺，少不哄。"

这边大伙儿还在嚷嚷，一辆自行车骑到跟前，赶集的人马上认出郭书记，便连忙让出路眼。

郭书记大声说道："胡书记好，实在对不起，我来晚了，欢迎指导工作！"从二人的寒暄中，赶集的百姓明白，眼前这位陌生人的职位比县委书记还大，起码地区级大干部。秃子愣住了，不知道为这事挨不挨批。

在郭书记的陪同下，胡宏伟走近大队部南侧的"莺歌桥"，看到桥身仿照南京长江大桥设计，桥头堡上三面红旗迎风招展，大桥的桥肚里行进中的绿色火车清晰可见。河沟里群众正在起藕种，彭桂亮用小秤称了一条藕，9斤6两。胡宏伟不禁脱口而出：

"周老庄是个好地方，田园一派好风光，称得上'淮北江南'。广大干群勇于吃苦不畏困难，工业农业齐发展。宿迁在周老庄、葛庄和纲要树立的三个典型是过硬的。相信不远的将来，你们就能赶上苏杭，实现鱼米之乡的目标，省委对你们很期待！"

没多久，省委书记带领全省各地委、县委干部到了周老庄，公路上参观的客车一辆接着一辆，田间生产路上彩旗飘扬，高温堆肥如长龙一字排开，群众抬泥的、播种的、耕地的劳动场面处处皆景。

年底，李大旗和彭桂亮一道出席省劳模表彰大会。听完省委书记的报告，李大旗信心倍增，他给在家主持工作的副书记打电话，迅速组织木工到木业社集中干活，务必在半个月之内打出70辆手推车、30辆平板车，仓湖湾公社将召开一场声势浩大的表彰大会，重奖一批劳动模范。

彭桂亮从省里回来不久，被县委安排到徐州煤矿，负责宿迁开发的六号井。地委书记打电话到宿迁，询问彭桂亮的情况，听说已经派往徐州煤矿，便"嗯嗯"两句挂了电话。多年后，彭桂亮得知，当年地委书记想提拔他担任中共宿迁县委宣传部部长，没想到阴差阳错，彭桂亮在煤矿一直干到告老还乡，仓湖湾人都为差点成为宿迁县委班底的他而惋惜。

第二十一章

随着周老庄名气大火，来参观的越来越多。大小车一辆接一辆，参观单位一拨接一拨。仓湖湾公社决定扩大招待所规模，再招 3 个女服务员，招工简章发布后，有 12 人前来报名，罗拓负责面试。他当场目测刷下来 4 个，剩下的 8 个姑娘统一到街头照相馆拍一英寸照片，留给主要领导定夺。梁文华最后一个接受面试，在众多的姑娘中，她的容貌最为端正，1.72 米的个子，细细的腰肢透出青春的活力。罗拓本就细小的眼睛突然变成了斗鸡眼，恨不得看透小梁的衣服。已经中午 12 点过了，面试结束的人都回家等候通知。个别没有竞争力的人早已垂头丧气，她们叽叽喳喳议论，有的眼睛瞟着小梁说："招个服务员还拿板作势的，人再漂亮也不能当饭吃。"有的说："俺花钱照相，照相师把小气球一捏，就这么'咔嚓'一下，俺听说要死好多好多白细胞红细胞呢，早知报名人数那么多，俺就不来焐水。"小梁急着要走，罗拓伸手拦住道："小梁先别走，跟我到公社食堂吃饭。"小梁连说不用了，罗拓摇摇头，"姑娘你真没见过世面，以后到了招待所难道不想结识大干部，不想糠箩跳米箩？"一席话，说得小梁脸颊比桃花还红。她从罗拓的话音里，意识到自己被录用了。

招待所来了个颇有姿色的女子，上面来人少不了端大盘。小梁举止得体，言语温柔。见到有人想揩油，便笑着躲开。罗拓晚间值班，将小梁喊到办公室，俨然以长者的身份，教育小梁要洁身自爱，不要贪图享受，有困难直接跟他说。小梁喊罗拓为罗叔，罗拓跟别人说小梁是他的表侄女。公社干部都以为小梁跟罗拓真的是亲戚关系，人前人后也不敢放肆。这个树丫挂棒槌都算不上的亲戚，直到小梁大婚之前才被捅破了这层窗帘纸。

罗拓的关怀备至，小梁铭记在心，每次说话都充满感激。街上一个小混混仗着家里卖潮牌（一种食品）积攒了一点钱，没事就到招待所门口等，想跟小梁套近乎。小混混长一口黄板牙，眼睛细成一条线。小梁心想，自己家庭再贫困，也不找这样让人反胃酸的人过日子，一口回绝了黄板牙。黄板牙发狠报复，小梁把这事告诉了罗拓。罗拓给招待所所长张家连打招呼，要他把招待所看紧点，不要让不三不四的人进出。张家连心想，招待所管得挺紧的，最近一段时间就数你罗拓来得勤快，既不是安排招待客人，也不是指导什么工作，倒是没事就跟小梁打招呼，其他人也看不习惯。张家连有意疏远他，罗拓看出了苗头，便想法子出张家连的洋相。

张家连一辈子没有发胖，有人戏称他节省过度不长粗。"番瓜葫芦栗小豆，张家出了个张小瘦。"这句调侃的话被人喊了多年。别看他纵向一米八大汉子，横向却长得让人着急。说他瘦若闪电、电线杆，未免贬损了人家。解放前，张家连全家集中供他读书，一口气读了8年私塾，成为方圆十里内之"大儒"。因识字了得，解放后成为第一任大队书记。可是他当了干部却没有干部的样子，一年四季在田间，扒河打堆抢着干。那时候特别穷，大队买办公用品，都靠他一支笔把关。有的生产队队长想套用几支笔给孩子写字，张家连要求，用过的圆珠笔，必须把空笔芯带给会计验收报账，这可难倒了好多队长。后来，张家连规定，所有圆珠笔不得超过二毛四分钱，贵一点的一律不准报销。那时，公社干部驻村，下去就是一天，跟社员一道劳动，时兴吃派饭。到了晚上，张家连的家属烧了稀饭，炒了盘尖辣椒。驻村干部是南方人，咬了口辣椒满嘴流黏涎，捂着嘴巴跳将起来，叽里呱啦说起了方言，弄得张家连夫妇以为是骂人的话，一时尴尬无比，只好把老酱油倒进碗里端上桌，里面还放了个长腰腰的砂礓，驻队干部吃两口稀饭，咽一下砂礓，才慢慢化解与辣椒之间的不快。事情传开后，张家连获得"张大抠"终身荣誉称号。仓湖湾历届党委政府主要领导每每提到增收节俭或者反腐败斗争，都爱拿"张大抠"说事，启迪他人，鞭策自己。

张家连凭借踏实的工作作风、过人的文化知识和倔强无私的性格，成了公社招待所所长。人人都知道招待所管的是吃吃喝喝，绝对的肥差，好多人挤破头想"谋"这个位子。公社书记觉得张家连最合适，确实没有看走眼。有一天，张家连妻子带着孩子来赶集，顺便到招待所看看。厨师将雪白的馒头递给孩子，被张家连一把夺下来，厨师挨了一顿训斥，妻儿也觉得尴尬。张家连情愿掏了钱让妻子出去买吃，也不让家人吃招待所一粒粮一口水。厨师说，"张大抠"在招待所5年时间，他的家人连一根油条也没看见。

难道张家连真的这么"抠搜"？罗拓不信，只要张大抠吃私，只一招便见分晓。张家连的宿舍紧挨厨房，这天罗拓跟一个名叫李四的厨师说："公社领导想考验考验张家连，等会儿你把今天炸的馓子用报纸包好藏在张家连的被窝，有两个人等会儿来了解情况。"李四拿来4把馓子，用报纸包好，偷偷放在张家连的被窝里。晚上，招待所来了两个人，说是上级派来的，了解招待所经营情况。李四瞅见张家连回宿舍，便招呼陌生人抓紧上门。张家连让来人坐下，凳子不够就坐在床桄上。哪知道屁股连床，被窝里就传出"咯吱吱"的声音，两个人就像马蜂蜇了似的，掀开被窝，从里面拿出一个纸包，打开一瞧，揉碎的馓子散发出诱人的油香味。其中一人"严肃"地说："张所长，你看还像话吗？身为党员干部，怎么能把集体的馓子据为己有呢？"一贯视名声如生命的张家连，这回彻底变成了哑巴，半天他红着脸，跺着脚说："苍天在上，俺张家连在党多年，来招待所5年，一粒米、一粒盐未曾往家拿过，公社招待上级来人，也未曾上过一次桌子，没有顺势揩过集体的一滴油星子，这事不是俺干的。说大了这是严肃的政治问题，说小了，这是侮辱俺的人格。"说着说着，他把衣服一甩，冲出宿舍门，在招待所喊了起来："谁个干的好事，趁早站出来，你是送礼的，认个错，俺原谅你。若是故意陷害的，招茬了对你客气，不然俺让你祖宗亡人睡不安稳。俺要让你过关了，这辈子跟你姓！"喊了半天没人应，张家连突然意识到，刚才和他说话的陌生人很可疑，哪有组织上来人考察不事先通报的，这不把俺当成坏人了嘛，况且公社也没派人来介绍一下。张家连沉下脸，心想，俺得把事情弄个水落石出。

张家连红着脸，找公安特派员倪大胆报案。倪大胆安慰道："身正不怕影子歪，你老张压根就不是做鬼事的人，腰杆挺直了，不要怕。"两个陌生人害怕事情闹大了露出马脚，便匆匆离开。事情就这样轻描淡写过去了，张家连心里却感觉堵得慌，他请求到没有"油水"的木业社工作，免得再受小人陷害，背负贼名。

罗拓见栽赃失灵，便把精力放在集中打压黄板牙身上，罗拓找上门，黄板牙的父母吓黄了脸，连忙端茶倒水赔不是。黄板牙给罗拓磕了头才罢休，他临走时撂下狠话，再去骚扰小梁，先敲断他的腿，然后送去吃牢食。

罗拓平息了事态，小梁知恩图报，整天叔叔长叔叔短，挂在嘴边喊。逢到罗拓值班，她主动去帮助洗衣服，打扫卫生。大乌嘴晚上值班，听到罗拓屋里有个女子讲话，只听女子说："罗主任快松手，你怎么能这样，不然我喊人了。"大乌嘴听得真切，故意走到门外大声打嗓子，三声咳嗽，将罗拓屋里的女子吓了出来。大乌嘴看到眼前捂脸奔跑的小梁，一切都明白了。

大乌嘴坏了罗拓的好事，从此他怀恨在心。

第二十二章

流经仓湖湾的邵公河，西南瞭东北，名气不小，这条河为清朝宿迁县令邵大业开拓。仓湖湾公社原先的大礼堂坐落在邵公河边，夏天开会凉爽宜人，会堂只能称之为会议室，开大会顶多坐150多人，很多人只能到门口和边上摸个砖头或者塞把草垫在屁股下面坐着。会堂年久失修，小黑瓦缝隙里长出了一丛丛荆棘，已经成为危房。

刘秘书多年前就对破败的大会堂耿耿于怀，在调往县委政研室工作前夕，挥毫向李大旗进言，陈述会堂凋敝之害：人在犬恶，犬恶而护家，故兴；人亡而屋空，屋空顶上松生，松生瓦裂，故衰……李大旗看得额头冒汗，提起毛笔，在稿纸上咬牙回复一个大字：盖。

朱黑子被请来设计会堂图纸。他有点心虚，自己毕竟不识字。他说："拿惯瓦刀的手，摸不得纸笔砚瓦，俺心中合计合计连就有数了。"朱黑子本为土手泥瓦匠，在那个年代也算很不简单的人，他一把瓦刀曾行走淮阴、徐州等城市，年岁大了便回乡建了一座又一座校舍，直到九十年代他还开玩笑说："俺的手艺不是夸海口，国家若是投资为万里长城贴瓷砖，俺保证一夜之间拉出千人队伍。"仓湖湾人都知道，朱黑子带徒弟非常讲究，没有劲头的不收，干了半年还不敢拿刀的不收，只配做小工的不收。朱黑子习惯每年大年初一收徒，谁知他收的第一个徒弟便不合格。这天散丁庄王七上门拜师，朱黑子一看，嗬，好家伙！俺说俺黑，门口这个铁塔般的王七怎么比俺还黑三分。王七毫无悬念成了开山门大弟子，干了半年瓦工却不敢上房，爬上竹跳腿便发软，怎么也不敢挺起腰板。可王七劲头大得惊人，一顿半黄盆稀饭才吃了个半饱，五尺长的桑木扁担，他张开嘴巴，牙齿一咬，轻轻松松就举上了天。

老家盖会堂，算是朱黑子一显身手的绝佳时机，会堂设计跨度为18米，长为80米，砖瓦结构。李大旗用商议的口吻对朱黑子讲："兄弟啊，会堂虽是官家的，但要跟自家盖房一样，能省则省，花小钱办大事，但在质量上却不得半点马虎。"朱黑子说："你痛快撂个话，空心斗照空心斗盖，交际墙照交际墙垒，实寸墙照实寸墙砌。俺觉得还是实寸墙结实，虽然花费砖块多一些，可是能管它几十年没问题的。至于建筑质量嘛，用不着你操心，俺的眼可好使呢。"

李大旗精打细算自在情理之中。不当家不知柴米贵，建一个会堂，再加上墙头院，需要的砖瓦不是小数目。财政除了保开门、保运转，根本拿不出资金，有人建议向百姓"化缘"，李大旗摇摇头不同意，他认为这样做容易丧失民心，群众即使支持，做干部的也觉得羞愧，甚至会被思想落后的人骂折了腰板。

徐大个听说公社要建会堂，便在李大旗那儿打了个比方：与其到县砖瓦厂买砖瓦，倒不如买只"老母鸡"生蛋，以后既能盖上会堂，也能满足百姓建房。李大旗问："此话怎讲？"徐大个说："建个砖瓦厂就是了。"李大旗摇摇头："话说得轻巧，砖瓦厂上马，需要的资金更多，这不像制糖、磨豆腐、做酱油，捣鼓个小作坊，全部家当不超过千把两千元，那么多资金不是一钱两钱，办不起。徐大个嘴巴一撇："现成的资源不利用，驴年马月才能把会堂建起来。"

李大旗纳闷了，除了泥土和劳动力可以保证，哪有什么其他资源？

徐大个一番解释，李大旗豁然开朗，他高声招呼工勤员小李，快点把秃子找来，小李屁颠颠找秃子去了。

秃子的伯父叫董战胜，跟徐大个是战友。董战胜的父亲董先进原先娶了个老婆病死了，董先进便到了南方谋生，与一家大户人家姑娘结婚。生下董战胜兄妹5个，董战胜的外公带着六个儿子，长年行走江湖，个个都爱唱戏，董战胜12岁就在戏班里敲敲板鼓，正式登台演出，适逢日寇入侵，董战胜便回到仓湖湾老家。其时仓湖湾为不露面的共产党地盘。董战胜很想跟共产党干，便参加地方宣传队，后参加正规军。在洋河镇一次巷战中，英勇杀敌，部队还奖励他一匹缴获的战马。徐大个和董战胜虽家乡同处一地，可二人并不认识。直到1938年，他俩才有缘相识于高庄。

抗日战争时期，宿迁县抗日大队大队长高峰、新四军九连连长张启宇曾利用高庄附近的黑泥沟百亩芦苇荡作屏障，与敌人进行周旋斗争。人民军队和高庄老百姓也结下了深厚的军爱民、民拥军的鱼水情。

高庄东北角过去有个鲍庙，里面有三个削发尼姑。部队开到这里以后，尼姑们当即把庙里所有的6亩地献出来，种蔬菜，供应军队官兵抗日救国、生产自救。部队条件艰苦，生活非常艰难。高庄百姓省吃俭用隔三岔五将粮食送到庙里作为军粮。一个时期，鲍庙改造成战时地下疗养院。庙后开了一条暗沟，直通芦苇荡，作为遇到紧急情况的撤离通道。从鲍庙到芦苇荡只有几十米距离。三个尼姑精于跌打损伤推拿技艺，每天主动照顾前线下来的伤残军人。一次，日本鬼子从淮阴运送白布到宿迁。张启宇奉命率九连在大运河陆集地段陆墩到下口伏击拦截日军汽油船。交战中，张启宇小腿被日军子弹击伤，他和其他伤员一道被送往鲍庙养伤，直到重返战场。

高庄百姓生活在河边，没有一口像样的井。高峰和张启宇合计在高庄打一口砖井。为解决用砖难题，张启宇所在的九连负责到伪化的仰化集"偷"，八连负责挖井。于是，张启宇深夜带一个连兵力，悄悄从20里外的仰化集背回了牛头砖。九连战士负责在鲍庙东南角挖井。挖了7米深还不见出水，战士们都累了，指导员让大家停下来吃饭。这当口儿，高庄有人找来程大先生看地理，程大先生说："八米肯定生水。"结果八米还不出水，有人责备程大先生，程大先生急了，"再来两米，如果再不生水，把俺活埋在里面。"两米挖过，地下水汩汩而出。井打成后，高峰说："我们打井也是一场战役，这口井就叫抗日井吧！为了消除大家的疲劳，下面请文工团的董战胜给大家表演两个节目好不好？""好！"

当时董战胜在井边演出，徐大个跟战士们做观众。董战胜一开口，徐大个就意识到，遇到家乡人了。从董战胜嘴里说出的方言俚语，无不充满地域色彩。果不其然，演出结束，徐大个跑到董战胜身边，刚聊了两句，董战胜就一把抱住徐大个，激动得泪水在眼里打转。老乡遇老乡，两眼泪汪汪。之后，他们再也没有见过面，全国解放后，董战胜分到了中央一机部工作，徐大个在抗美援朝结束后回了老家。

有了这层特殊关系，徐大个想动用难得的人脉资源。凭董战胜的能力为家乡办点事情，只要出面肯定"大手笔"，只是多年不见，人家待见不待见还真不好下结论。

秃子来了，李大旗让他告诉董战胜的具体住址，秃子挠挠头说："这些年俺曾写过好几封信，伯父没有回一封，也许住址变了。"李大旗让秃子将董战胜的住址写在一张纸条上，交给了徐大个。李大旗吩咐财政股长预支 200 元钱，让徐大个"化缘"去了。

首都北京天安门广场，国旗护卫兵正在升旗的时刻，徐大个赶到现场，他熟悉这儿的环境，当年入朝就是从长安街出发的。部队首长说，在战场上俘虏美国鬼子，战争结束后可以在这儿见到毛主席。今天，他站在这里，对着国旗，举起右臂，端端正正向天安门城楼上的毛主席像行了个军礼。

徐大个几经周折，找到了董战胜原先的工作单位，终于打听到了。

老家来人了，而且是多年未见的战友。董战胜兴奋地吩咐老伴赶紧买酒办菜。席间，徐大个说老家要办轮窑厂，董战胜说好啊，工业革命可以带动农业和各业发展。徐大个说，龟腰上树钱紧呐。董战胜说可以等经济好转了再办，这么多年住草房都过来了，何在乎三年五载。再说了，全国吃不饱的地方还很多，解决温饱才是天底下第一件大事呢。然后话锋一转，诉起了苦衷。董战胜说，战争年代天天在前线，留下老伤，便长期请假，一心养病，与外界包括亲戚朋友都没有联系，今年初身体恢复了，才重新走上工作岗位。至于家乡遇到困难的事情，现在自己无能为力，等工作头绪理顺了再说吧。

等理顺了？那得猴年马月，这明摆着是推辞话嘛。徐大个心里憋着气，显得闷闷不乐。话不投机，第二天徐大个就跑回了家，仿佛害了一场病，闭门不出，蒙头大睡。李大旗安慰说："大人物做事讲究尺寸，违背原则的事情，放在你我身上都行不通。我们要理解人家的难处。董处长从苦大仇深的家庭，经过南征北战，冒着无数次枪林弹雨，成长为京里官。他舍小家，顾大家，高风亮节，我们可不能坏了人家的前程。这事到此为止，你也不要难过，过段时间我把遇到的困难再跟县委说一下。"

半个月过去，徐大个还没从进京的失望中解脱出来。社会上风凉话就出来了。"指望徐大个办成这事，太阳得从西边出。人家董战胜在云彩眼，你在地上站着，悬殊十万八千里，能抽出时间陪你喝场酒，便给足了面子。再说了，国家的大草堆，没有人管，谁要扯就扯一把，还不乱套了？"

徐大个觉得这段时间听到无数的风凉话，一出门，便感觉衣服被脱光般的耻辱，到了大街上不敢主动跟人打招呼，似乎一个集镇的人都在看他的笑话。

让他意想不到的事出现了。徐大个满打满算从董战胜那儿回来半个月，便传来了好消息。三辆满载柴油机、制砖机、推土机的大货车，开进了仓湖湾。仓湖湾人看到这些铁家伙无不好奇，这儿摸摸，那儿按按，觉得不亚于人造卫星般神秘。秃子吹胡子瞪眼，呵斥着一拨拨近前看热闹的人，生怕他们碰坏了。人们对徐大个刮目相看，徐大个双手交叉，放在身后走路的兴奋劲、自豪感，仓湖湾人都能体会出来。

经过一个冬春的筹备，建成了仓湖湾历史上第一个轮窑厂。18门轮窑气势磅礴，耸立云天的烟囱如巨人般俯瞰大地。施工单位负责人胳肢窝里夹着黑色皮包，以胜利者的姿态讨要工钱来了。砖瓦厂厂长曹大旺给予热情接待，像模像样准备一桌酒菜。吃过喝过，对方说把钱付了吧。曹大旺说："我们丑话说在前头，按照与贵单位签订的合同验收后付款。"对方说："我们的工程质量保证，烟囱的尺寸都是按照你们的图纸做的，如果不放心，趁俺在这儿，可以现场验收底端。"曹大旺说："烟囱的高度也得达标呢。"对方说："这个好办，你们派人上去量一下就行了。"这下可把曹大旺难住了。60米高的烟囱，站在下面看了都晕头，谁有这个胆子上去。

曹大旺与副厂长悄悄耳语了几句。副厂长连连点头，一句话没说就离开了。原来，曹大旺安排副厂长抓紧请示公社工业办公室，让他们派员支援。催要施工款的人被临时安排休息。

一个小时过去，工业办办公室主任急火火赶来，下了车二话不说，嘴里冒出三个字：找不见。曹大旺那个急呀，额头冒汗，连脊背也湿了。正在为难之时，麻杆子夹着衣服走到跟前，看到曹大旺焦急的样子，问曹大旺啥事，曹大旺便把验收烟囱的事情说了。麻杆子大笑一声："俺以为啥事呢，对俺来说，小菜一碟。"副厂长说："这是正经事，不要鬼吹。""你说俺鬼吹，俺跟你打赌，俺们俩一起往上爬，只怕你上不了10米，吓得尿湿了裤裆。"

二人抬杠，曹大旺听得一清二楚。他问麻杆子："中午没喝酒吧？""曹厂长这样问俺，也没瞧起俺，这个烟囱的高度，俺连保险绳也不扣，不论从内攀爬，还是从外围上，都不在话下。俺记得烟囱砌到20米左右，俺就偷偷上去看过一回。施工队长发现了俺，脸都吓黄了，骂俺没戴安全帽。俺站在脚手架上回敬道'戴你娘的脑壳子'。"曹大旺一听，心里有底了。

"麻杆子，验收的事依仗你了，你要在确保安全的前提下，配合完成这项任务，给你多加10成工分。"

麻杆子手里抓着皮尺，正要攀爬。曹大旺说："你等会儿。"说完，让副厂长立马安排人往烟囱四周堆软草，以防万一。麻杆子眼泪都笑出来了，他没有阻止厂长的好意。

麻杆子猴子一般，噌噌噌往上爬，一会儿蹿到烟囱顶端，索性开口唱了起来："东风吹，战鼓擂，现在世界上究竟谁怕谁？不是人民怕美帝，而是美帝怕人民。得道多助失道寡助，历史规律不可抗拒不可抗拒，美帝国主义必定灭亡，全世界人民一定胜利！"一曲歌罢，他对着下面喊道："拉皮尺喽，拉皮尺喽！"

施工方负责人被喊到了现场。麻杆子把皮尺拉好，让施工方负责人往远处站，看看手拉的皮尺有没有悬殊。施工方说："刚好的位置。"麻杆子说："我用红布扣个记号，俺把皮尺扔下去，你自己看看高度。俺现在量出的高度48.6米。"施工方负责人无话可说，认定了这个高度。麻杆子爬个烟囱为厂里节省了2000元。

没几天，窑厂点火仪式开始，公社组织200多人观看，现场隆重而热烈。李大旗专门把老县长请来助阵，老县长笑眯眯地把第一把火塞进炉膛，滚滚浓烟升腾起来。仓湖湾人梦寐以求的瓦房化近在眼前，人们的笑容比太阳还灿烂。多年后仓湖湾人都说老县长这把火，比奥运圣火含金量不差分毫。

第一批砖瓦出来，颜色黑里泛红，火候到位，只是上面有些不平整，李大旗生气地说："这种砖块盖房子难看，拉回去重烧。"烧窑师傅说："李书记，俺烧砖瓦几十年，这烧出来啥样就啥样，生就骨头长就肉，不是技术出了问题，为淤泥里的田螺壳烧炸使然，不中看却中用，结实着呢。"李大旗说："这批砖可以做地基，墙面用砖拣没有螺螺壳的砖坯烧。"

　　建设大会堂也在紧锣密鼓。李大旗伟人般站在砖头上，发表了气壮山河的奠基演讲："乡亲们，仓湖湾的幸福生活来到了。我们经历过苦难，马上家家户户都能住上新瓦房，公社盖大会堂，党委政府开会再也不用到树林里、大堤上召开了。我们有了砖瓦厂，今后还要办橡胶厂、织布厂、水泥制品厂。集体经济壮大了，我们就要给大家通电话、通点灯，实现烧锅不用草，点灯不用油，楼上楼下、电灯电话的美好生活。"

　　一个月后，大会堂建设准备上大梁。此前，木业社12个木匠在老木匠带领下，精心挑选木段投梁，完成开锯、打眼、底梁和立柱卯榫，泥瓦匠和木匠共同商议择吉日良辰上梁。老木匠说："俺们说了不算，这得问问李书记，人家是公社书记也是县委领导，双盒子枪呢，让他决定具体时辰。"李大旗回话说："你们自己定，选个逢集的日子吧，人多热闹。"老木匠说："仓湖湾逢农历三、五、八、十赶集，就定在初八上午吧。"

　　历时两个多月，仓湖湾公社大会堂迎来上大梁的黄道吉日。早晨的太阳红彤彤的，木业社所有木匠个个精神抖擞，兴奋地带上工具前往指定位置。临行前，木业社主任张家连正在准备做饭，木工问："老张头，午饭吃啥？"张家连一听，木工可能又要蹭饭，便装出兴高采烈的样子："公社今天兴许供你们吃酒，要是没得吃，就回到我这儿吃，稀饭玉米饼，丝瓜烩馓子，等会儿都来啊。"这边说完，张家连手中抄起一团和好的玉米面，拉成长条状，嘴里发出"忒忒忒"的声响，木工不用猜想，就知道老张头假装往面团上吐唾沫，即使没有蘸上一点唾沫星子，木工也觉得反胃子。就说："老张头自己的老痰不嫌脏，你自己吃吧。"其实，老张头早被木工揩油伤了脑筋，他的工资标准享受副县级待遇，伙食待遇比一般人确实好多了。起初，每当饭点到了，张家连都会央一声，工人也很自觉。央的次数多了，还就惹来了麻烦。有的木工不自觉，经常蹭饭，老张头被吃怕了，心想：俺这又不是社会主义大草垛，你来扯一把，他来拽一抱，纵使孟尝君养食客也得有点讲究啊。更可气的，有人吃了饭，连一句客气话也没有，还说怪话，不是油放少了，辣椒辣了，就是盐头大了，菜炒老了。老张头瞅着这班人，给狗吃还摇摇尾巴，给你吃有啥用？这天人多，老张头便想出这个恶心别人、开心自己的馊主意。

上梁仪式分为祭梁、上梁、接包、抛梁、待匠等几个程序。瓦匠和木匠联手将一些部门送来的糕点、小金果、核桃、米面等交给领班的大师傅。无疑，老木匠今天唱主角，他稳稳地站到中间那道大梁处。

10 点 18 分，吉时已到，鞭炮齐鸣。老木匠手执酒壶，站在墙头上说起了"喜话"："昨日太公从此过，他说今日最好上梁把门安，今日上梁增百福，安门立户纳千祥，这回盖的是正房，盖完东厢盖西厢，东厢西厢都盖妥，再盖前房和后房……"

这天刘秘书到仓湖湾检查工作，遇到老木匠在说"喜话"，简直哭笑不得，他高声喊道："老木匠你的脑子挨驴踢了吧？公社盖会堂，又不是私人家，又是东厢又是西厢的，从哪儿找来这什么乱七八糟的东西。"老木匠脸红红地说："集体和私家反正都一样，也得过日子，别过分计较。"刘秘书无话可说，只好作罢。祭梁结束，瓦匠木匠齐动手，把机关单位买来的糕点、小金果、红枣、花生、米、麦、万年青等，用几个托盘送到老木匠手中，老木匠笑着"接包"，好似自个儿接到了财宝。"抛梁"环节把竖大梁推向高潮。老木匠一边说着"喜话"，一边抄起糖果、花生、桂圆、核桃等，从梁上抛向四周，看热闹的人欢呼着争相抢拾。

大梁上齐，檩条摆齐，柴笆卡齐，木工活就算完成了，接下来就轮到瓦工显摆了。老工头朱黑子穿着短裤，周身晒得淌油，他手提瓦刀如履平地走中脊，吆喝着其他人摆弄檩条，有的人胆小，上去腿底瑟瑟发抖，仿佛走上了张家界的玻璃栈桥，直不起腿，撑不起腰。朱师傅开口就骂："你看看你们一个个成何体统，都是没出息的东西，盖个小会堂就吓黄了脸，要是在北京盖人民大会堂，你还敢喘气啊？"胆小的工人说："房子有点陡，这又刮了点风，待俺们平心了，静气了，胆肥了，就不用你催了。"朱师傅咧着嘴，嘿嘿笑了一声："嗨，真拿你们没办法。将来国家发达了，盖高楼大厦了，你们只有出眼看看的份了。搞不好叫你们去长城贴瓷砖，那时候你还不吓尿啊？一个一个熊样，你们都能像麻杆子那样，兴许俺还认你们做师傅哩。"

朱师傅平时就是大嗓门，今天站在高处叫骂，赶集的人还不知出了什么事，人们纷纷撂下生意，挤到现场看热闹。秃子似乎知道朱师傅的醉翁之意："老猪头，你就开心地骂吧，仓湖湾以后都知道你的手艺了得，家家户户请你盖屋，保证把你累得虾腰。不过啊，安全还得排到第一，万一碰着了，弄个腿瘸胳膊折，人家往你们门口一躺，睡吃睡喝，看你还谝不谝能。"朱师傅听到秃子说破气话，又把矛头指向秃子，倚老卖老地骂道："表侄子，你头秃，眼也瞎，你没看到他们腰间勒了啥玩意儿？"秃子看到梁上的工人都系了根保险绳，便回了一句："'煳炭灰'，人黑点子足。佩服佩服。"说完离开了现场。朱黑子听到秃子喊他小名，并不生气，又嘿嘿一笑，大喊一声："王七，上瓦。"只见王七两手一搂，往上一甩，六块红瓦服服帖帖飞到朱黑子手上。

第二十三章

砖瓦厂建起来，常常因煤炭短缺导致开工不足。工人三天两头放假，闲起来怨言就多，新任厂长姜成路跑到公社找李大旗诉苦，让书记尽快想办法，李大旗洗漱完毕，让姜成路坐下说。姜成路说？企业如果开足马力生产，到年底多的不敢说，起码交给公社5万元利润。现在窑厂不缺人，不缺土，砖坯满院子码放，再来十天八天烟囱就不冒烟了。"李大旗问怎么回事。姜成路道："愁死人了。窑厂说断顿就断顿，库存的煤炭所剩不多。"李大旗反问一句："为什么不早点采购？"姜成路叹口气道："那个采购员做事不地道，手指老往里挖，每次出差回来，总有一沓子旅差费要报，一次两次我睁眼闭眼就过去了，后来他老以为我没看出破绽，胆子大了，搓把澡、吃包烟都开发票。再报销时，我认真核实票据，把不该入账的全部剔开，当面指出这个不能报，那个不能报。这家伙急眼了，牢骚话一堆，我告诉他，他手头真的紧张，我可以接济一些给他，如果不干不净，也要考虑后果，仓湖湾的砖瓦厂不是我姓姜的，公社让我看管这个企业，我不能把它在我手上败了。"

李大旗点燃一根烟，耳朵听着姜成路的话，眼睛却落在姜成路的穿着上。姜成路脚上穿一双锃亮的皮鞋，灰色的裤子配一条牛皮裤带，笔挺的裤缝显然经过细心整烫的，而且布料质量不一般。李大旗顿觉不爽。心想，你这个小厂长思想也有点变质了，穿戴方面有点欺祖了。俺公社院内头二十号人，还找不出一个比你穿得阔气的，尤其几个年龄稍大、从部队出来的转业干部，个个土牛木马，农水助理穿的卡其布褂子，蓝颜色变成了白大布。财粮助理管钱的，穿的同样寒酸，肩上、膝盖上的补丁很是招眼。老武装部长的自行车十多年还是一个样，只剩下三道杠、两个轱辘，没盖瓦，没铃铛。

李大旗不好当面批评，又不能不说。他把话说得很委婉："仓湖湾还很穷，新办起来的几个企业现喂鸡不下蛋。前几天，我到其他企业转了一圈，他们都在过紧日子，能省则省，不该花的钱绝不乱花。我给你讲眼面前的几个例子。张家连从招待所调到木业社，这个人一贯节俭惯了，当初木业社收拾了一大间房子给他，他一天也没住，早就腾出来给木匠和铁匠们住了。他一个人住在大炉边，晚上把铺放下，早上把铺揭开收好。还有建筑站的朱黑子，到徐州采购水泥，一年去了5次，只报了点路费，差旅费一分也没报。查账组的同志感觉很奇怪，怀疑他是不是通过其他途径走了账，话传到朱黑子耳朵里，朱黑子气呼呼找我喊冤，要不是他把这事告诉我，我还不知道有这事呢。还有一个例子，发生在本县一个公社，这个人作为反面教材，比你厂里的采购员性质有过之无不及，他身为副厂长，到外地催收陈欠款，结果对方以布匹抵货款，这些布匹没有直接运到单位，而是被他私下转移倒卖，钱款全部装到个人腰包。开始他害怕东窗事发，哪知半年后，这家企业倒闭了，一排厂房已改作他用。这个副厂长心想企业都尸骨无存了，这点布匹谁还追究？谁知，对方企业的会计跟副厂长咬过耳朵，把布匹多给了副厂长，副厂长答应以后算钱给会计本人。会计找到副厂长，副厂长爱理不理，把人打发走了。这家企业的会计咽不下这口气，把情况写成材料直接交到副厂长所在的公社，最后副厂长退出了赃款，还被判了刑。唉，真是何苦啊。还好，我们仓湖湾的企业管理者都很优秀，毕竟党委做了认真考察和研究才委以重任的。在这个地盘上如果出现类似之事，我李大旗处理起来，刀子是快的，下手是狠的，吃进去的肉，必须连毛都吐出来。"

打骡子马惊。李大旗的画外音让姜成路如坐针毡，他明白李大旗在敲山震虎。姜成路很觉难为情，再这么说下去，他真的坐不住了。

姜成路站了起来，表情有点尴尬。他本想说一番告辞的话，哪知言不由衷，成了积极的思想表态："李书记，相比起来，砖瓦厂日子还是好过的，毕竟靠卖土过日子，取之不尽用之不竭。回去后，我要切实加强管理，压缩一切非生产性开支，不该花的钱，一分不花。该花的钱，要尽可能节省着花，花小钱，办大事，不花钱也办事。砖瓦厂不装孬，今年给财政贡献10万元，交不齐这个钱，俺把砖瓦厂的家产底子清清，摔锅卖铁，哪怕把家里三间小瓦房刨刨卖了也要完成上缴任务。"

李大旗拍了拍姜成路的肩膀："我不能让你家庭过日子受到难为，我要的是你对企业的管理态度和工作热情，企业的困难也是公社的困难，我们都得一个钱掰两瓣用。砖瓦厂说大不大，说小不小，我把企业交给你，希望你顶起来干。同时，要学会创造性工作，企业有利润了，也没让你吃上顿，没下顿的，除了应该上缴公社财政的，留成部分你们可以像人情往来一样，多往一些地方跑跑，到徐州煤矿拉拉关系，跑跑路子，只要不违法，不违背政策，可以正常交往。徐州离这儿也不过 200 来里路程，跑出头绪了，何愁砖瓦厂吃不饱？"

姜成路不作声了，他忽然想到找李大旗的目的。他小心翼翼地说："李书记，能不能让彭桂亮帮下忙，彭桂亮在煤矿负责调煤，权力大得很。"

姜成路说出这句话的目的，不外乎让李大旗抛头露面。他幽幽地说："不知道仓湖湾这么个小地方，人家忘没忘记，找他帮忙要是被拒绝了连退路都没了。"李大旗只顾吸烟，没有回答姜成路的话。

"李书记呀，俺觉得俺这砖瓦厂厂长官也不算个官，顶多能跟大队书记平起平坐就不错了，我厚厚脸找他，也许能给个面子。不过，倘若李书记出面，这倒不算个事呢。你能带着我去一趟，探探路子，下次我自己去。"姜成路担心李大旗拒绝，便抢先把话说在前面。

"宿迁在徐州前湾煤矿六号井，指标都集中供应给江苏玻璃厂和宿迁砖瓦厂等企业，越到冬季调度越紧张。"李大旗说。

正在这时，罗拓从外面走了进来，跟李大旗打了招呼，望姜成路笑笑。李大旗说："罗科长你来得正好，砖瓦厂目前遇到困难，面临停产，看看还有什么其他途径想法搞点煤来。"

"煤炭物资都是国家控制的，如果要搞，也得开开后门。"罗拓面露难色。

李大旗说："废话，容易的事谁都能办，不容易的事办成了靠的是本事。砖瓦厂确实够操心的，现在砖瓦供不应求，临近的好几个公社一把手都给我打过电话，要订一批砖瓦盖校舍、建会堂，我都嗯嗯呀呀打发了。有人甚至动用郭书记来撂话给我，可想而知我们的砖瓦厂多么吃香。"

"上次，徐州来了个采购员，带车过来，拉了满满一卡车煤炭，好不容易开到砖瓦厂，卸完车要算钱，我说'资金目前没有到位，先欠着吧，等这批砖瓦出手，我通知你们来取，或者直接到银行转账'对方显得很着急，我就猜想，买卖关系如果建立在平等互信的基础上，就不该那么急不可耐，做生意还想图下次呢，这有点不正常。我循着煤炭堆子仔细看了看，发现里面煤矸石比较多，便跟他们交涉，对方不好争辩，被我狠狠杀价，企业不但没有损失，还赚了。那个采购员脸色非常难看，估计这桩买卖他们赔钱了。"姜成路得意地笑着，不失时机自我谝了一下。

罗拓思索一会儿，没有表态，究竟能不能搞到煤炭，他心里没底，可李大旗发话，让自己去办这件事，也可能有试探他究竟有没有本事的成分。

李大旗认真地说："罗科长这些天把其他工作放一放，全力以赴负责调煤。这个工作不同于抓大农业，齐唱《四季歌》，收收种种完事。采购煤炭既要动脑子，也要耍嘴皮子。你准备一下，从财政上带点钱，过一两天就出差，尽快办成这件事。"

罗拓说："一人为私，二人为公，李书记还得给我一个人。"李大旗答应随他要，罗拓回答："把周老庄的秃子给我做副手，我和他一起去。"李大旗心想，这有何难，秃子嘴巴了得，懂得看风下棹，这一点李大旗很清楚，便爽快地答应了。

罗拓没有直接去徐州调煤，而是做起了"守株待兔"的买卖。他花钱就近安排劳力拖了十多根竹竿和麦草，在大运河边盖个简易房子，里面放了两张办公桌。对外说是老表在这儿开行做杂七杂八的生意，一切安排妥当，才把秃子喊到大运河边。不多天，在罗拓的运作下，这里又长出两家饭馆，早上主营豆脑、笼包，中午炒菜，烧杂鱼锅贴，倒也方便了过往船只在此打尖歇脚。

大运河里舟楫来往，除了少量客船，百分之九十以上都是货船。从徐州方向过来的船只大多经营煤炭生意，罗拓十分清楚。他小时候就在大运河边玩耍，看惯了河里的船只，来来往往的运煤船让他记忆深刻。客人上岸或吃饭或购物品，罗拓见到船员总是主动上前套近乎，相约喝茶、抽烟、聊天，并将暗地购买煤炭的想法，直言不讳告知对方。对方也愿意转手倒卖，从中谋取私利。罗拓守株待兔，便屡屡吃到"巧食"。

随着业务剧增，罗拓又安排人到集镇收购腊条，用于编筐抬煤炭，粗壮的腊条做大筋，耐磨耐用。他还专门到东大街木器厂买扁担，一次买几十条。扁担大多为外地来的麻栎子木头做成，结实耐用，再按斤论价，买了双股麻绳，两股合并搓成一根，捆绑在筐上，雇佣劲头大的年轻人去抬，煤炭堆子越来越高，又架跳板，重担子上肩，走在上面一纵一纵的。

煤船上的煤矸石，使船人不要，有时闲着便挑拣着往大运河里扔。不分拣出来则讨累不讨好，送到淮阴、盐城等发电厂人家验收不合格，不但去秤，还要扣钱。罗拓跟使船人交涉，付点钱给船员，拣了煤矸石留给他。船员求之不得，这样的买卖也不要自己出力，他们当然乐意。煤矸石堆得多了，罗拓又从徐州买来粉碎机，将煤矸石粉碎成小块，掺在黑乎乎的煤炭里出手，倒也瞒过了好多人的眼睛。后来，罗拓和使船人混得非常熟，见面相互称兄道弟的。有时罗拓有意请押船者吃饭，在他们觥筹交错的间隙，罗拓就送使船人一头猪或者几十只鸡鸭给他们，他们收了好处，一筐筐煤炭就给了罗拓。

罗拓看着码头上堆得跟小山似的煤炭，心里有极大的满足感。他喜欢看抬大筐的往上爬坡吃力的样子，他清楚，抬大筐人每行走一步，都要帮助他创造一笔财富，似乎也为以后的职务升迁积累台阶。

从徐州煤矿到仓湖湾，曲曲弯弯的水路少说也有300里，罗拓在大运河边布点，相当于设立了一个办事处，过往船只进了这一亩三分地，也乐得其所。罗拓脱离了集体生活，完全失去了管束，整天在码头边晃悠，倒也优哉游哉。

秃子做助手，做着做着，心里不踏实了。虽然这样的买卖对他个人没有风险，但是仍觉得有点昧了良心。尤其是罗拓对他颐指气使的做派，秃子渐渐反感。晚上，秃子要把洗脚水端到罗拓床头，两个人在一起，秃子还得给他捶背点烟，秃子暗骂：官不大，僚不小。俺伺候老爹老奶也没这样上心。

久而久之，秃子与罗拓终于翻脸了，事情的导火索出在一个笔记本上。秃子平时看起来大大咧咧，可有时心细如针。他有记笔记的习惯，从五年级延续到现在。笔记本上除了记载每天行动轨迹、心路历程，也记载天下大事，凡人琐事，还有歌曲歌词、方言俚语等。

秃子被罗拓要到身边，记笔记的爱好一如往常。白天事情再多，晚上上床非得写几句。他不单写自己，也把罗拓做事的行踪记在本子里，诸如今天跟哪个见面，明天安排哪些事情，记得一清二楚。秃子那天回家，忘了把笔记本收好，放在桌子上。罗拓看到笔记本，便好奇地打开看看，没想到黑妹晚上找自己借钱的事也记在上面。这不咸吃萝卜淡操心吗？还好没有把他和黑妹之间打情骂俏的语言写上去，但接下来很难不泄露"机密"，这层窗户纸早晚得给秃子捅破。罗拓吓得不轻，行事大有收敛。

秃子这几天心情颇为压抑，他是好动的人，罗拓让他蹲守大运河边，采购煤炭既没有谈判权，也没有财权，吃顿饭全由罗拓一人说了算。更可恨的是，罗拓花心不改，居然和炸油条的黑妹勾搭到了一块儿。

有一天，秃子起来晚了，吃完饭便急匆匆来到罗拓办公室，罗拓的脸能皱出两碗苦水。

"秃子，凭良心讲，我罗拓对你怎么样？"

"对不起罗科长，俺昨晚累了，睡过头了，来迟了，发生什么事啦？"

"你简直小人一个，你看看你都记了些什么东西？来人吃顿饭记了还行，千不该万不该记那些乱七八糟的事啊，我跟黑妹之间清清白白，说几句俏皮话还劳驾你牵挂着，你究竟想干什么？不愿意跟我干趁早滚蛋。要是有种，你就把笔记本交给黑妹看，看她不把你撕吃了就便宜你了。你这样做，名誉上坑了黑妹，其实在坑我，用心何其毒也！"

罗拓脸色刷黄，看起来非常气愤。秃子解释道："罗科长你消消气，俺也是为你罗科长好，起码知道每天都在干工作，领导放心，群众也说你能干。至于黑妹与你所说的话语，俺记下，并非想坑你，而是以后宣传队编写台词，可以借鉴借鉴，并无恶意。再说了，俺记这些东西，本就不给人看，日记属于个人隐私呢。你既然看到了，也能证明，俺对你没有半点瞒漏。"

罗拓心里有数，你个小秃子记的是变天账，不定哪天作为不良凭证那就完了。还没等罗拓说出来，秃子两手扯起笔记本，"酷嗤酷嗤"撕了个稀巴烂。

秃子的举动让罗拓有了些许释然，他叹了口气，对秃子说："下不为例，以后注意点，不该记的不要瞎记。落到纸上的东西，既能助人，也能害人。"

第三天，罗拓到李大旗跟前抽梯子："怪我看走眼了，秃子这人吃饭一个顶几个，做事却总挑肥拣瘦，一点苦也不能吃，我看不能养活这个闲人，让他还回周老庄吧。"李大旗笑道："开始人是你要的，这回孬他如一泡臭狗屎也是你说的。"罗拓说："有秃子就没我，有我就没秃子。"

罗拓通知秃子打道回府。秃子心想，俺在这儿碍你事了，吃一望二眼观三，迟早你会为这事栽跟头。眼不见为净，走就走，反正你的小辫根抓在我的手里，哪天瞅准机会，当众搅和搅和，够你喝一壶的。

秃子卷起铺盖回到周老庄。到了大碾盘跟前，在场上干活的二三十口人正在歇息，老教授故意绷着脸说："秃子这段时间发胖了，跟吃你大嫂奶似的。"人们哄堂大笑，秃子臊了个大红脸，手指着老教授，说老教授嘴里说不出好话。老教授一本正经地摊开两手说："大伙儿都这么说呢。"秃子断奶晚，冬天，秃子母亲早起推磨，让大儿媳妇带秃子睡一会儿，秃子一手摸到大嫂奶子就往嘴里送，滋哑滋哑吮吸着，大嫂扑哧一声笑出声，秃子臊得大哭，队里人一直当作笑话传讲。

隔几天，人们看到秃子一直在队里忙活，问他怎么不到罗科长那里了。秃子说，大队走不开，大旗书记让他继续回到宣传队，宣传队再没人领，新戏演不了，以前的老戏只怕连台词都忘了个精光。

第二十四章

　　秃子周身的艺术细胞再次被激活，平常走路都展示舞台动作。如鱼得水的环境，让秃子心情大好。早饭后，秃子扛个丈八长的耥耙，来到稻田耘稻。望着牛毛毡草坪般铺满田间，秃子恨不得把杂草一下子扒掉。他试着将木屐般的耥耙头放在稻趟里，来回运动，一团团杂草随之浮出水面。秃子心想，木业社的小木匠跟疤眼老铁匠脑子灵光，发明这玩意儿真好用，这耥耙的底端嵌入铁钉，一拉一拽，可比弯腰低头拔草省时省劲呢。秃子双手拱成喇叭状，向远处拔草的妇女们大喊一声。妇女们都从田埂上往秃子这儿走来，一看秃子用一根竹竿在稻趟里送出去，又拉回来，觉得稀奇，到了跟前，才发现秃子劳动功效杠杠的。妇女们七嘴八舌都夸秃子点子绝。秃子说："哪里是俺的点子，这个猪八戒的耙子是木业社的杰作，俺想到街上定做一批，劳动力一人一把。"妇女们说："埋头拔草太缠工又累人，一到地里就晕头，撅腚狼嚎比栽稻还难受，哪个脊背上不是晒得火辣辣的。"秃子说："俺明天撂掉一切事情，坐在木业社等货，顺便到张家连表叔那里蹭一顿酒。

细心的人发觉秃子这天换了行头，穿戴打扮跟平时截然不同，有人猜测要么出去演出，要么又要相亲了。秃子这身当家衣服一年也就穿十次八次的，每次穿过都洗得干干净净，叠在一个"气死猫"簸箕柳编成的篮子里，用一根绳子系在屋梁上。他上身蓝色府绸布褂子掖在酱色粘胶布裤子里，一根滚轴帆布裤带环被阳光照得反光，一阵风吹过，裤管不住抖动。这条裤子从前到后都有日本元素字样，是进口日本尿素化肥布袋改做的，两个袋子刚好做成一条，老百姓叫它"尼龙布"，穿起来拉风，走起来不裹腿的。有了这样的裤子，在那个年代那是身份的象征，起码生产队长才能享受。彭桂亮诌过这样的顺口溜：干部干部，八角钱买条裤，前日本，后尿素。今天听说著名电影演员黄茵茵要来采风，秃子乐得孩子似的一蹦三尺高，才刻意打扮一番。

黄茵茵任职县妇联副主任，刚到宿迁，听郭金贵介绍，老百姓都吃上大米了，纲要大队粮食产量达"双纲"，一纲就是500斤，双纲就是1000斤呐。黄茵茵哪里肯信，便要求到乡下看看，体验体验生活，毕竟耳听为虚，眼见为实嘛。黄茵茵走过了大新的砂礓滩，到过了盐碱地里的西老荒，眼前的无边稻田，一片金黄。秋风吹拂，稻浪翻滚，一派丰收景象。

黄茵茵到仓湖湾第一顿饭吃的是"五七"大米，口感软糯，揭开铁锅的瞬间，满屋飘香。她笑着说："吃到这样的大米，不用炒熟菜了。"彭桂亮说："你是贵客，俺让人从家后砂礓河里逮了些肉罗汉小鱼，运气好兴许还能捉到一些银鱼，这是骆马湖的特产，通体透明，碧玉一般，鱼汤泡干饭，吃了都转向，哈哈哈。"

黄茵茵住在砂礓河畔周德家，周德在机关工作，那个年代的硬壳本很了不起，在当地也算出人头地的人家，全队就他一家砖包门，前后窗均为正方形，且安装了玻璃，其他人家都是草房，后窗都是三角形的。周家只有一个女儿在家，拾掇比较利索，她专门为黄茵茵布置一间房，窗户上还糊了报纸，黄茵茵每天与百姓一道劳动，到砂礓河里捞水草，跟周老庄社员一道捋树叶造肥，冬天习惯戴"三块瓦"帽子，跟社员一道抬泥。在袁王荡挥镰收麦，在西老荒弓腰割稻，在社场上用木锨扬粮食能在半空里划出一道漂亮的弧线。有文化的人晚上也不闲着，在煤油灯下埋头看书读报，常常熬到半夜。一些年轻的姑娘喜欢黄茵茵，追星的劲头丝毫不比现在的年轻人差，她们都亲昵地喊黄茵茵为"妈妈"，黄茵茵总是甜甜地应一声。姑娘们有时候也拿连《康熙字典》里都很难收录的地方方言为难大作家，比如，让黄茵茵把摊晒粮食的农具——"探抹"、木匠砍木头垫在最下面的厚木块——"囊内"等字样写出来，黄茵茵既感觉佶屈聱牙，又显得束手无策。百姓自创的这些"土"字，虽难登大雅之堂，却也是他们口口相传，世代沿用的。

在宿迁的每一天，她都被社员冲天的干劲感动着，隔上十天半月就在报纸上发表文章，歌颂宿迁形势。《新华日报》《人民文学》发表《水韵宿迁》《抖抖眉毛立立志》等作品，在全县引起轰动，全县所有的大队书记没有不认识她的。宿迁召开四级干部大会，各公社轮流转，郭书记让黄茵茵给干部演讲，黄茵茵没有推辞，她说作为演员、作家必须把党的声音传递给基层，传递给人民。"我来宿迁锻炼，更要进农家，到工厂，与百姓拉家常。同时还要学技术，会种地，装龙像龙，装虎像虎。比如种棉花，得会抹岔；种甜瓜，得会打头；栽水稻，还得会烤田呢。冬天三麦追施腊肥，也讲究尺寸，我把它编成顺口溜，好记易学：小白棍，二尺三，套铁头，土里钻。打眼深三寸，行距五寸远。"

名家就是名家，言谈举止总是与众不同。在主席台面对观众笑的时候，一排雪白的牙齿放出亮灿灿的光芒。人家长相更不用说，一个大会堂找不出那样的肌肤和脸蛋，举手投足间都充满大家气质和风范。李大旗说："黄老师，最近大队在排练现代京剧《沙家浜》。"黄茵茵显得惊讶，这可是一出大戏呀，莫说一个大队，就是一个公社也不一定能演得好。李大旗说只演《智斗》一段，演员全是土包子，他们很有激情和信心。《沙家浜》里排长原型就是俺这里的叶耀卿。1941年9月，时任连长的叶耀卿在上海郊区和日军作战腹部受伤，只贴一张橡皮膏药便随军转移。江南抗日义勇军西撤后，他和36名伤员转入阳澄湖畔养伤，与敌人周旋在芦苇荡里。他还参与组建江南抗日义勇军东路司令部，由初始30多人发展到3个纵队，后改编为新四军第6师第18旅。在孟良崮战役中率3个连，攻克540高地，2个连立特等功，叶耀卿立大功1次。

黄茵茵饶有兴趣地听着李大旗介绍，《芦荡火种》的故事萦绕着脑际，原来在沙家浜陈列馆，黄茵茵真的看到过叶耀卿的照片和事迹介绍。此后的好多天，黄茵茵都亲临现场指导，对演员的造型、唱腔、动作等，反复教授练习，在全县文艺会演中，获得巨大成功。

这几天，秃子两眼走神，夜夜失眠。没事总是偷偷到河边将手臂撸起来，揉搓一遍又一遍，怎么洗也洗不出演员藕节般细嫩的感觉，模仿人家的动作，却没有神韵，显得小家子气。秃子很是失望，恨不得找把斧头将膀子剁了。此后，秃子总爱拿女人的臂膀做一番比较，尤其是开大会的日子。受到极度旺盛的雄性荷尔蒙刺激，秃子两眼直勾勾盯着走进演出会场的每一个女人。当吴晓梅顺着走道，昂首向秃子走来时，秃子扭着身躯，屁股下长条凳子也兴奋得"吱吱"作响，他下意识地做了深呼吸，一股淡淡的雪花膏香味沁入脑门。秃子眯缝着双眼，随口冒出一句：吴庄靠河口，妇女个个水灵，只是吴主任屁股稍大了些。

这话的前半句的确让人听了舒服。吴庄靠近三岔河，水土好，漂亮媳妇多这是公认的，她们不光身段好，而且肤白牙白。这常常让一些驻队干部跃跃欲试，分到这样的队，该是多么荣耀的事，谁都不愿去名声不利索的地方。漂亮媳妇多的队都打破头皮想去，不是说那里工作好做，而是看脸的诱惑实在太大了。

吴庄大队书记出于"地方保护主义"，一张利嘴毫不客气地将秃子揭短一番。

"屁股大总比你稀毛秃顶好看得多。秃子名声多难听哩，外人提到你那个村子，一个生产队的男女老少都跟你背黑锅，人家总嫌你那儿都脏兮兮的。本地人谁不知道你，外县都挂上号了呢。"

秃子没想到那个陈芝麻烂谷子的馊事，再次被翻出来说道。多年前，秃子有个远房亲戚正在地里犁田，不知哪里的一头小牛犊跑到老牛跟前撒欢，老牛看起来非常疼爱牛犊，不时伸出舌头在牛犊头上舔舔，身上嗅嗅，很是亲昵，牛犊被带到生产队饲养了半年也没人找。秃子向亲戚打听牛犊长啥样子，亲戚说周身黄色。秃子一听，马上接过话茬问道："肚皮下有黑白相间的花纹没？跟奶牛似的纹，头上正中间有个旋没？"亲戚回答正是这样子。秃子欣喜若狂，那年生产队失火走散的小牛犊有眉目了。他连忙借来自行车去找，亲戚说路上有人查脚踏车牌照。秃子借的车子没办照，又怕被查扣罚款。他灵机一动，在臂上扎了块白布，便以六亲不认的速度上路了。秃子遇到交警，只顾点头，连车子也没停下。交警显得异常人性化，并不出手阻拦，相反还主动让道。他们明白，臂膀扎孝布的，一般都是死者家属请来给亲戚朋友报丧的。等到秃子为小牛犊验明身份，亲戚家所在的生产队却不愿意交还，一心想少出点钱买下，秃子据理力争，对方只好放行。可是长大了的牛犊认生，不跟秃子走。没办法，秃子找来老猫爷的接班人秃二疤，秃二疤前边牵，秃子后边赶。可把泗阳小妇女的花裤带笑断了：仓湖湾难不成盛产秃子啊，昨天来一个秃子，今天又来了一个。

此番秃子遭到抢白，若在平时，早就跳将起来对吵，今天却一反常态，没有辩解，也许是自觉理亏罢了。吴书记只好收口，觉得这样侮辱秃子太难堪，便转而向周遭人夸赞秃子心眼足、会写诗、能演戏。

这倒是不争的事实。秃子喜欢编顺口溜，很讲究押韵，说出来朗朗上口。三年前，钱庄大队玉米丰收超历史，大队书记到公社大会上表决心，安排会计写发言稿，会计打算盘噼里啪啦一溜似水，写文章总不得窍门，肚里没有货，感觉比女人生孩子还难。憋了半天写了两张纸，读出来如白开水一般，气势压不到人。秃子写的稿子每每开头就来两句"东风浩荡红旗飘，社员干劲比天高"。书记读起来铿锵有力，似乎自己也成了一肚子墨水的文人，台上台下自然回报一片掌声。这回孙庄大队山芋长势好，公社要开会表扬，要求准备发言稿，找遍孙庄找不出秃子一样的能人，只好求助秃子。秃子有意拿捏一把，抓耳挠腮不来灵感，对方毕恭毕敬送上两包香烟，极大地刺激了秃子的灵感：学大寨，赶昔阳，孙庄山芋长得长，西头连着古彭城，东头顶住老淮安。领导听到这样的语句，不禁拍案叫绝，称之为磅礴之势，神来之笔。从此，秃子的名声被传得李杜一般。周老庄大队成立宣传队更加激发了秃子的无限潜能，他的才华发挥到了极致。所有的家长教育孩子都拿秃子做楷模，渴望将来成为写诗填词的才子。大人对秃子尊敬有加，孩子却拿秃子不当二百钱。宣传队每晚轮流演出，秃子都在场边提词，秃子说，这就叫场记，演员记不住词，冷场子很尴尬的，提示一句便可以照常演下去。汽灯的白光照耀着化了妆的演员，个个红光满面，神采奕奕。台上正在演出《沙家浜·智斗》，台下麻杆子怂恿孩子恶作剧，谎称秃子的帽壳里藏着香獐卵子，孩童不懂香獐为何物，麻杆子说："这个玩意儿狡猾得很，猎人很难逮住它，万一被追上了，它就腿一跷，回头一口将腿裆的卵子连皮带肉吞到肚子里。"孩子稀奇得要命，挤到秃子身后，冷不防用树枝挑开秃子的帽子，暴露在灯光下的秃顶与灯光一道闪耀。台下观众前仰后合，台上演员无不笑场。秃子顾不得文明，气急败坏地骂道："你娘的老腿，笑什么笑。"接着伸舌眨眼，扮个鬼脸，埋头继续提词。

看二闲不嫌局大。吴书记开涮秃子刚刚熄火，人们明白刚才上演的只是一场玩笑。哪想到，这场无厘头大火又烧到了周老庄和赵庄。周老庄说赵庄大队吵架的多。老百姓大吵三六九，小吵天天有。两家争地边的，骂得狗血喷头，连一堆土坷垃也吵得天翻地覆。说着说着，便提到了王肉疙瘩上厕所的一件糗事。

王肉疙瘩每次上茅厕，习惯从隔壁马大哈的小园地捡几个土坷垃，堆在茅厕里擦屁股用。马大哈也不是呆子傻子，早就看在眼里，一直忍着，终于有一次忍无可忍了。王肉疙瘩居然背着粪箕跑到地当央拾坷垃。这明摆着拿砂礓往人眼里揉，换谁都不乐意。马大哈一气之下，夺下粪箕，将他扭送到队长家评理，队长觉得好笑。马大哈说："他这样年年拿，月月拿，天天拿，蚂蚁搬泰山，俺家门前迟早成养鱼塘了。"王肉疙瘩说："你吃公家皇粮，上茅厕不用桑树叶、蓖麻叶，更不用砖头瓦碴泥坷溜子，拉屎揩腚，一次一张报纸，刺啦一下撕开，就擦一个屁股，浪不浪费？俺家娃拉屎揩腚，寒夏天两腿一拐，顺地一拖，屁眼渍了一下土，有三毛那年，孩子屁股嫩，都是唤狗舔的。"马大哈听到王肉疙瘩的话，恶心要吐。王肉疙瘩丝毫没有停下来的样子："你马大哈茅厕里的报纸塞得到处都是，不瞒你说，俺家娃娃读书包的书壳都从你家厕所里捡的，你们的屁股眼咋就那么金贵？"

"你说俺赵庄一身毛，难道你周老庄不是妖怪？你周老庄吹牛皮都吹得脱茬了，那个大山芋也够说道一辈子了。"

有道是打人不打脸，骂人不揭短。可赵庄书记嘴巴扯起周老庄的痒痒疙瘩丝毫不留情面。

以前的冬春，百姓大部分时间泡在水利工地扒河打堤。一旦闲下来，人们便蹲在草垛旁，海阔天空，云天雾罩。这家说，后湖的山芋长得过大冬瓜。那家说，他家的肥猪年底三五百斤挂不住砣。牛皮吹出去了，结果到了春季总会穿帮。庄上总有一些人，身背一个灰不溜秋的布口袋，里面放上一只黑窑碗，手里攥着柳树枝，跑到熟人见不到的地方乞讨，度过日子难挨的春天。外地人问他哪儿的人，他们不说是仓湖湾的，要么睢宁，要么泗县。周老庄的西老荒，从南望到北，几千亩土地白白耗费了岁月，没有半点无私奉献精神，撒下去的麦种，种一葫芦长一瓢，麦子瘪皮瞎眼，瘦得可怜，兔子跑进去都得弯腰，不然暴露在猎人的眼里性命难保。一个壮劳力早上进荡收麦子，只够自个儿混饱肚子。家中没有粮食，要腆着老脸到别的队借，人家打脸的话头果然难听，丝毫不比巴掌扇脸逊色：那长得像大冬瓜似的山芋，怎么这样不经吃啊？

　　"你们吵什么吵，有本事学学李庄、孙宅。"钱庄大队书记钱振亚嘟哝道。"有什么好学的？难道都去当剃头匠，都去爬墙头？"郑庄大队有人嚷了一句。

　　李庄大队会手艺的确实不少，大多是剃头匠，一抓一大把。全公社就数李庄风清气正，没有绯闻。李庄人口少，总共 12 户人家。有一年扒大河，李庄拖后腿，大队组织一帮妇女前去帮工。李庄队长嘴尖，想说几句荤话快快嘴巴。妇女们嘴巴一撇，"你还当啥熊队长，咱们几人攒攒劲，一年可以生个小李庄。"队长的脸霎时臊得跟猴子腚似的。农村村庄一般以姓氏命名，孙宅之所以不叫孙庄，据传是因为孙宅从孙大庄迁来一户人家，这户人家因做贼被宗族逐出，在遍天野地盖了屋，一户人家称不上叫庄，所以就叫孙宅。孙宅瘸子比较多，有人抱怨彭桂亮书记偏心，把孙庄的男人都安排进了煤矿。可是煤矿也是一把双刃剑，在煤矿干活能苦到钱不假，但如果砸伤了，弄个瘸子瘫子的也稀松平常。

　　这边议论正酣，会场里突然有人传出，罗拓出事了，被警车带走，现在还没有回，这下进了局子恐怕出不来喽。秃子一愣，忙问怎么回事。细细打听，原来罗拓前天晚上跟黑妹闹翻了。黑妹问罗拓借钱，罗拓没同意，两人吵了起来。黑妹脸被打破了，这还得了？黑妹本就得理不饶人，一怒之下，找人写了状纸，历数罗拓贪污腐化种种劣迹，一时小字报遍布城乡。

　　罗拓被黑妹腌臜，可谓臭名远扬。此事影响恶劣，罗拓终被撵回家中，三天一过，罗拓一下子瘦得脱了形，脸色刷黄，眼眶凹陷，走路虾腰，两腿间能拱得进一条狗。老家人说：好好的饭碗不端，回家吃"二两五"，连土地都分不到呢，李庄好不容易结了个大冬瓜还烂掉了。

第二十五章

在外人看来，罗拓出事，似乎冥冥中帮大乌嘴出了口恶气。可大乌嘴却为他唉声叹气。这种人犯错，一直不知收手，的确可悲可叹！丈夫黄航说："这家伙咎由自取，活该！被他坑害的人还少吗？俺们受他的虐待，这辈子都忘不了。"大乌嘴被丈夫一说，不免伤心起来，如烟往事随之浮现眼前。

早先，大乌嘴对驻队柳江没有半句怨言，此间罗拓专门到柳江大队找大乌嘴谈话，让大乌嘴常住柳江，不用到公社画圈点卯。大乌嘴很是纳闷，她不解地问："我总不能背锅驻队吧？"罗拓招招手，柳江大队书记马立云连忙靠了过来。"去，抓紧给主任收拾两间房子，从现在起，主任就是你们这里的一员，白天下田跟社员一道劳动，晚上住生产队社屋，这也是培养干部与群众打成一片的有效方法。"大乌嘴这才意识到，自己被贬了。

大乌嘴压根没想到，罗拓是个记仇的人。这在他刚参加工作第三年就表现出来了。一天，工勤员小刘陪罗拓一起下乡检查工作。两人来到两县交界处新华大队，大队西部附近有条大路，路西的王家庄属赵圩公社管辖，路东属于仓湖湾管辖。罗拓站在路上主动向一个人打声招呼，这个人没有理睬，却把手伸向了工勤员。也算这王家庄大队干部有眼不识泰山、误把个头不高、其貌不扬的罗拓当成普通群众，而身材高大，长相帅气的工勤员怎么看怎么像县里来的干部。被晾在了一边的罗拓顿觉无趣，工勤员见状，忙将罗拓引荐："这位是公社罗科长。"大队干部尴尬万分，脸不由得红了起来。这一幕被罗拓牢牢记在心里，后来罗拓调到赵圩公社，再次来到这条路上，这回专门查农户小喇叭通响情况的。王家庄广播领到户下后，正安排木工加班加点制作小喇叭木盒，还没来得及安装入户，这下可被罗拓抓住辫子了。凡事最怕上纲上线，大队长除了公开检讨，职务也"哐当"掉到生产队小队长位子。

如今遇到罗拓这样心胸狭窄的人，大乌嘴有点后悔当初跟李大旗说的话。事到如今，后悔也没用了。她对丈夫黄航说："罗拓这个人不要招惹他，我们凡事都要小心提防为妙，不要给他抓住把柄，落人口实。"

大乌嘴的判断果真变成现实。大乌嘴的祖父94岁无疾而终，老人去世在堂屋里间小床上，乡下人迷信，老人在套间过世，需要把一只母鸡从屋梁扔过去，指引死者走出房门。这也不知经历了多少朝代，成为乡下人约定俗成的习俗。大乌嘴认为，这不是什么大不了的事，便按照规矩办理。谁知第二天早上，公社就来人调查"母鸡过梁事件"。大乌嘴和丈夫被隔离谈话，从中午一直谈到晚上。大乌嘴开始还辩驳几句，后来调查力量加强，规格提高，罗拓亲自上阵，他让社员们停下手中活，一个一个在牛舍里过堂。老教授不愿到场，拿着一把木锨悠闲地在场面上搓着牛粪蛋，被罗拓劈头盖脸骂了一顿。老教授不服，责问罗拓："你身为公社干部，本应与群众打成一片，心心相连，你却开口伤人，谁个给你的骂人权力？你来调查情况，不能把情绪带到工作中来。"罗拓瞪眼道："你不要敬酒不吃吃罚酒，我来调查问题的，没空跟你一般见识，你再从中捣乱，小心明天带你到大会堂消毒。真正犯到我的脾气，我让你上东，你不敢上西，我让你撵狗，你不敢撵鸡。"

老教授一听罗拓撂出这样的狠话，心里不由得慌了，俺平民百姓吵不过你，打不过你，让你这个家伙捏到毛，肯定死定了。万一干出离谱的事，吃亏的还是自己。想到这儿，老教授不再说话，就手扯了把稻草，找个地方坐了下来等待座谈。这时，隔壁传来抚琴声。罗拓忙问谁在那边拉琴，队长说请王瞎子来唱书的。这会儿在屋里拨弄琴弦，大概在调试。罗拓不说话了，琴弦声也没了。过了一会儿，琴弦声又起，半天发出一点"吱咕吱"响声，罗拓不耐烦，认为王瞎子故意捣蛋，他当即冲到隔壁，大声吼道："王瞎子趁早滚蛋，有多远滚多远。别搅和我们办案，小心把你带走。"瞎子眼睛失明，耳朵却出奇的灵，听到要把他带走，吓得赶紧作揖："对不起，对不起，大人莫记小人过，俺这就走，这就走。"陪同瞎子来唱书的老头连忙伸出手中竹竿，瞎子抓住竹竿被领出了门外。

罗拓对每一个接受座谈的人说："社会主义大好形势不容污蔑，这是彻头彻尾的封建迷信作祟，我们大家必须深刻反省，任何人都不得为李秀兰家从中说情，每个人谈话都要签字按手印。"罗拓当着大伙儿的面喊了大鸟嘴的大名，似乎很尊重大鸟嘴。实际上，他在大鸟嘴面前一直喊"李主任"。

轮到大鸟嘴的老公黄航座谈，黄航进门就给罗拓检讨："罗科长，实在对不起，俺给你添麻烦了，为了俺家的事，耽误了你宝贵的时间，等事情处理结束，俺请你吃饭。"

罗拓绷着脸说："你少来这一套，今天来，公事公办，我对事不对人，你也不要对我个人有意见，怕就怕这事产生坏的影响，万一上面知道了，谁也扛不过去。"

黄航从身上掏出一根烟，递到罗拓的手上，又连忙擦根火柴帮罗拓点上。"这事要怪就怪俺思想落后，罗科长还请你手下留情，俺一时犯了糊涂，做错了事，都是俺的不对，俺愿意在社员会上作深刻检讨。"

罗拓严肃地说："我也不想把事情扩大化，只要认识错误，改正错误，就有一个重新做人、悔过自新的机会，你们两口子先检讨，等会儿社员再帮，我们对事不对人。只要你的检查从灵魂深处认识到位了，我回去也好说话，毕竟你们两口子都是机关干部嘛。"

黄航心里骂道：你个龟孙，你的灵魂深处多么肮脏，一天到晚拿着马列主义的手电筒照人，却从不照照自己，除了喜欢男女关系和整人，还能干什么？你要是真正把良心放平，俺就服你。

检讨会开了2个小时才结束，黄航再次给罗拓说好话，香烟一根接一根递到罗拓的嘴上。事后，黄航说自己长了这么大，从没这样低三下四，大乌嘴说："虎落平阳遭犬欺，栽到人家的网里，没办法的。"

鉴于大乌嘴有个儿子在部队服役，且很有可能转业到县里任职，罗拓也没有再难为他们夫妻俩。在领导班子会议上，也作出内紧外松处理。黄航作过深刻检查，以为事情结束了，哪知一个通知，黄航驻到一个更加边远的生产队。黄航认为，公社主要领导已经给了足够的面子，到边远地方驻队吃点辛苦不算回事。殊不知，罗拓居然从中作梗，最终让黄航到了一家制糖厂做了副职。

大乌嘴认命了，她是容易满足的人。她对庄稼活并不陌生。她每天天不亮就起床，和社员一起抬泥、薅草、锄地、收麦，样样不落。柳江社员不明白：你真行，哪有像你这样驻队的，你怎么舍得把孩子留在家？大乌嘴说："俺也是老百姓，跟你们都一样的。"老百姓说："才不是呢，看你貌相宽头大脸，大富大贵，天生不像吃苦受罪的人，哪像俺们尖头把细，没出息的样子。"大乌嘴笑道："俺的爹妈给了俺一张大饼脸，山芋肚子，一到秋天就添膘，哪有什么大富大贵？这不跟大伙儿一样四季干活，风吹日晒。"社员想想也是，这么些天，大乌嘴天天在大太阳地下跟社员一起劳动，只是不明白的是，大乌嘴的皮肤怎么就晒不黑呢？

天无绝人之路，第二年开春，柳江要造船闸，卓庄公社的民工第一个开进工地，他们住在柳江。带队的干部顺着柳江走了一遭，发现地里干活的妇女怎么看怎么像自己的老师，便走上前来，喊道："李老师好，好多年不见了，您怎么在这？"大乌嘴站起来没有回答，而是问了句，"你是？"来人说："俺是刘山川，小名大川子，俺的名字还是您帮起的呢。您说俺占山守水好着呢。"

"哎哟，大川子，你来这儿干什么？"

"扒河呢，柳江大闸开工了。公社让俺来带队的，俺是水利工程员，哪年都带人上河工。"大川子说完，反问道，"李老师您怎么在这儿劳动？您调到柳江了？"

"嗨，我现在就是柳江的社员，在哪里都是干，你说是不？既然你带工，民工不妨就住到这儿庄子上，没事了也能跟你拉拉家常。"

大川子安排民工就地搭棚子埋锅造饭。大乌嘴跟社员说："大伙儿跟民工一定好好处，他们在外不容易，住到哪家都不要推辞，尽可能让民工住得舒适些，出笨头力苦着呢。"社员们说："他们来这儿造船闸，都是为大伙儿好，要受益俺们先受益。俺们吃饼，不会让他们喝稀饭，俺们吃肉，不会让他们去啃骨头。"说得民工们心头热乎乎的。

人心换人心，四两拨千斤。民工个个干活如猛虎，身上有使不完的劲。他们看到柳江妇女干农活累得直不起腰，心生怜悯。河工本来就很辛苦，活儿非常累，大川子一声招呼，每天早早起身帮助柳江人送肥料、拔秧苗，给柳江200多亩麦茬地，铺上一层厚厚的家杂肥。

罗拓到了柳江，看到民工帮助社员干活，非常生气。他大骂生产队长眼瞎了："柳江船闸工期拖延，非治你咳嗽不可。"他气哼哼指使大队长逼迫柳江生产队长拆掉民工工棚，让民工住到别的队。生产队长脾气倔，跟罗拓大吵一顿："要拆你带人拆，俺宁愿不干队长也不去做这事。民工来搞建设出苦力的，你把他们的窝拆了，信不信民工能就地把你头拔屎肚带出来，划划埋了。"罗拓恼羞成怒：柳江难道是独立王国吗？不服我的领导，现在就撤你的职。

罗拓就地撤了队长，民工知道这事后提出到公社摆理，被队长好言拦住。罗拓的下马威没有吓到柳江人，柳江人暗地拥戴大乌嘴为队长。每天农活自觉主动干起来，干到年底，粮食归仓草归垛，产量居全大队榜首。社员们说："大乌嘴功劳最大。"大乌嘴说："我哪有什么功劳，多亏民工驻队'贡献'了几万斤大粪，才长出好庄稼哩。来年开春，生产队要多多养兔子。"社员说：

"能把地种好填饱肚皮就很不错了，养兔子可是技术活，养得少还行，养多了如果大面积生病倒了'窖子'，卖不成兔毛，只怕连老本都搁了。"

大乌嘴说："我懂技术，只要把种兔买来，我就能把它们养得肥肥的、壮壮的。500只兔子，一年繁育2000只没问题。"社员们起初怀疑，得知大乌嘴还是畜牧兽医学校的高才生，眼里无不流露出钦佩的目光。

大乌嘴在学校学习畜禽养殖和防疫专业，毕业后分到扬州，几年后撵到下放，回到大队做会计，后来做过教师，闲暇时喜欢写文章，一年在《江淮报》发稿10多篇，还有一篇评论发了头条，引起总编高度重视，专门派副总编找上门，言辞恳切地邀请她到报社做编辑。在别人看来这可是一桩天掉馅饼的好事，却被大乌嘴以家有老老小小走不开而婉拒，报社的人替她摇头，大队干群也为她摇头，大乌嘴则不以为然。公社书记知道她是块人才，往县里举荐，便当了多年公社妇联主任。柳江社员认为，大乌嘴的每句话都很受用，都是为群众利益着想。社员们齐心协力，忙着在场面上建养兔场。兔子入笼，大乌嘴便把床铺搬到了兔场。

学校放了暑假，兔场成了孩子们的"花果山"，他们一窝蜂到兔场玩，风雨无阻。兔场南面隔着一道河，河北属于仓湖湾的，河南属于柳江的。柳江的孩子每天"陈兵"兔场，无不觊觎对岸的瓜田，总想联合河北的小伙伴一起"扫荡"。

大排长为了这块瓜田，整天累得气喘，他看管的瓜园，不但要防河北的孩子，河南的孩子也一直惦记着他的瓜田，哪天自己卖卖呆，不速之客随时会到来，大排长有了空前的压力。河北的孩子围着场面转悠，那是醉翁之意不在酒，表面上看，他们在藏猫儿、打水仗，实际上他们都是瓜园的"搬运工"。

河南的孩子终于大兵压境，他们屡屡越过了"三八线"，大排长高度防备，他有意吓唬孩子，说过去某天某日有人偷瓜，被他抓住，直接送到老师家，老师又把孩子送到家长那里，家长把孩子用绳索吊起来，柳树条抽屁股，哗啦淌血。这一说，孩子果真有点害怕，一个个变得文文静静的。大排长心想这一招有了效果，便挖空心思再捉弄一下孩子，问孩子们都想吃瓜吗？大胆的孩子说想吃。大排长说："要想吃瓜，每个人必须打 200 个螃蟹溜子。"有的孩子从未打过螃蟹溜子，便不作声。会打的孩子丝毫不觉得难为情，打就打吧。只见他们顺着场面，双掌着地，两脚朝天，一个连着一个，交替旋转。一圈下来，都在呼哧呼哧喘粗气，比攀登珠穆朗玛峰还缺氧，他们静等大排长赏瓜，这时的大排长无言无语，蹲在地上只顾抽老烟袋，迷糊着居然打起了呼噜。20 分钟过去，大排长醒来，却没有出去摘瓜的迹象，旁边人看二闲不嫌事大，可劲地说泄气话："小家伙都别等了，大排长不会给你们瓜吃的。"孩子们一急，气呼呼跑到兔场去了。大排长做梦也想不到，他将为自己的食言，付出多么大的"代价"。当晚，河南、河北孩子联手，每人带个篮子，匍匐着向前沿阵地推进，纵使大排长像《奇袭》电影里的美国鬼子，手握电筒在瓜地里晃来晃去，也很难察觉。毫无疑问，孩子们满载而归。

第二天，大排长看到瓜地插上标记的种瓜不翼而飞，心疼得大骂一通，哪知，越骂损失越大。孩子们学会集中行动，先留下两三个人打掩护，转移大排长的视线，其余大部队全部赤精腚，扎猛子从水底捞出淤泥，再从头到脚涂抹，只露出两只眼睛，然后"闪客"般扑向瓜地，偷到手便往柳江跑。大排长气得发疯，追又不敢追，万一后院起火更麻烦。大排长真以为都是柳江孩子干的好事，后来打听到河南河北的孩子共同"演戏"，便一家家上门告状，让家长严加管束，对河南的孩子只好央求大乌嘴协助他管教孩子，大乌嘴果真勇挑重担，当着大排长的面把孩子教育一番，孩子不在场也把言而无信的大排长训斥一番。从此，大排长的瓜地好长一段时间风平浪静。

兔子的繁殖能力大得惊人，人说猫三狗四猪五羊六，这兔子更勤溜，比起鸽子也丝毫不逊色。三个月过了，已无空圈，等到兔子即将上市，罗拓才知道这儿有个兔场，大乌嘴为兔场负责人。罗拓想从兔场吹塘灰找裂疤缝，绷住脸在兔场转了一圈，也没能找出让他生气的理由，临走撂下一句话：养兔子有什么用。社员说："薅毛卖钱，兔肉肥嘴，兔粪劲头大得过不吃人饭的骡子。"罗拓被一句话噎住了。他走后，大乌嘴对社员说："大伙儿下点决心，一定要干起来，抖抖眉毛立立志，干给他看。"到年底，柳江大队建起了500多间兔舍，产兔2000多只，带动群众家也养起来，还支持外地建兔场，地委书记握住大乌嘴的手说："柳江妇女真能干哦！"

如今，恶人有恶报。罗拓回家吃"二两五"，大乌嘴似乎出了口恶气，也为罗拓感到可怜，当初要是早早收手，也不至于落到这般田地。

第二十六章

"毛主席教导记在心，记在心，全国学习解放军，全国学习解放军……"周老庄大队部广播里突然传来一阵歌声。接着听到秃子异常激动的声音。"广大社员同志们，报告大家一个好消息，解放军战士到周老庄演出来了！请大家听到广播后，抓紧前来观看，请相互转告。"

解放军来周老庄这可是破天荒头一次啊！上一次周老庄路过一批新四军队伍，掐指算来都40多个年头了，那会儿只知道陈毅司令员带兵来打国民党，枪炮声响了几天几夜，在峰山消灭了国民党整编师，第69师师长戴之奇自杀，直到宿迁解放，老百姓才懂得这场战役叫宿北战役。

知青路上，停放着一队车马，长龙一般，足足200米远。马车上拖着大炮、机枪辎重。周老庄男女老少跑到跟前看稀奇，这儿摸摸，那儿瞧瞧。解放军行军拉练到达周老庄，他们在莺歌桥边停下来，留下数十个军人看管。其他军人走进周老庄大队院子里为乡亲们演出来了。

　　听说拉练的部队为参加宿北大战的老部队，周老庄人更加热情，不一会儿，人员挤满了场地，秃子手中拿着一根小棍，让观众往后让。等到留足了演出场地，那根小棍就地一划，一个半圆圈成了不可逾越的"红线"，只有少数捣蛋的孩子根本不把秃子放在眼里，秃子喊道："谁家的孩子照看好，马上要演出了，不准在里面跑来跑去的。"妇女们这个要打，那个要捶，孩子立马燕子归巢，安静下来。秃子不失时机站在场上，带头喊口号，欢呼着"向解放军学习，向解放军致敬"。周老庄老百姓附和着喊出，从心底表达对解放军同志的热忱。

　　一个女报幕员微笑着走到前台，接下来演出的《古田会议》《打虎上山》等节目，让周老庄的文艺骨干一下子看到自己的差距。秃子竖起大拇指赞道："人家科班就是科班，吹拉弹唱、举手投足都到位，俺这些土包子唱功练功都欠火候，简直没法比。"

　　军人们威武、潇洒的气质，让周老庄姑娘们羡慕不已，从心中憧憬着以后找对象有个完美的"具象"，不知多少小伙子暗下决心，能穿上绿军装才不枉此生。演出结束，老教授家保家和卫国兄弟俩气喘吁吁跑回家，缠住老教授要去当兵。老教授不耐烦了，挥挥手说："你们都去，你们都去。赶明儿俺去打听打听再说，怕就怕有人捣蛋不让走。"

　　俗话说愁养不愁长，老教授的6个儿子一晃眼长大了、长高了，兄弟几个体重却不争气，老大保家吃饱肚子才105斤，老二卫国喝了一瓢水才99斤。前几天征兵命令下达后，万以高将政审工作交给公安特派员倪大胆把关，第一次摸底初审，筛掉了1/3肝大、近视眼、平足等，周老庄队有9个小伙子合格。老教授家二儿子卫国忠厚无语，体检结束就上了河工，究竟能不能当成兵，心中没底。这时候生产队新任队长丁小三出来放风，说他家的大儿子和会计、保管员三家的小孩，体质特棒，走不了空军海军，陆军肯定煨罐里摸螺螺——走不了手，至于老教授的两个孩子纯粹帮人焐水，花钱都走不了。

老教授急了，保家和卫国这俩孩子，不能都蹲家里，到部队闯闯，总比在家不见世面强，以后说个亲事也不费劲，表现出色穿四个小口袋也不是没有这个可能。只要先走出一个，前头带了路，后面不跟着学才怪哩。听说保家有点罗圈腿，卫国倒没听说有疤麻破绽，卫国这孩子看起来没心眼，其实一心数，个头也比保家高半个头，让他去还是蛮有冲手的。究竟能不能走成呢，老教授也犯难。他一直在思考这件事，在寻找突破口，拇指粗的烟卷抽了一根又一根，地上丢弃的烟头少说也有一大把。人遇难事时脾气也坏，老婆子催他吃饭，他说不饿。再催，眼睛翻得跟溜溜子一般。老婆子以为他病了，好心用勺子燎了个鸡蛋，恭恭敬敬送到他面前，哪知老教授老泪溢满一眼眶。老婆子更急，问他到底怎么了，老教授还是一言不发，手里端着鸡蛋不停地在抖。好半天才从牙缝里挤出一句话："老婆子，俺咽不下这口气。"老婆子急了："孩他大，有人给你气受了？千万别想不开，有啥过不了的关隘，跟俺讲讲兴许就消气了呢。你不是常跟俺说，大男人肚量要大，能屈能伸，遇事不要藏在心里。今年春天你还说过的，难道忘记了。俺那天去队里锄玉米地杂草，将双棒玉米锄去了一根。队长不问情况，招呼社员停下来，拉过俺批斗，俺问干吗要斗俺，队长说俺破坏庄稼。俺一听就来气，大骂队长眼睛瞎了。结果，你把队长拽到地里，让他睁眼看看，究竟庄稼破在哪里？坏在何处？队长哑巴了，队长娘子还来给俺赔礼道歉哩。"

老教授听老婆说完，叹口气道："那个申月轮队长还算讲理。如今换了丁小三，这个刚刚上任就拿眼稍打人，不吃人饭的家伙，非得让俺穿小鞋，孩子当兵也打拦板，俺倒要看看他究竟长了什么样的三头六臂。"

第二天一大早，老教授专门到公社找倪大胆打探。"倪科长，俺家卫国想去当兵，还请您多多费心给予关照。"

倪大胆说："卫国还小，不在计划内的，今年主要考虑年龄大的先走，年龄小的明后年还有两次机会。"倪大胆见老教授犹豫，便拍着老教授的肩头说："我说话也不作数，你先回去吧，明天早上提交班子研究一下才能有结果。"说完便到门前水池边刷牙。就在这时，老教授发现倪大胆桌子上一个打开的蓝皮壳笔记本，放置桌子边角上，老教授一眼瞥见，26 个人名打上了不同记号，至于记号代表什么，老教授无从知晓。这 26 个人的名单里，找不到卫国的名字。老教授急了，但又张扬不得。他知道，这会儿争论只会适得其反。

老教授心里冷透了，他觉得和倪大胆通融已没有余地，好在班子还没有研究，必须尽快想法子扭转，不然时间来不及了。老教授把所有认识的、有过交情的领导干部在脑子里过滤一遍，忽然想起了马德钟。

马德钟跟老教授仅有一面之缘。老教授 12 岁参加地方儿童团，在袁王荡为地下党站岗放哨。13 岁斗争地主袁老财，因个头较矮，被马德钟抱到大桌上呼口号。马德钟看老教授伶牙俐齿，嘱咐地方干部对其好好培养，老教授干过生产队政治队长、大队青年书记、公社油坊会计、制糖厂负责人。公社书记安排他到县委党校进修 40 天，结束后准备提拔他回到大队任书记。哪知老教授学习刚刚一星期，家里来了通知，唯一的女儿彩霞腿上害了疮，流脓滴血。老教授立马赶到医院，看到女儿大腿已经害穿，露出了森森白骨，老教授只好请假照顾。两个月过去，参加党校培训的人纷纷走上新的岗位，老教授只好回到家里干社员。这一耽误便是多年，如今大儿子19岁，二儿子都18岁了，兄弟俩初中毕业后，除了干活，就是缠住老教授一心想当兵。凭老教授的性格，只要身体合格，谁验上谁去，绝不阻拦。大儿子有过黄疸肝炎，体检医生说他肝大不合格，二儿子体检完就去上河工了，当时也不知合不合格。

老教授多年不见马德钟，只是听说他在县政府当上了副县长。老教授每次到县城，都不好意思找马县长说话。人家是领导，自己是百姓，再说也没遇到什么要紧的事，啰唆人家干吗？这回为了儿子当兵，老教授甩开一条肠，搭车来到县委大院。门卫问他与马县长约好时间没？老教授老实回答没有，没有就不能进。老教授急了，央求道："站岗小哥哥你就行行好，放俺进去说句话就出来。"门卫的脸冷了下来，厉声喝道："快回去。马县长公务缠身，哪来时间跟你啰里八嗦。"说着伸手将老教授往外推。老教授来气了："赶快通知马县长，你就说被他抱上大桌斗地主的儿童团长有要事跟他汇报。"

门卫一愣，听到"儿童团长"四字，脸上表情立刻丰富了许多，他仔细打量一下老教授，发觉老教授除了穿戴普通，整个人看起来都像一个不小的干部，说话那种气势，言语那种利索，说不定还是与马县长一起出生入死过的战友。于是，门卫先是让座，接着递水。门卫拨通电话说道："马县长，有个老儿童团长找您。"电话里传来声音："哪个儿童团长？""就是被你抱到大桌上斗地主的人。"

老县长没等门卫回答，立即对着电话机喊了一句："快，快让他进来！"

"俺家孩子想当兵，身体合格，想请您帮个忙。"老教授开门见山。

"好啊，送到部队锻炼锻炼也好。当初你失去了机会，我为你惋惜了好长时间。轮到你的儿子当兵，这点事情包在我身上。"

"恐怕走不成呢，大队的名额被生产队三大员瓜分了。他们几家已经筹备请亲戚贺喜了。你看咋办呢？为这事，俺昨天一夜睡不着觉，俺家二儿子卫国很早迷上了擒拿格斗，在院子里弄了两个沙袋，成天拳打脚踢，嘴里还'嘿哈嘿哈'的，三五个人也难以近身，活像街头抡大锤打镰刀的疤眼铁匠。这孩子提到当兵两眼都放光，他有的是横劲，现在还在水利工地上扒大河，抬大土呢。"

马县长摸起电话，拿出摇手扶拖拉机的劲头，"呜呜呜"几声摇过，邮电局总机接转了电话。只听一个女孩柔声细气地说："李书记，找你的，这人指名道姓要你接。"李大旗赶紧接过电话。

"大旗书记，我是马德钟。好些日子没给你打电话了，最近你也很少到县政府来，基层干部最近确实忙得很，抓学习，抓生产，两手抓，两不误。仓湖湾工作很有起色，麦田施肥、棉田翻地、民兵训练，抓得都比较紧。"

李大旗趁县长咳嗽的当口，表态般地说："谢谢马县长，我们的工作虽然有了点成绩，但有些工作还有所滞后，还有潜力可挖，还要系紧鞋带跑起来，发扬吃三睡五干十六精神，把各项工作搞上去。"

马县长赞道："精神可嘉，精神可嘉。我们现在的基层干部，整体素质还是不错的，特别像你们这批干部，苦也吃过，罪也受过，个个都是顶梁柱。县委也鼎力支持你们工作，帮助你们解决实际问题。上次你们打了报告，想多购几台柴油机，我已经和扬州的老战友取得联系，他表示近期给我们县里120台，到时候还要褒奖周老庄、纲要、葛庄等一批学大寨先进典型。"

李大旗高兴得连连称谢。"大旗，有件事在不违反原则的前提下，还得请你费费心，掂量着办。"

"马县长有事请吩咐，保证办好。"

"你听好，周老庄不是有个老教授嘛，他有个小孩想去当兵，你过问一下吧。听说他家二儿子条件很好，今年18岁了，你要尽可能帮忙。要是够条件，人武部这边我再通融通融。"

李大旗说："只要体检、政审合格，保证优先定兵。这一点，马县长请放一百个心吧。我现在就派人去了解情况……"

电话里的对话，老教授听得真切。马德钟撂下电话，和老教授拉起了家常。

马县长说："老教授啊，真为你可惜呀。那时候，安排你到县委党校学习40天，回去就要提拔你了。"老教授摆摆手说："一个人一个命。那时女儿腿上害疮，烂得流脓滴血，家里人口多，父母年龄又大，俺得撑起这片天哩。"马县长叹了口气道："这回说啥我都得为你做件事，把你儿子送到部队，接受锻炼，将来干好了为你养老，哈哈哈。"

有了马县长这句话，老教授感觉拿到了圣旨般，便起身跟马县长告辞。马县长说："来都来了，难得见次面，等会儿我通知政府食堂弄两个菜，你喝上几杯再走不晚。"老教授心里有事，任凭马县长再三挽留，他把棉袄头往肩上一搭，头也不回地走了。

老教授是个从不喜形于色的人，即便看到老母猪爬树也难得笑上一回。老教授到家，把棉袄撂在床上，重重叹了一口气，累得再也不想说一句话。妻子喊他起来吃饭，他一盘辣椒炒鸡蛋，

255

干掉了八两酒。之后，又拿上棉袄头出门去了。妻子猜疑，二儿子当兵的事，十之八九成了没信的炮仗。

妻子瞄着老教授走出庄头，坐上麻杆子的一辆手扶机，这才放下心来。

老教授这回专门雇了手扶机，径直前往河工工地。老教授一脚踩住车帮，一脚踏在车斗，他眼看前方，目不旁视，仿佛检阅仪仗队似的。麻杆子几次要他坐下来，老教授都说不碍事，站着好兜风哩。可想而知，他要把卫国带回家的心情多么迫切！

队长、会计和保管员三家客人请过了，喜酒也喝过了，静等孩子入伍通知，这回都统统化为泡影，只不过他们三家都还蒙在鼓里。

老教授到了工地，二话不说，拽着卫国就走。大队长看得愣神："家中发生啥事啦？"老教授说："卫国不吃周老庄的饭了，走，当兵去！"大队长说："卫国罗圈腿，不合格。名单早被公社刷掉了，老老实实扒河吧，回去也没他什么事。"老教授白了大队长一眼。"不信啊？走着瞧！"大队长鼻子一哼，就是合格也走不成。

第二天，老倪骑着自行车和新任村支书一道，找到了老教授的家。

老倪望了一眼村支书，道："刘书记，你把村里应征青年体检初审表拿来，我要看看。"

刘书记从身上掏出体检表，递给老倪，老倪仔细看了一下，鼻子都气歪了。

"刘书记，你看看，卫国体检全部合格，怎么上报的名单上没有他呢？还有，张小柱明显的平足、罗圈腿，送这样的人到部队，你以为是国民党抓壮丁，鸡屎鸭屎都搂着啊。即便部队不把他退回来，仓湖湾老百姓不把俺腰骂板了？这刘洋是谁啊？还鸡胸呢，心律不齐，送给部队养老啊？我说你们做事不动脑子，责任心还有吗？"

支书脸色红如开水烫过的大虾："大队长说，卫国年龄小，明年有机会。刘洋是小队长的侄子。没父没母，跟小队长在一块儿过的。前些日子，刘洋初检合格，认为这次当兵铁定走成了，便把自家的家产全卖掉了。万一走不成，也很麻烦。这张表是大队长交给我的。"

"这怎么行啊？当兵保家卫国，身体不合格能打仗能扛枪吗？这可是大事。抓紧把不合格的划掉，重新上报给公社审批。大旗书记发脾气了呢，我们要确保兵员质量，不合格的坚决不送，不然走兵时还要体检一次，即便穿上军装，只要没领到帽花领章，也不一定走得成，可不能大姐不出门把二姐耽误了。至于刘洋嘛，也确实是个苦孩子，让他当兵走了更好，走不成再想办法。我这马上退休了，也算站好最后一班岗，把这件事做好了，则能圆满收官。"

吴老头打了一勺子糨糊，将一张大红纸张贴到了公社大门口。老教授远远地看到定兵名单，卫国的名字赫然在列。三天后，卫国坐上了公共汽车，到了县里再次体检，指标全部合格。老教授对妻子说："卫国这孩子过几天就去部队了，得琢磨着买点东西给他，让他对父母有点念想。"妻子说："家里也没啥值钱的，倒不如给他买支钢笔和笔记本啥的，让他经常写信回来。"老教授磕掉烟窝的灰，点头表示同意，于是到街上买了钢笔和笔记本，又觉得送这么点东西实在有点寒酸。脑瓜一转，他觉得卫国饭量大，担心路途遥远，卫国在兵站吃不饱，倒不如买个大瓷碗带上，大碗吃饭不吃亏。走兵那天，老教授把东西收拾停当，亲自背上一个包裹，将卫国送到县委党校。卫国换上草绿色军服，胸前挂上了大红花，顺顺当当走进部队大熔炉里了。刘洋在党校做入伍前最后一次体检中被刷下，为此小队长和带兵的还吵了一架。大队长知道后，连说"出鬼了，出鬼了，该走的不走，不该走的却走了"。

老教授送走了卫国，既高兴又有点不舍。他望着蓝天上悠悠地行走的白云，心里长长地舒了一口气。

还有几天要过年了，以往这个时间大队就要来人慰问。老教授想，得赶紧去买两包好烟，招待即将登门送慰问信的人，不能让人家说自己寒酸。

从此，老教授家比一般人家多了值得骄傲的资本——一幅"光荣之家"的门额和对联、年画等。每年腊八节一到，老教授格外来精神，时时支棱起耳朵，一听到村里锣鼓家伙敲起来，便赶紧脱下旧衣换新衣，守在屋里，确认锣鼓到了家门口如雨点般响起，他便迈开方步，骄傲地从屋里走出，散过一圈烟，然后微笑着点燃"钻天猴"，"滋溜滋溜"响过，老教授说："这叫双喜临门。"到后来，老教授听到锣鼓声总是得意地说："喜报太多了，后墙上贴不下了，真的贴不下了。去年秋天，卫国来信说，指导员特地安排他所在的部队看了场电影，说是纪录片《人定胜天》，讲的都是宿迁通过'旱改水'实现'鱼米之乡'的故事，家乡的袁王荡、西沙河、黄河滩、西老荒都在里面呢，卫国问俺看了没，俺说，俺就是演员，你要是仔细看，有俺两个镜头哩。那戴凉帽扬稻谷的是俺，还有赶了一大趟小猪仔的也是俺。傻小子，当初幸亏没把你给了卖豆腐人家，不然，俺这辈子都得抱石打天，后悔一生了。"

卫国已有好些日子没给家里来信了，这大年过了出正月硬是没等到一丝消息，老教授等得心焦，暗骂：臭小子，忘本了吧，以前说好的半月一封信的。让老教授做梦也想不到的是，闷葫芦的女儿晓丽在金香玉搀扶下，眼圈红红的走到老教授家，询问卫国是不是变心了。老教授先是纳闷然后吃惊。原来，卫国早就跟晓丽恋爱了，两人商议今年春天结婚，哪知也有三个月没给晓丽来信了。金香玉把老教授拉到一边耳语一番，把晓丽怀孕的事告诉了老教授。老教授说："这怎么可能？这要真是卫国干的好事，俺现在就布置婚房。"

正说话间，送信的老徐扯着嗓子喊道："老教授你的儿子来信喽。"老教授一听，连忙跑着迎了上去，急急打开信封。

俺大、俺妈：二老好！见字如面，好长时间没有给二老去信，见谅！

你们身体还好吧，妈妈的老慢支好点了没？冬天过去了，春天刚刚开始，气温还比较寒冷，要注意保暖，不要早早脱衣服，生活也不要太俭省。父亲年龄大了点，出去放猪要注意脚下，不要绊着磕着，我在部队吃得饱，穿得暖，带来的那个大瓷碗用不上，还被战友们当作笑话传讲了呢，留着以后带回家作个纪念吧。

党的十一届三中全会以后，家乡实行联产计酬，好在大哥干活卖力，也为俺大分担不少，农民的好日子还在后头呢。前段时间，在祖国最需要的时候，部队接到命令开赴广西边防前线，为儿在茂密的丛林中站岗放哨，在转不开身的猫耳洞里蹲守了三个多月，蚊虫叮咬、毒蛇袭扰，这些都吓不到战士，面对忘恩负义、得寸进尺的敌人，我们于2月17日打响了对越自卫反击战。在老山前线，儿子带领全营战士冲锋陷阵，英勇杀敌，保卫了祖国领土神圣不可侵犯，捍卫了边境的安宁和人民的幸福。我没有给二老丢脸，个人荣立了二等战功，集体也获得了嘉奖。在这场战争中，儿子受了点伤，流了点血，这些都无关大碍，二老尽可放心。等我的伤养好了就回家看你们二老，同时把婚结了。告诉二老，你们的儿媳妇长得可漂亮了，她是医疗点的医生，我不说你们二老也猜得到。

敬礼！

儿　卫国

1979 年 5 月 20 日

"臭小子，那么大的事也不早跟俺说。打仗那会儿俺真提心吊胆的，这回放心了。"老教授嘟哝着，连忙喊老伴招呼金香玉和晓丽进屋喝茶，自己急急忙忙到街上打酒买菜去了。

老教授行进在西老荒广袤无垠的原野上，连片的麦子即将成熟。水稻秧板田已是郁郁葱葱，他心里高兴，孩子似的追逐着来龙灌区大干渠里翻卷着的骆马湖水……

后　记

　　我记得很小的时候，祖父母家只有一间差不多六平方米的堂屋，两小间前屋，前屋西山墙边，有棵臭椿树，树底下放有两口大缸。祖父经常往大缸里添土，然后再往缸里注一些水。大缸的底端钻了个窟窿，每天滴答滴答渗出水来，流进了瓦盆里。奶奶一再告诫：这是卤水，有毒，千万不要喝，喝了就药死了。这就是我朦朦胧胧中知道的盐碱熬小盐。

　　大概六岁那年，第一次在大汪里洗澡，二叔祖把我抱到水里教我游泳。他一边踩水，一边用手托着我的胸口，指导我扒拉。谁知没扒拉几下，他就不再托我，我往水里一沉，咕嘟嘟喝了几口水。二叔祖一把将我拎出水面，我吓得哇哇大哭，从此恨透了南大汪。

　　夏天到了，农村的孩子不会游泳，那是要被同伴们耻笑的。于是我跑到浅水里自学，学成就不再害怕南大汪，也敢到三分支渠和约百米宽的黑泥沟"试水"，终于练就了轻松躺在水面两个小时不觉得疲乏的"硬功夫"。

20世纪70年代多雨，觉得整个夏天都不正经，三天两头下，家家屋漏墙塌。1974年那场大雨，连续下了多天，一米多高的黄花菜葶漫入水中，瓜瓠茄菜统统不见身影，摘点辣椒还得扎猛子，没来得及收割的麦子，在田里已经发芽，长成了"草蒲底"，宿迁县专门出了本书，名叫《宿迁战洪图》。1976年，唐山7.8级大地震，队长动员家家远离土屋，搭建防震草棚，人们害怕骆马湖大堤决口，把海拔低于骆马湖10多米的黄水庄淹了。

儿时"扫硝熬卤"的记忆，连同洪水四溢的日子，一直刻在脑海。多灾多难的宿迁百姓，经过"旱改水"才真正吃饱了肚子，改革开放以后，才渐渐富裕起来。

我是吃着骆马湖水长大的，对骆马湖怀有敬意，怀有感恩。宿迁"旱改水"获得成功，靠的是骆马湖"水库"，靠的是老一辈干群众志成城，变"水害"为"水利"的结果。十多岁的时候，我曾手抄张允乐先生在《人民文学》发表的散文——《题宿迁》，直到今天我还背得出其中的段落。

前几年，心里酝酿着写点宿迁"旱改水"，造福百姓的故事，这个倔强的念头，时刻萦绕脑际。闲暇时便做个有心人，找这个问问，请那个拉拉。接触了许多人，有当年参加水利会战的民工，有时任大队、生产队干部的老书记、老队长，有亲历"旱改水"的铁姑娘。期间，又翻阅了一些志书资料，有了这些"资粮"垫肚子，便有了创作《西老荒》的勇气。

文学创作的美好，只有身临其境才能真正体会得到。有时为了一个句子，半夜三更起来把它记下来，有时为了一个段落纠缠半天，一旦思路突破，马上豁然开朗。我把每一部作品都当成自己的孩子，在"养育"孩子的过程中，有欢乐也有苦恼。好在有那么多为我鼓劲打气的领导、同事，坚定地支持我，唤起了我创作的良心，讲好宿迁故事的誓言不能忘，宿迁人民战天斗地的精神时刻激励我勇毅前行！

感谢张大伟同志百忙之中为我的拙作写序！我愿在宿迁的文艺百花园中开成一朵蔷薇，留下一片绿叶！

作　者

2022 年夏月